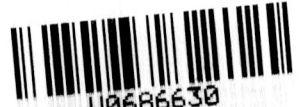

木铎之心

陶今雁师友手札集

陶也青 主编

知识出版社
中国大百科全书出版社

目录

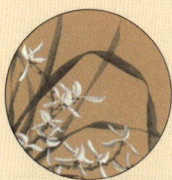

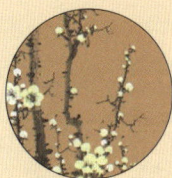

序

叶青

陶今雁先生是唐宋文学研究名家，早年毕业于武汉大学中文系，长期从事古典文学特别是唐诗宋词研究与教学，尤其对杜诗研究造诣精深。作为一位传统的人文学者，陶今雁先生不仅承继了前辈学人的学术衣钵，而且工于诗词书法，留下许多珍贵的书法墨迹。这些墨宝展现了作为学者和诗人的陶今雁先生在书法艺术方面的深厚造诣。

陶今雁先生的书法出于传统，笔法、结字功力深厚，风格纯正，而又具有时代气息，其中融入的丰厚学养，耐人寻味。今日所见今雁先生的书法主要为条幅和手札两大类，书体皆以行草为主，出入于二王及唐代行草大家，吸收诸家之长互为借鉴、为我所用，并融入章草及碑版笔意；其用笔纯为中锋，故能于秀润畅达之中寓苍劲、朴厚，颇得圆劲之美。

陶今雁先生留下的条幅作品多为书写自作诗联。作为优秀的旧体诗人，今雁先生留下诗作千余首，生前曾出版《雪鸿集》《秋雁集》《寒梅集》等三种，“其七律讲究章法，气韵流动，最与老杜在成都草堂所作诸诗相近。七绝亦是盛唐一路，宛转流丽，颇富韵外之致”（王德保教授语）。因此，书写自作诗联以酬答师友，自然是陶今雁先生书法作品的重要内容；除此之外，先生条幅书法中也有一些以师友所撰诗联或古人诗词为内容，但也大都体现了先生彼时的心得与感悟。手札和册页是陶今雁先生书法作品另一重要部分，其中包括先生手书自作诗联册页，还有许多师友间的书信问候与诗文酬答。这些书法小品因无意于工而更显率意洒脱，独具神采。从这些诗联手稿和往来信札中，不仅可以进一步领略先生的书法，更可从中深入了解先生的学术、思想、生活与交游，因此十分珍贵。

20 世纪 70 年代末，陶今雁先生应出版社之邀完成《唐诗三百首详注》。此著在读者中影响巨大，首印 20 万册供不应求，此后不断加印、修订再版，销售早已逾百万册。同期国内先后出版的《唐诗三百首》注译本版本不少，唯有这部《唐诗三百首详注》获得全国图书金钥匙奖和被评为全国优秀畅销书。今雁先生此著注释详尽，曲尽其意，又能不故作高深，质朴简练，雅俗共赏，在同类注释本中后出转精，令人信服。2020 年，江西人民出版社和知识出版社又联袂推出第八版《唐诗三百首详注》，使这部风靡读书界 40 多年的经典注译本再次引起学界和读书界的关注。自清乾隆二十九年（1764 年）蘅塘退士选编《唐诗三百首》刊行问世以来，200 多年风行海内，广为流传，因其影响巨大，故注本众多，其中也不乏名家之作。陶今雁先生的《唐诗三百首详注》能够在众多版本中确立自己的地位，至今仍广受读者欢迎，实在是出版能力严重过剩时代不小的文化奇迹。

《唐诗三百首详注》第八版面世后，学界曾举行出版座谈会，与会学者、出版界人士对陶今雁先生的《唐诗三百首详注》给予了高度评价，广大读者也对这位学养深厚、治学严谨的先生产生了浓厚的兴趣。今年恰逢陶今雁先生诞辰百年，学界朋友们再为陶今雁先生发起筹备举行学术纪念活动。活动计划中不仅包括“德音孔昭——陶今雁先生百年诞辰学术研讨会”，还将特别整理陶今雁先生部分遗墨及与师友间往来手札举行“木铎之心——陶今雁先生百年诞辰师友手札展”，以书法展览为主要形式，并结合展示与先生学术著述、诗文、书法创作相关珍贵实物资料等，较全面地呈现陶今雁先生多方面的成就与风采，这是十分令人期待的。

据我所知，在陶今雁先生书法遗墨展中同时展出的，还有国内众多诗词、学问名家写给陶先生的手札原件，在这些书信往来、诗词酬答之中，包含着许多学界佳话，承载着十分丰富的学术史信息。毫无疑问，这部分信札的展出也构成了本次活动一个值得珍视的内容。因此，这样一个专题展览的举办，既是对陶今雁先生百年诞辰的最好纪念，也包含着对那一代先生们的集体纪念。这一学术纪念活动将在陶今雁先生执教数十年的江西师范大学举行，无疑更有益于向后辈学子传播先生的学术风范和治学精神，有益于加深广大读者对陶今雁先生的了解，有益于进一步倡导、弘扬曾为老一辈学人所身体力行的优良学风和价值追求。

（作者系江西省文联主席、中国文艺评论家协会副主席）

德音孔昭

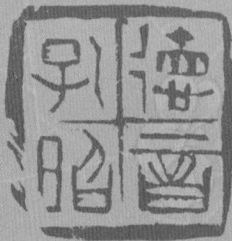

德音孔昭

孙刚

木铎之心

木铎之心

今雁先生百年诞辰纪念

癸卯初夏孙刚

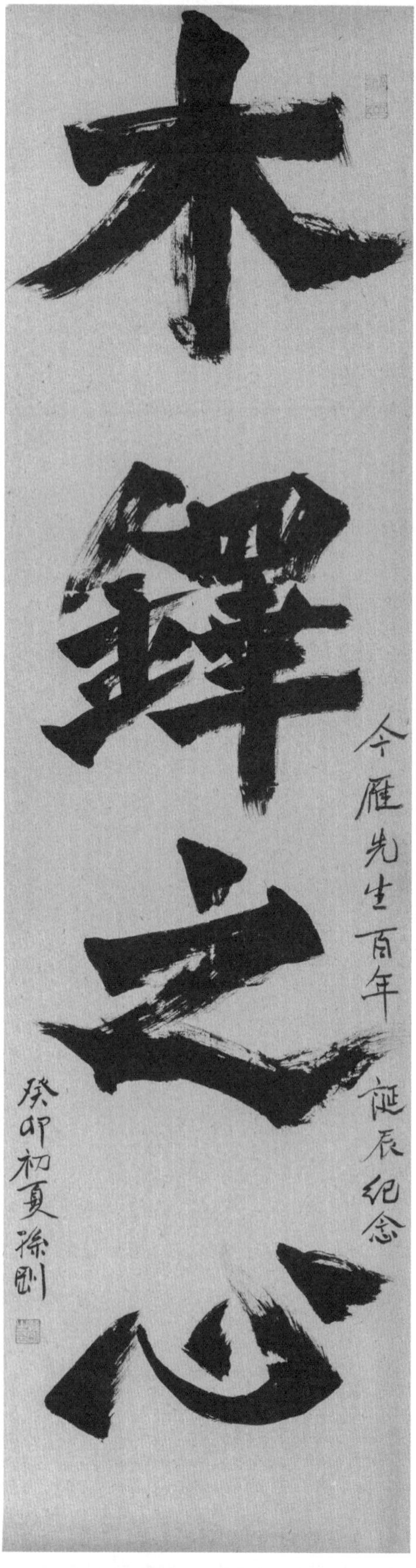

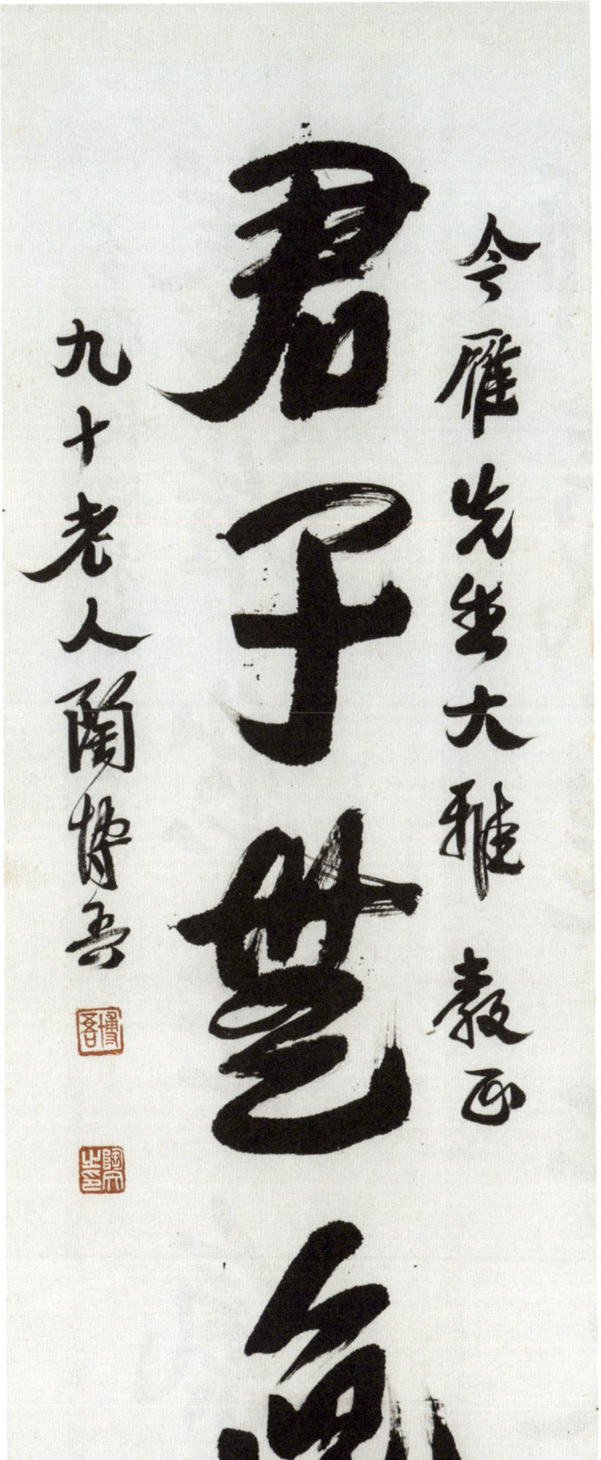

陶博吾　君子无逸

陶博吾

养浩然正气　师羲皇上人

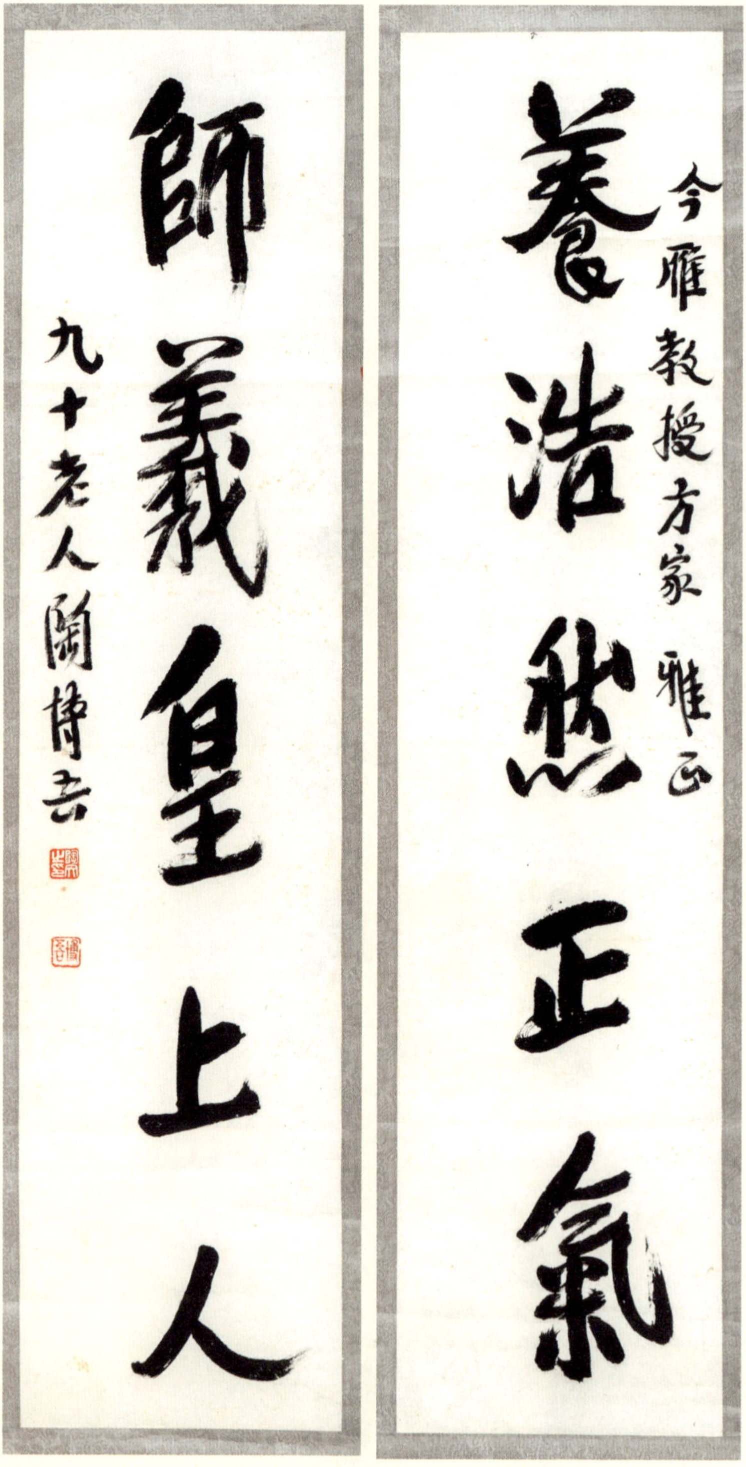

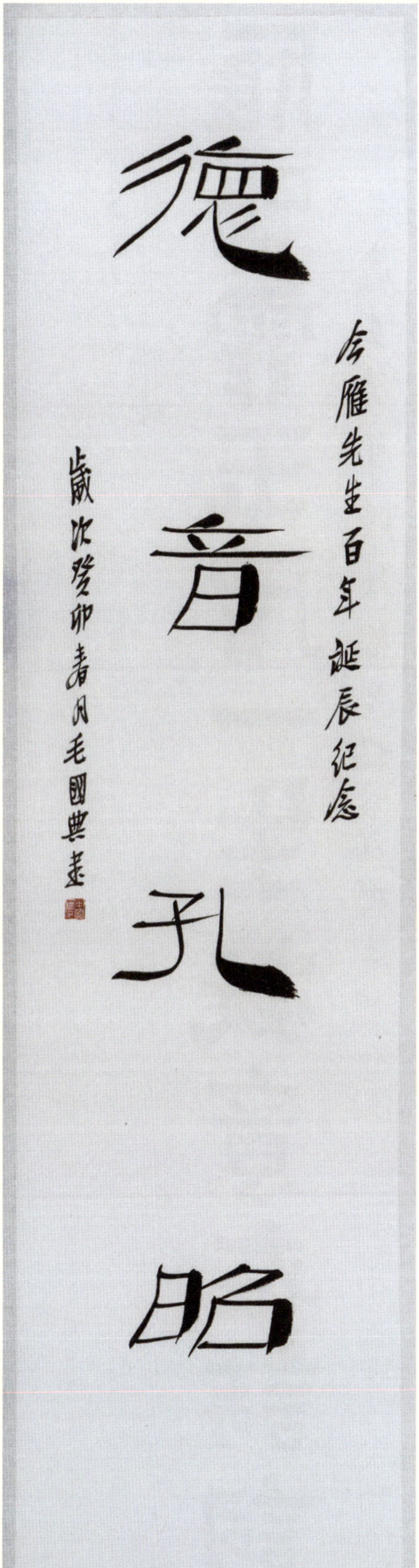

毛国典　德音孔昭

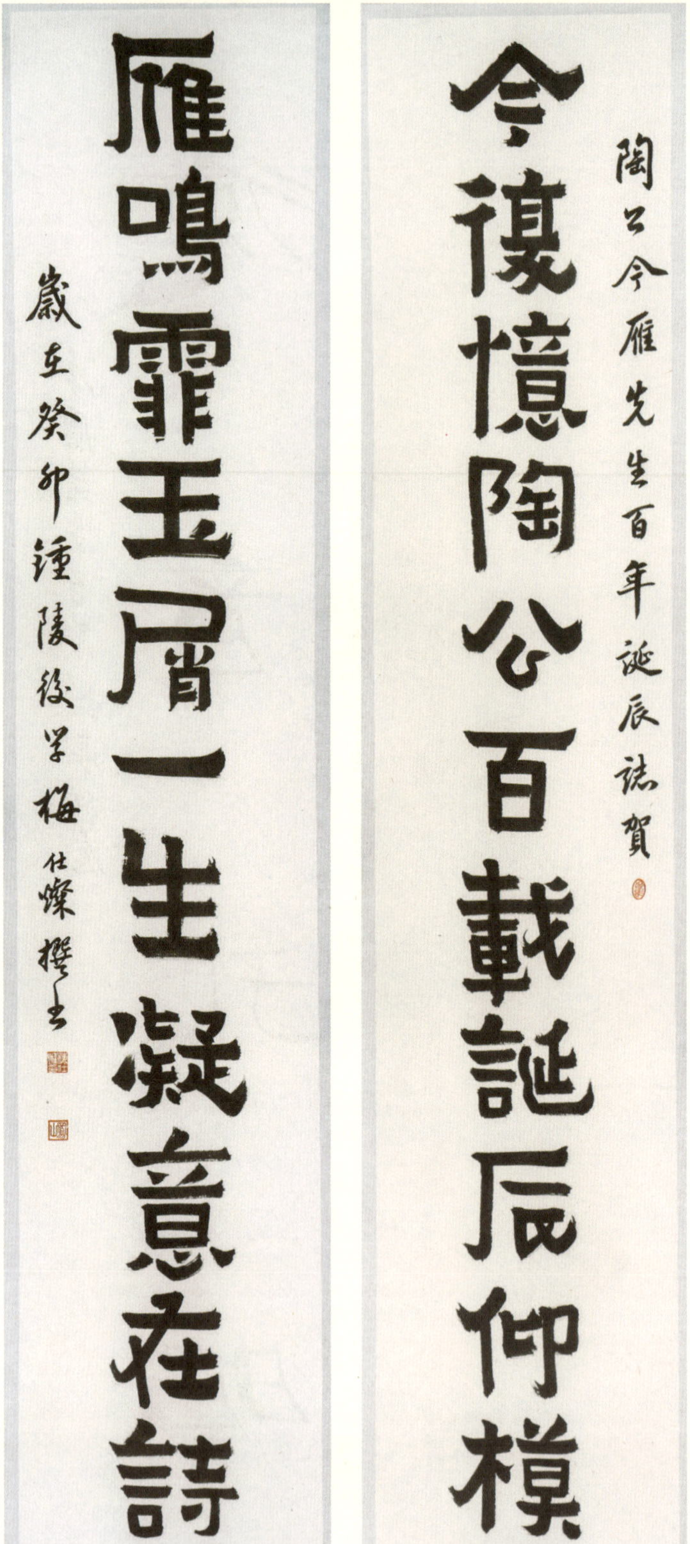
今復憶陶公百載誕辰仰模範
陶公令雁先生百年誕辰誌賀
雁鳴霏玉屑一生凝意在詩詞
歲在癸卯鍾陵後學梅仕燦撰書

梅仕灿

上联：今复忆陶公百载诞辰仰模范

下联：雁鸣霏玉屑一生凝意在诗词

令鹰先生百年诞辰纪念

飞鸿踏雪

癸卯阳春二月 雷轼生

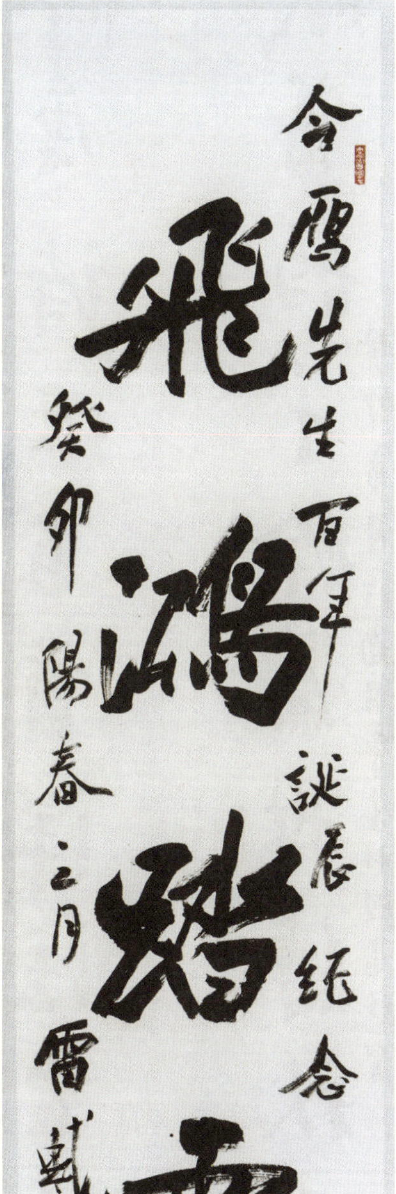

雷轼生　飞鸿踏雪

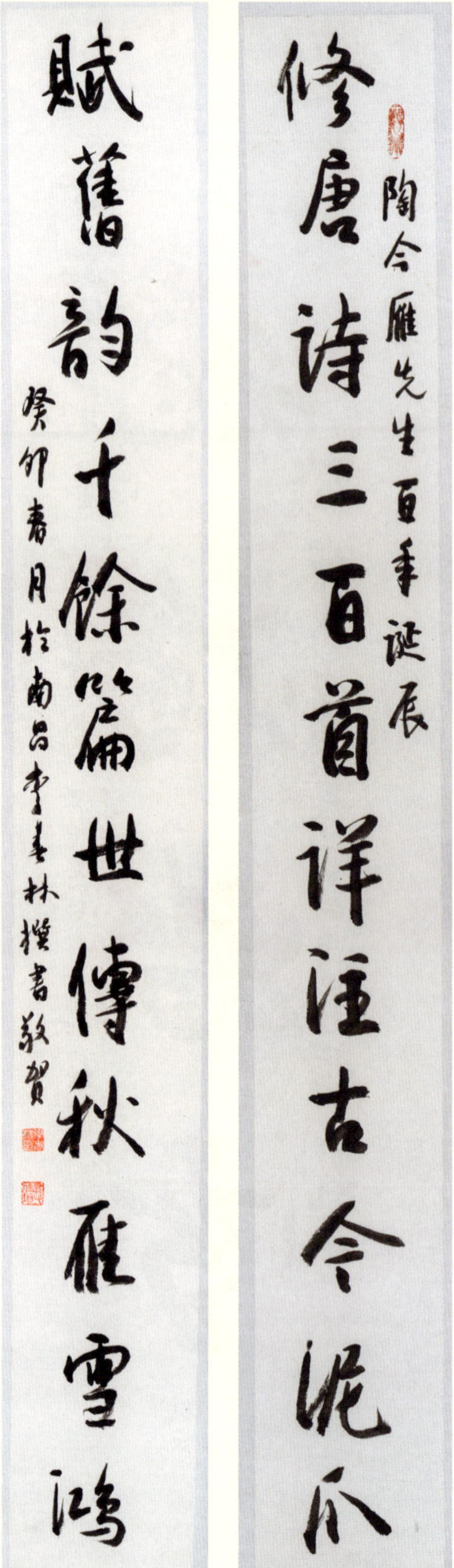

李春林

上联：修唐诗三百首详注古今泥爪

下联：赋旧韵千余篇世传秋雁雪鸿

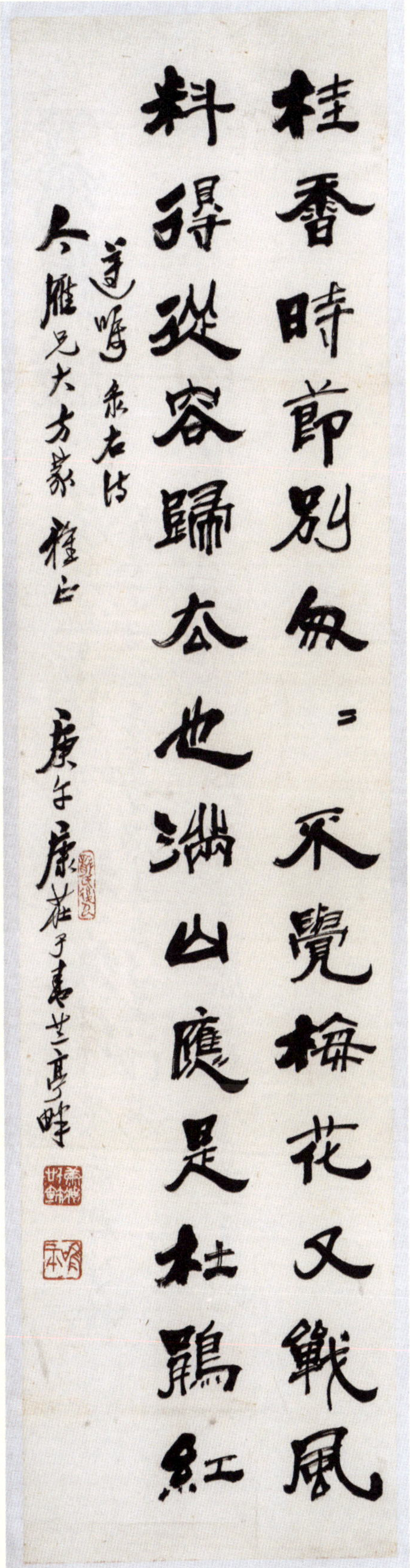
桂香時節別無無不覺梅花又戰風
料得從容歸去也滿山應是杜鵑紅

康庄书陶今雁诗

桂香时节别匆匆，不觉梅花又战风。
料得从容归去也，满山应是杜鹃红。

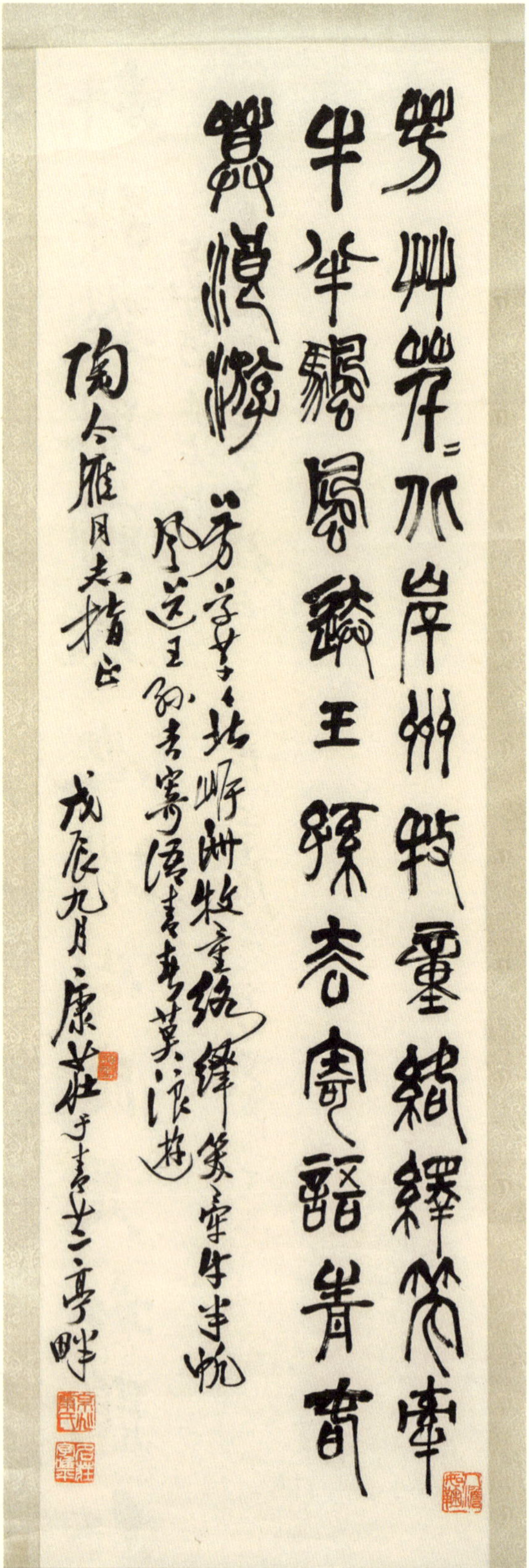

康庄书陶今雁诗

芳草芊芊北岸洲，牧童络绎笑牵牛。
半帆风送王孙去，寄语青春莫浪游。

按

此诗为 1947 年所作《芳草》，
收录于《雪鸿集》。

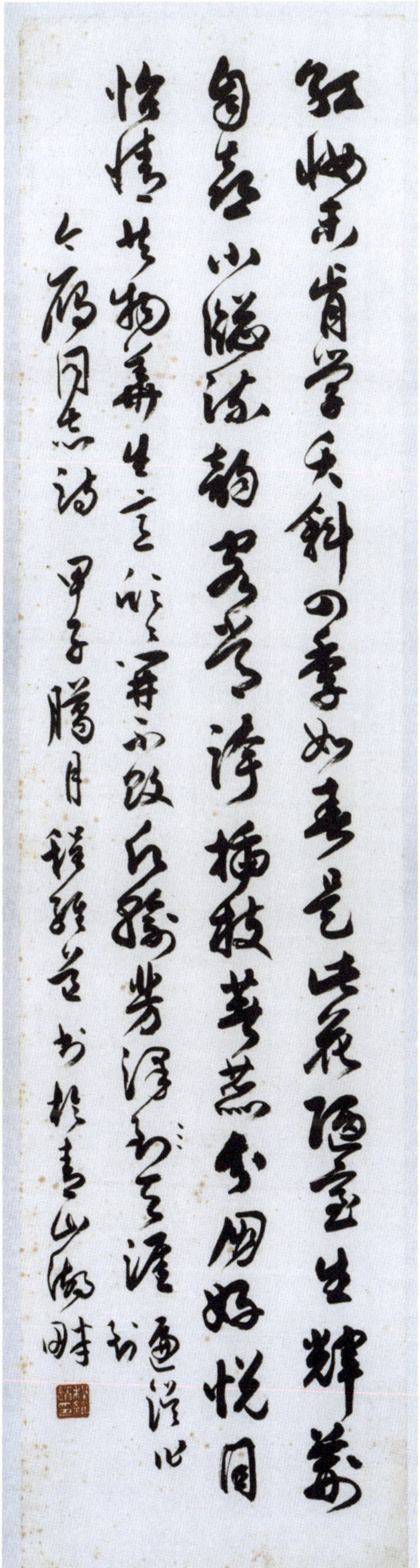

程维道书陶今雁诗

红妆未肯学天斜，四季如春是此花。
陋室生辉荆自喜，小窗流韵客常夸。
插枝著蕊分朋好，悦目怡情共物华。
生意欣欣开不败，愿输芳泽遍天涯。

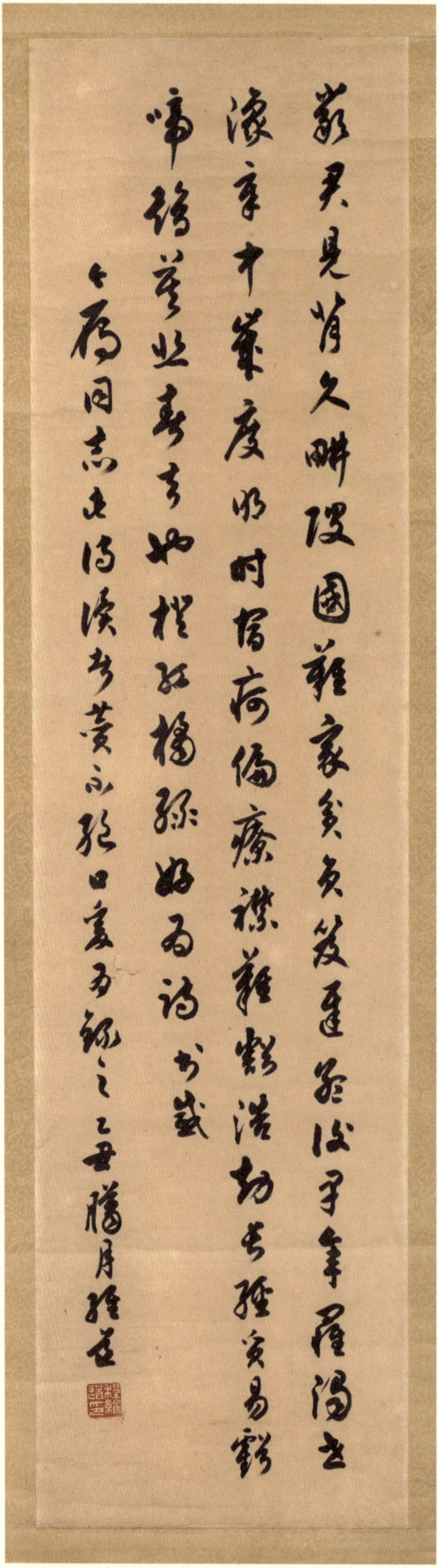

程维道书陶今雁诗

严君见背久耕陂，国难家贫负笈迟。
孟后早年罹浊世，豫章中岁度明时。
宿疴偏疗襟难豁，浩劫长经质易亏。
啼凫莫悲春去也，橙红橘绿好为诗。

按 此诗是1985年9月17日所作《感遇》，收录于《雪鸿集》。文字略有差异。

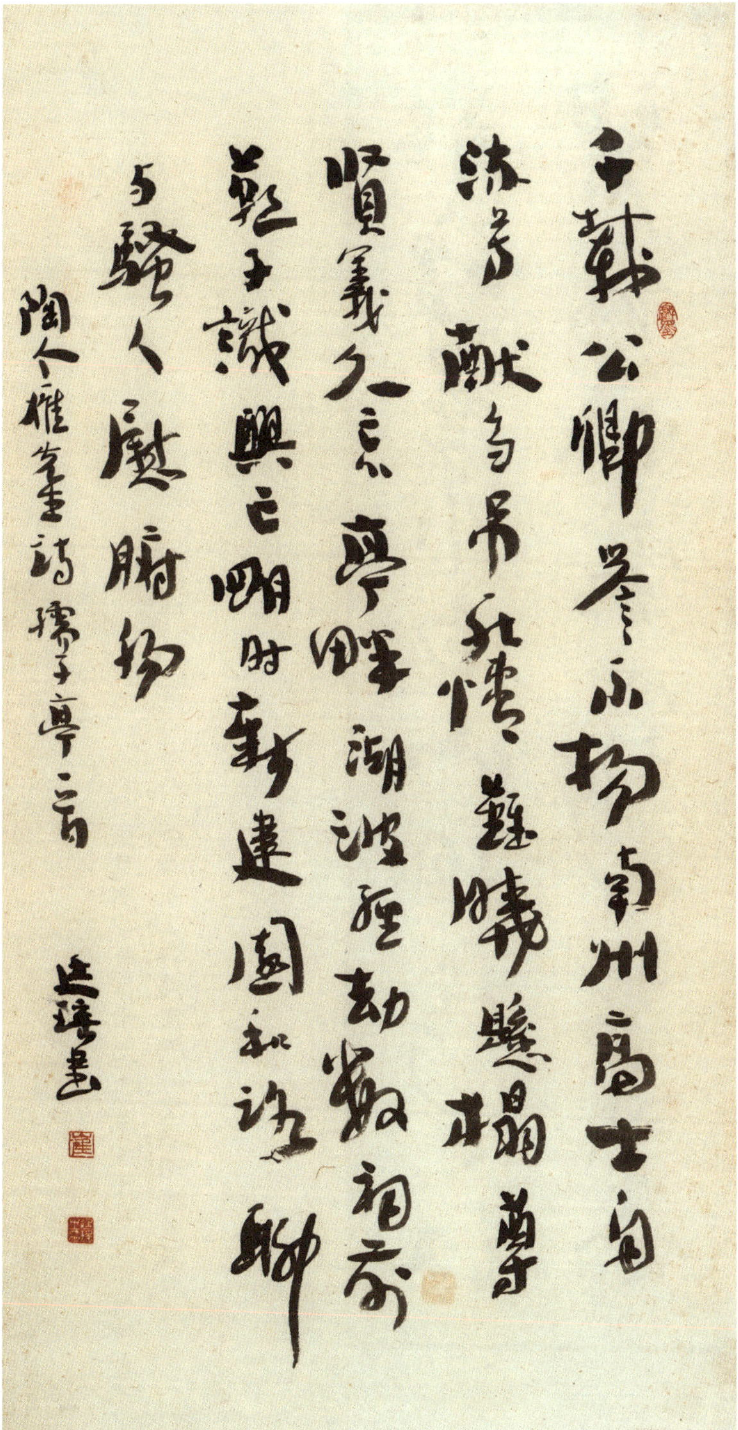

崔廷瑶书陶今雁诗二首

千载公卿誉永扬，南州高士自流芳。
献刍吊死情难晓，悬榻尊贤义久忘。
亭畔湖波经劫数，祠前燕子识兴亡。
明时新建园和路，聊与骚人慰腑肠。

王理求书陶今雁诗

水鸽群群白，山枫树树红。
碧荷怯霜露，黄菊傲秋风。

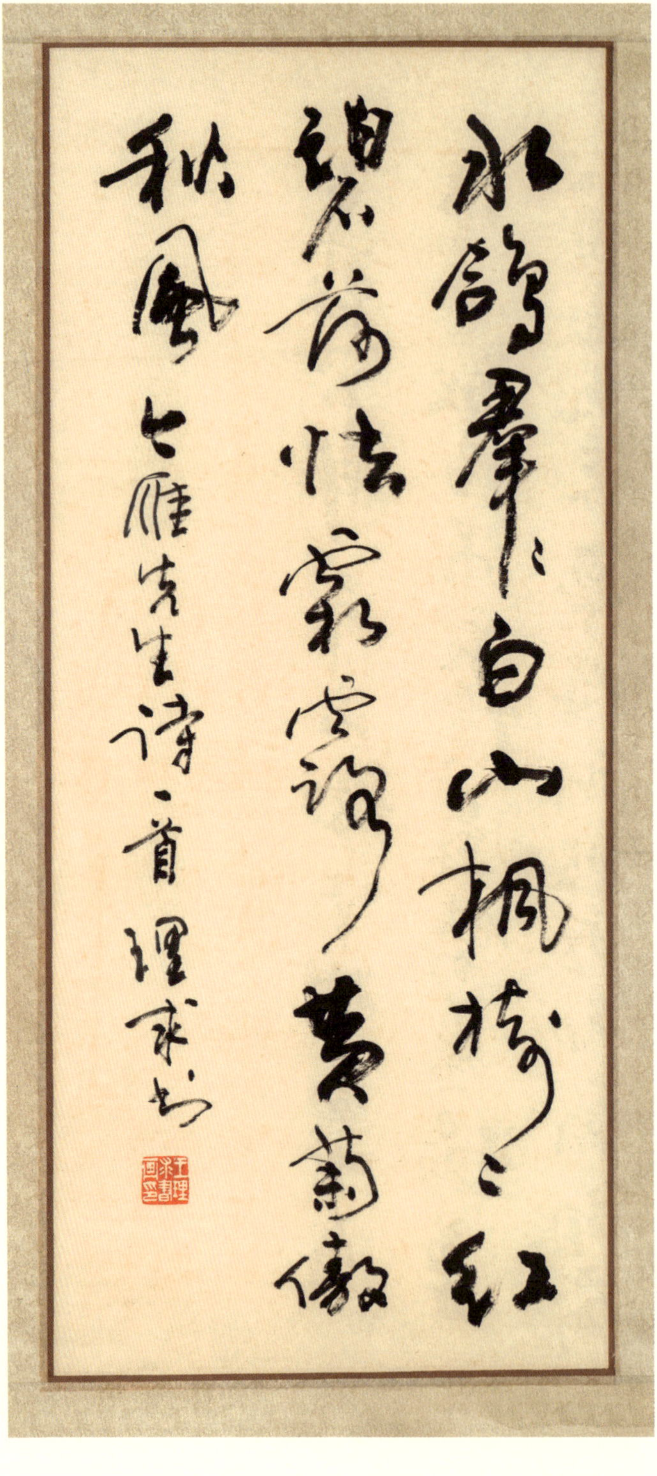

按

此是陶今雁作于 1947 年《涌泉套即景》之一，收录于《雪鸿集》。文字略有差异。

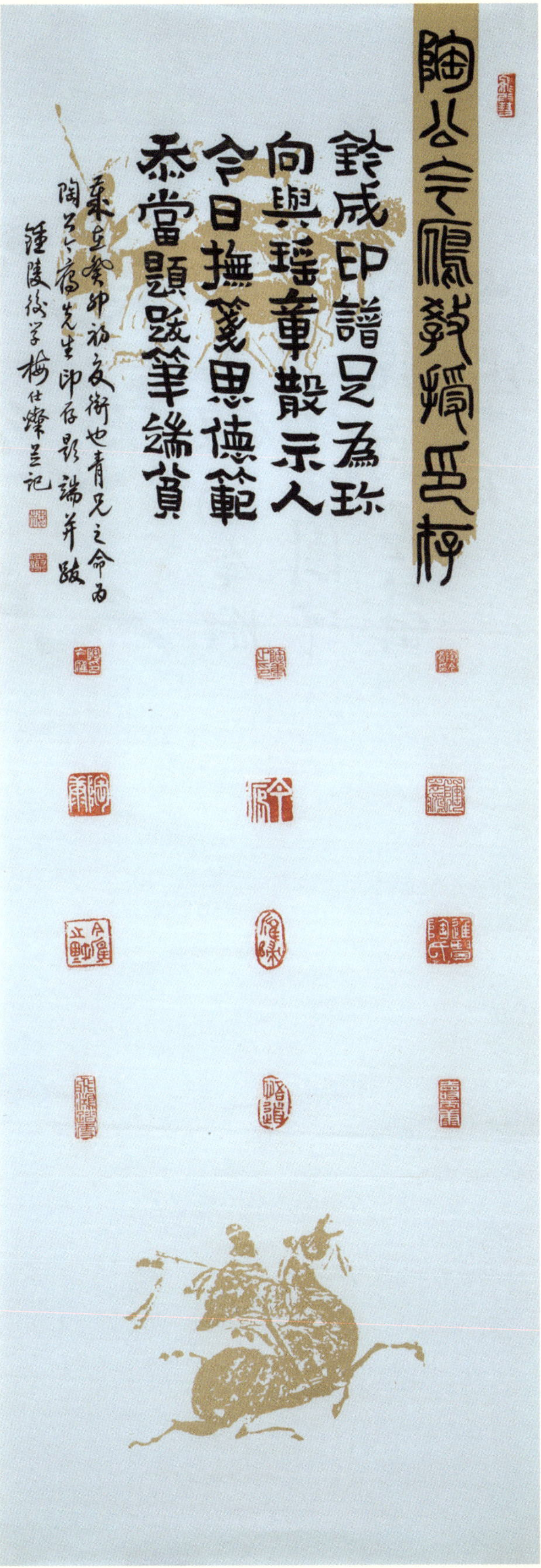

梅仕灿

为陶公今雁教授印存题端并跋

按

钤成印谱足为珍，向与瑶章散示人。
今日抚笺思德范，忝当题跋笔端贫。

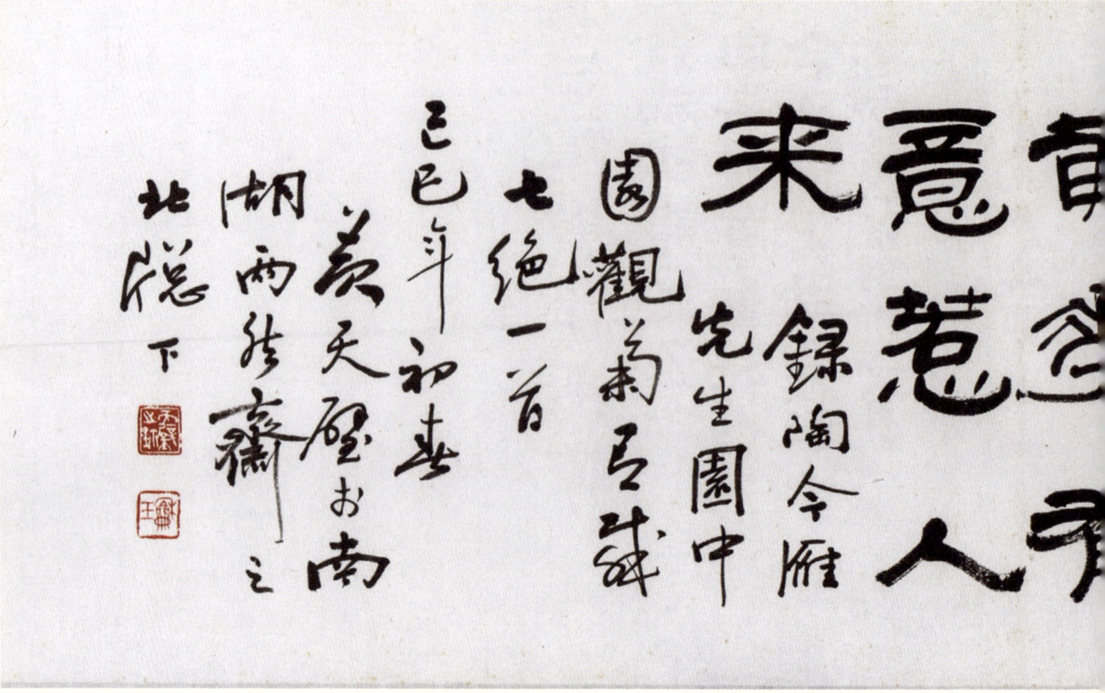
意惹人
来
録陶令雁
先生園中
園觀菊正盛
七絶一首
己巳年初春
黄天璧於南
湖雨餘齋之
北牕下

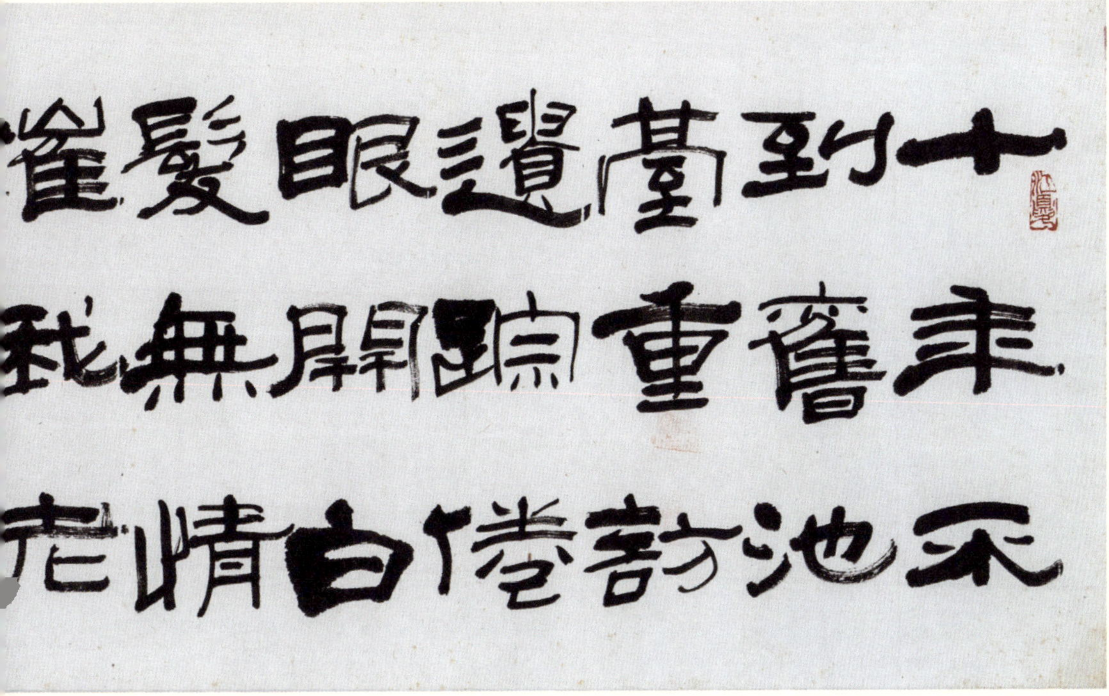

黄天璧书陶今雁诗

十年不到旧池台，重访遗踪倦眼开。
白发无情催我老，黄花有意惹人来。

君子无逸

黄焯致陶今雁手札

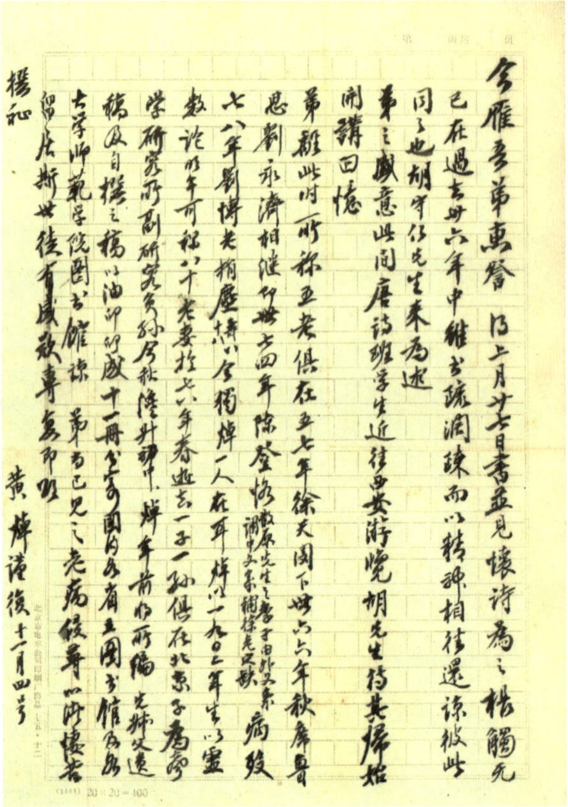

黄焯（1902—1984），字燿先，一字迪之。湖北蕲春人。国学大师黄侃之侄。语言文字学家，武汉大学“五老”之一。著有《说文笺识四种》《文字声韵训诂笔记》等。是陶今雁武汉大学时的老师，陶今雁在《寒梅集》（大众文艺出版社）自序中专提及黄焯授业之情，著有诗文《怀燿先师》等。

今雁吾弟惠察：

得上月廿七日书并见怀诗，为之枨触无已。在过去卅六年中，虽书疏阔疏而以精神相往还，谅彼此同之也。胡守仁先生来，为述弟之盛意。此间唐诗班学生近往西安游览，胡先生待其归始开讲。回忆弟离此时所称五老俱在，五七年徐天闵下世，六六年秋席鲁思、刘永济相继即世；七四年陈登恪（散原先生之季子，由外文系调中文系，补徐老之缺）病殁；七八年刘博老捐尘（寿八十八）。今独焯一人在耳。焯以一九〇二年生，以虚数论明年可称八十，老妻于七八年春逝去，一子一孙俱在北京，子为教学研究所副研究员，孙今秋才升初中。焯年前将所编先叔父遗稿及自撰之稿以油印，印成十一册，分寄国内各省立图书馆及各大学、师范学院图书馆，谅弟当已见之。

老病侵寻，心绪悽苦，留居斯世，徒有感叹。专复，即颂

撰祉

黄焯谨复

十一月四号

按 1. 手札中提及武汉大学中文系教师中的“五老”往事，“五老”皆为陶今雁业师，《雪鸿集》中均有悼怀诗词。2. 信札中所述内容《黄焯文集》（湖北教育出版社）日记中有记载。

程千帆致陶今雁手札（一）

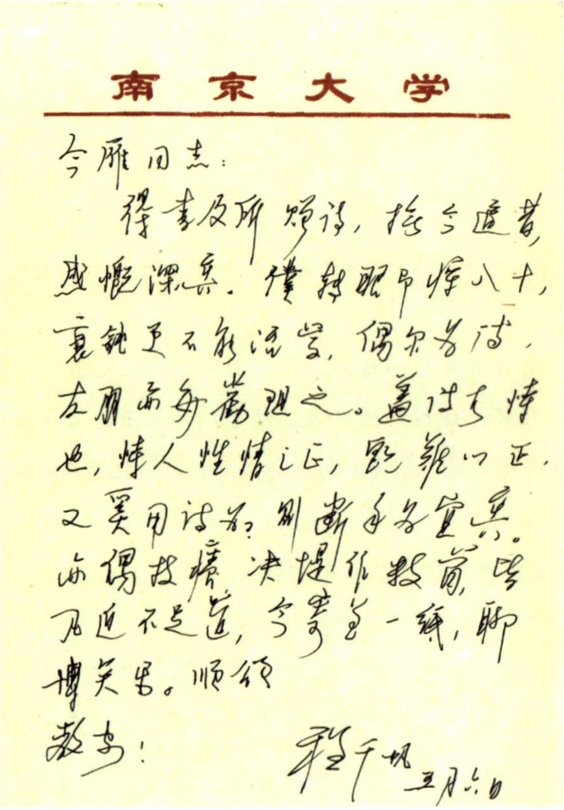

南京大学

今雁同志：

得书及所赠诗，推分过甚，感愧深矣。仆虽明年始八十，衰钝更不能治学，偶尔为诗，友朋亦每劝理之。盖诗者情也，情者性情之正，既难以正，又要用诗者？则断手为宜矣。亦偶技痒，决堤作数首，皆乃近不足道，今寄呈一纸，聊博笑耳。顺颂

教安！

程千帆 五月六日

程千帆（1913—2000），著名古代文史学家、教育家，武汉大学“八中”之一。著有《校雠广义典藏编》《闲堂书简》等，个人诗词集《闲堂诗文合钞》。陶今雁著有《呈千帆师二首》《读〈闲堂诗文合钞〉三首》等。

今雁同志：

得书及所赠诗，抚今追昔，感慨深矣。仆转眼即将八十，衰钝更不能治学，偶尔为诗，友朋亦每劝阻之。盖诗者恃也，恃人性情之正，既难以正，又奚用诗为？则断手为宜矣。亦偶技痒，决堤作数首，皆凡近不足道，今寄呈一纸，聊博笑乐。

顺颂

教安！

程千帆

五月六日

按 程千帆是陶今雁武汉大学时的老师，二人有书信来往。陶今雁于 1991 年春寄《呈千帆师二首》，程千帆以此信札回复。

程千帆致陶今雁手札（二）

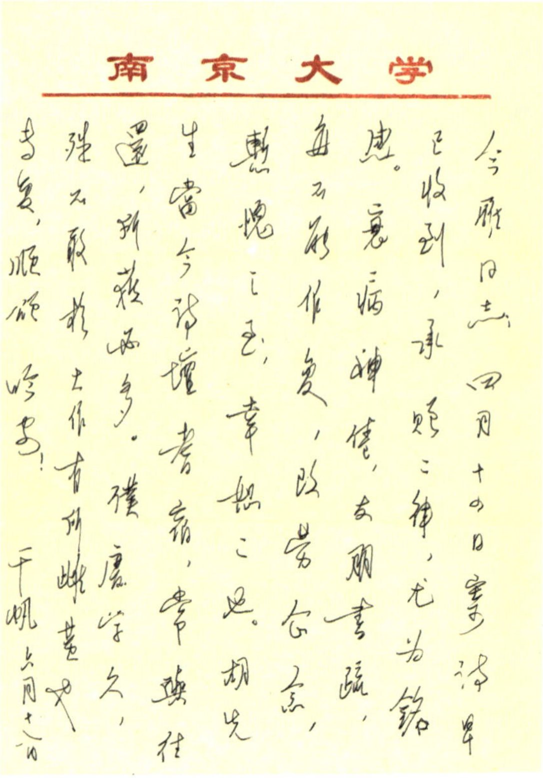
南京大学

今雁同志：四月十四日寄诗早已收到，承赠二律，尤为铭感。衰病神倦，友朋书疏，每不能作复，致劳企念，惭愧之至，幸恕之也。胡先生当今诗坛耆宿，常与往还，所获必多。仆废学久，殊不敢于大作有所雌黄也。专复，顺颂吟安！千帆 六月十八日

今雁同志：

四月十四日寄诗早已收到，承赠二律，尤为铭感。衰病神倦，友朋书疏，每不能作复，致劳企念，惭愧之至，幸恕之也。胡先生当今诗坛耆宿，常与往还，所获必多。仆废学久，殊不敢于大作有所雌黄也。专复，顺颂

吟安！

千帆

六月十八日

胡国瑞（1908—1998），字芝湘，湖北当阳人。著名古典文学研究专家。武汉大学“八中”之一。著有《魏晋南北朝文学史》《胡国瑞集》等。是陶今雁武汉大学时的老师，二人有信札和诗词唱和来往，陶今雁著有《呈国瑞师》《奉赠国瑞师二首》等诗作酬唱。

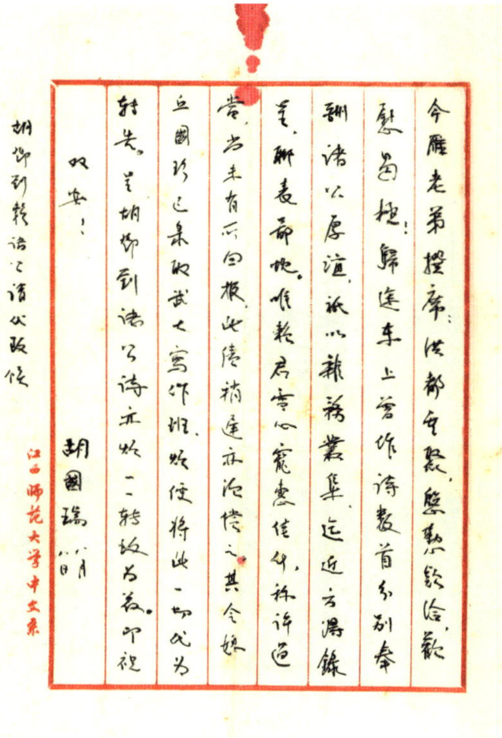

今雁老弟撰席：

洪都重聚，殷勤款洽，欢慰曷极！归途车上曾作诗数首分别奉酬诸公厚谊。只以杂务丛集，迄近方得录呈，聊表鄙忱。唯赖君雪心宠惠佳什，称许过当，尚未有所回报，此债稍迟亦须偿之。其令媳丘国珍已录取武大写作班，烦便将此一切代为转告。

呈胡、邓、刘诸公诗亦烦一一转致呈为荷。即祝

双安！

胡国瑞

八月八日

胡、邓、刘、赖诸公请代致候

胡国瑞致陶今雁信札（二）

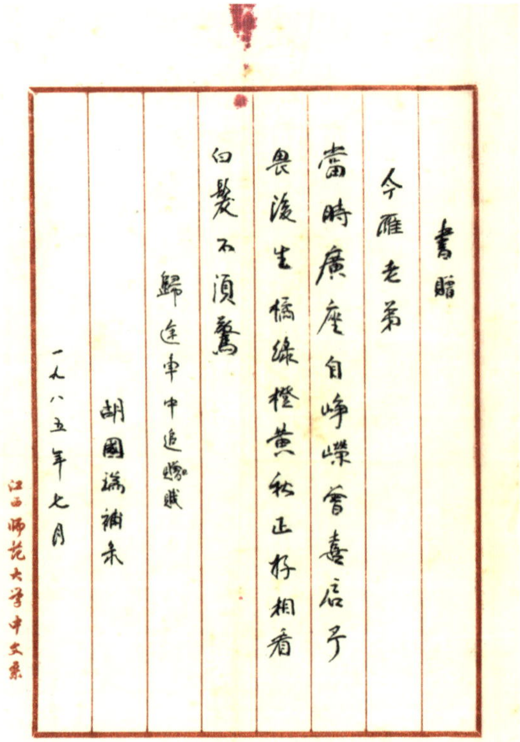

書贈

今雁老弟

當時廣座自峥嵘曾喜启予畏後生橘綠橙黃秋正好相看白髮不須驚

歸途車中追贈賦

胡國瑞補錄

一九八五年七月

江西师范大学中文系

书赠

今雁老弟

当时广座自峥嵘，曾喜启予畏后生。橘绿橙黄秋正好，相看白发不须惊。

归途车中追赠赋

胡国瑞补录

一九八五年七月

按 1.1985 年 8 月，胡国瑞来昌主持研究生答辩，王德保特意到武汉迎请胡国瑞。陶今雁与之相聚，留有唱和诗文若干，详见《雪鸿集》（百花洲文艺出版社）。2. 此诗收录于《胡国瑞集》（上海文艺出版社）。

胡国瑞致陶今雁信札（三）

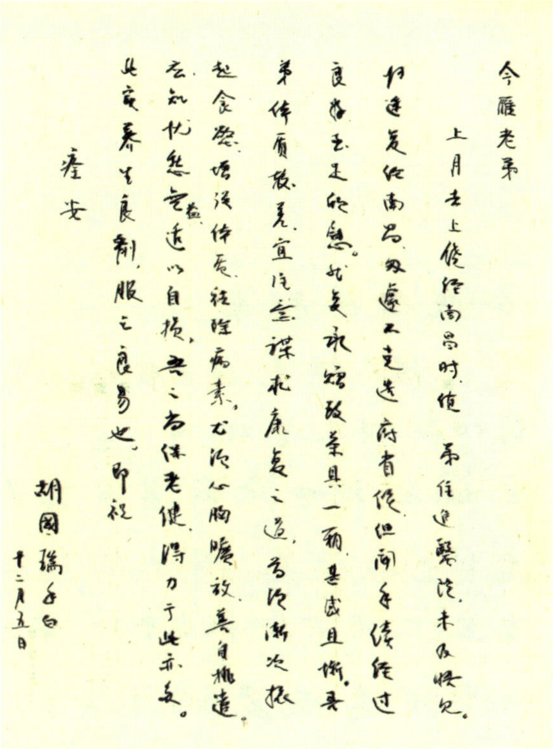

今雁老弟：

上月去上饶经南昌时，值弟住进医院，未及晤见。归途复经南昌，匆遽不克造府省候，但闻手术经过良好至足欣慰！然复承赠致茶具一箱，甚感且惭。吾弟体质较差，宜注意谋求康复之道，首须渐次振起食欲，增强体质，祛除病素。尤须心胸旷放，善自排遣。应知忧愁无益，适以自损，吾之尚保老健，得力于此亦多。此实养生良剂，服之良易也。即祝

痊安！

胡国瑞手白

十二月五日

胡国瑞致陶今雁信札（四）

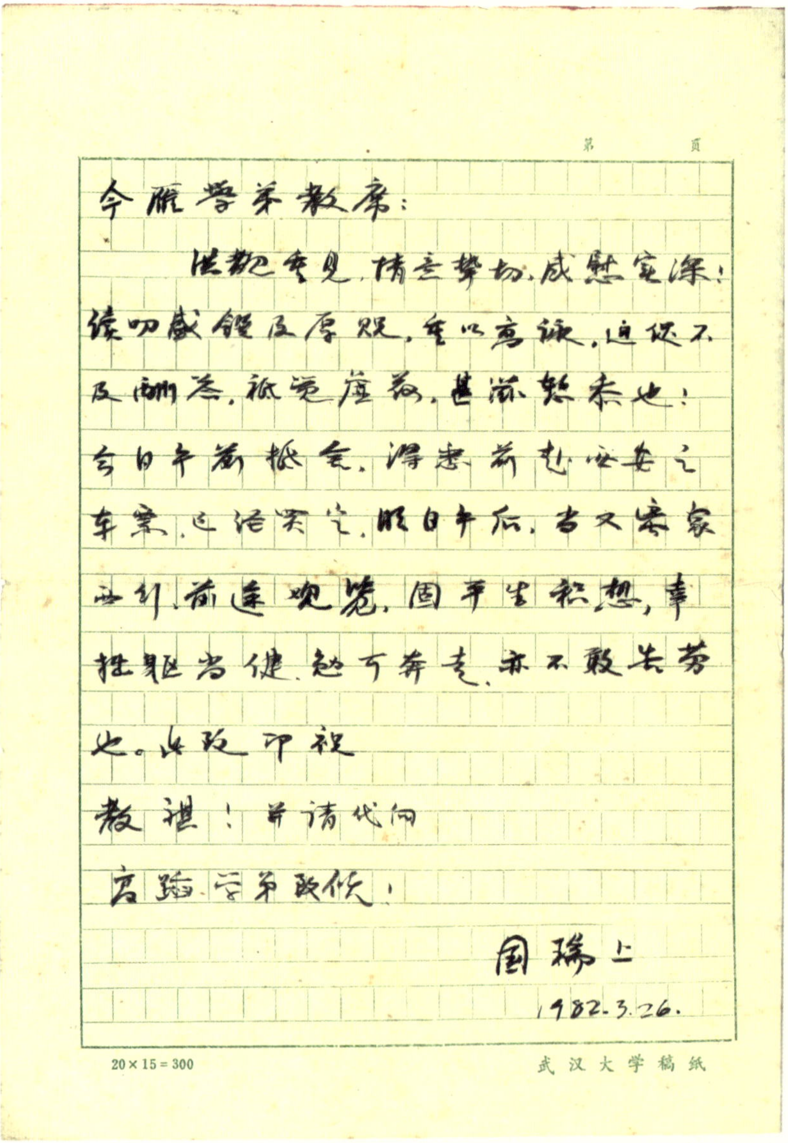

第　　页

今雁学弟教席：

迭翰奉见，情意挚切，感慰实深！续叨盛馔及厚贶，重以高咏，迫促不及酬答，祗觉疏懒，甚深歉疚也！今日午前抵舍，得悉前赴西安之车票，已经买定，明日午后，当又离家西行，前途观览，固平生夙想，幸体躯尚健，犹可奔走，亦不敢告劳也。此致即祝

教祺！并请代向

启蹈学弟致候！

国瑞上

1982.3.26.

20×15=300　　武汉大学稿纸

今雁学弟教席：

洪都重见，情意挚切，感慰实深！续叨盛鉴及厚贶，重以高咏，迫促不及酬答，祇觉虚荷，甚滋惭忝也！今日午前抵舍，得悉前赴西安之车票已经买定，明日午后，当又离家西行。前途观览，固平生积想，幸拙躯尚健，勉可奔走，亦不敢告劳也。此致即祝

教祺！

并请代向高蹈学弟致候！

国瑞上

1982.3.26

按 1. 胡国瑞此次西行留有诗作，《湘珍室诗词稿》（武汉大学出版社）中有《车窗看华山苦雾》《骊山秦坑兵马俑三首》诗作，应为当时西行所作。2. 高蹈与陶今雁为武汉大学同学，陶今雁有诗作《赠高蹈》。

胡守仁致陶今雁诗（一）

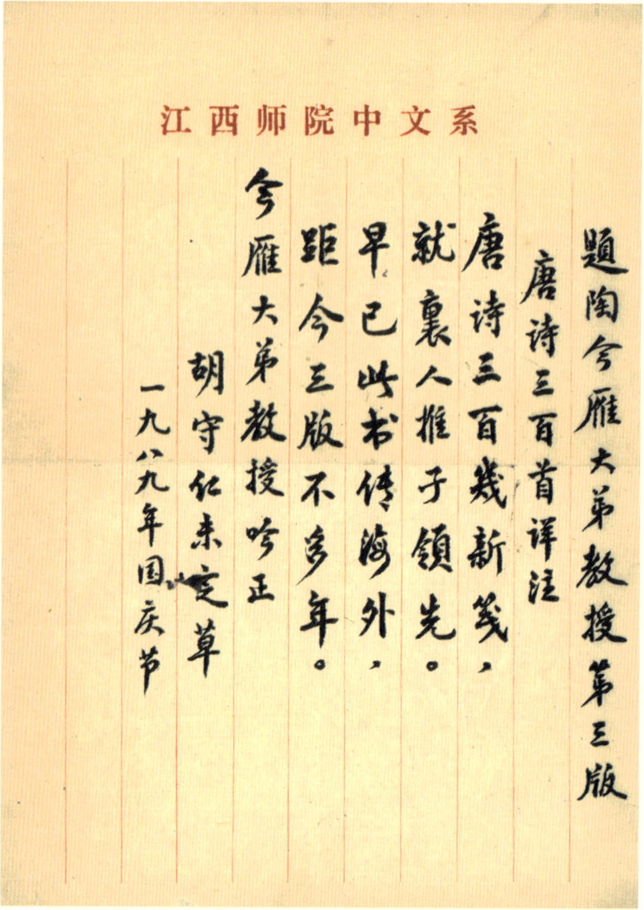

江西师院中文系

题陶今雁大弟教授第三版

唐诗三百首详注

唐诗三百几新笺，

就裏人推子领先。

早已此书传海外，

距今三版不多年。

今雁大弟教授吟正

胡守仁未定草

一九八九年国庆节

胡守仁（1908—2005），字修人，号拜山，江西吉安人。著名古代文学学者、教育家、诗人，全国首批硕士学位研究生导师，著有《胡守仁论文集》《胡守仁诗集》。胡守仁是江西师范大学中文系知名教授。胡、陶二人亦师亦友，长期诗文唱和，留下了大量的诗文手稿。

题陶今雁大弟教授第三版《唐诗三百首详注》

唐诗三百几新笺，就里人推子领先。早已此书传海外，距今三版不多年。

今雁大弟教授吟正

胡守仁未定草

一九八九年国庆节

按 此诗是《唐诗三百首详注》第三版出版后胡守仁所写诗贺，陶今雁有唱和诗，题为《拙作〈唐诗三百首详注〉三版问世承修人师惠诗奖誉谨次韵为报》，收录于《秋雁集》（北京教育出版社）。

胡守仁致陶今雁诗（二）

江西师院中文系

今雁仁弟教授以人所饷荔支分

赠，于我赋谢即希

吟正

当年杨妃贪口腹，不惜万马奔腾死。

东坡日啖三百颗，岭南居可终身矣。

二人尔为缘荔支，荔支魅力乃至此。

我客羊城两度秋，出恭难于妇生子。

其地更在火维南，居之颇不宜火体。

重以荔支性亦燥，一食便闭痛无比。

尤物每见口流涎，因之相避不敢近。

人情未免怀故土，北归今已余三纪。

江西师院中文系

地异朱鸟人亦老，荔支可食何处市？

不知得之君从谁，乃辱分赠感无似。

岂同大嚼过屠门？顿时爽口为狂喜。

顾惭无物以为报，姑酬一诗安足抵？

胡守仁未定草

今雁仁弟教授以人所馈荔支分赠于我赋谢即希吟正

当年杨妃贪口腹，不惜万马奔腾死。东坡日啖三百颗，岭南居可终身矣。二人尔为缘荔支，荔支魅力乃至此。我客羊城两度秋，出恭难于妇生子。其地更在火维南，居之颇不宜火体。重以荔支性亦燥，一食便闭痛无比。尤物每见口流涎，因之相避不敢迩。人情未免怀故土，北归今已余三纪。地异朱鸟人亦老，荔支可食何处市？不知得之君从谁，乃辱分赠感无似。岂同大嚼过屠门？顿时爽口为狂喜。顾惭无物以为报，姑酬一诗安足抵？

胡守仁未定草

按 胡、陶二先生常年诗文往还，这是胡守仁写给陶今雁诸诗中最长的。

胡守仁致陶今雁诗（三）

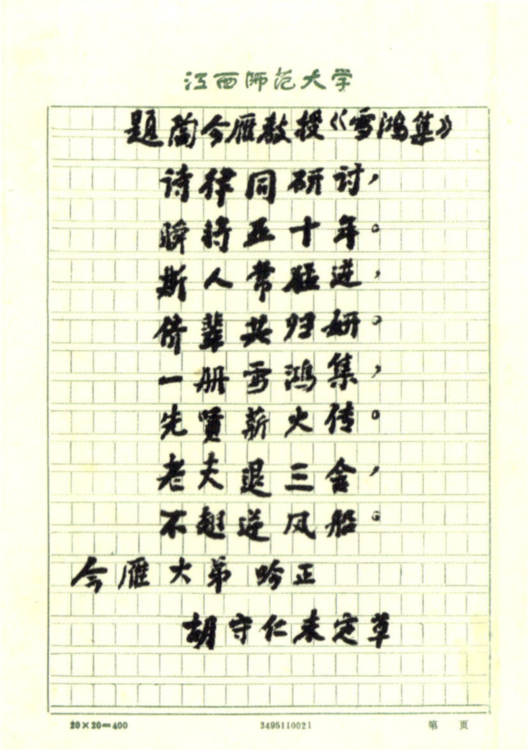
江西师范大学

题陶今雁教授《雪鸿集》

诗律同研讨，
瞬将五十年。
斯人常猛进，
侪辈共归妍。
一册雪鸿集，
先贤薪火传。
老夫退三舍，
不翅逆风船。

今雁大弟吟正

胡守仁未定草

20×20=400　3495110021　第　页

笺一

笺一：　　　　题陶今雁教授《雪鸿集》

诗律同研讨，瞬将五十年。斯人常猛进，侪辈共归妍。

一册雪鸿集，先贤薪火传。老夫退三舍，不翅逆风船。

今雁大弟吟正

胡守仁未定草

笺二：　今雁教授《秋雁集》继《雪鸿集》之后又将问世赋赠一律即希吟正

《雪鸿》已传世，《秋雁》又完编。两集成联璧，诗名罕比肩。

闭门常拥鼻，琢句欲忘眠。我亦耽吟咏，笔端无此妍。

胡守仁未定草

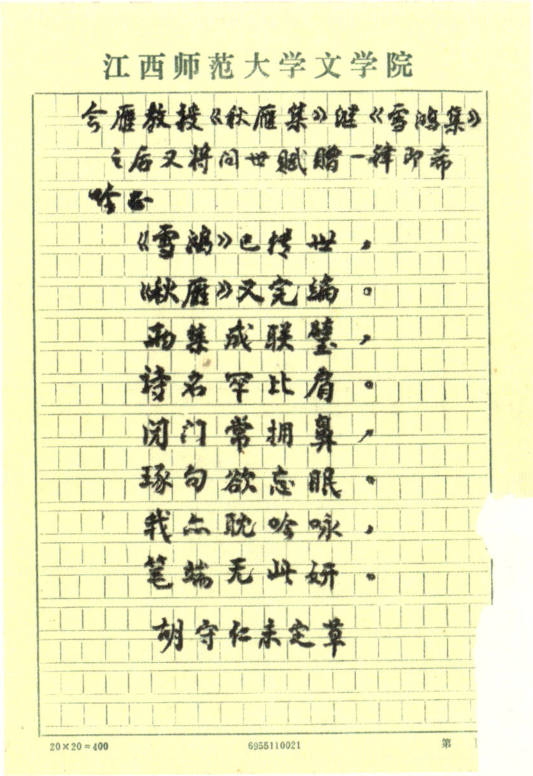

江西师范大学文学院

今雁教授《秋雁集》继《雪鸿集》之后又将问世赋赠一律即希吟正

《雪鸿》已传世，
《秋雁》又完编。
两集成联璧，
诗名罕比肩。
闭门常拥鼻，
琢句欲忘眠。
我亦耽吟咏，
笔端无此妍。

胡守仁未定草

20×20=400　6955110021　第　页

笺二

按　1. 笺一诗作是胡守仁在读陶今雁《雪鸿集》诗词后所写诗文。陶今雁1996年11、12月作《修人师赐题拙著〈雪鸿集〉奖誉过情次韵奉答》和《访修人师》二诗，两诗均是对胡守仁诗作之奉答，详见《秋雁集》。2. 笺二诗是胡守仁在得知陶今雁第二部诗集《秋雁集》将出版所作贺诗。陶今雁1997年5月27日著有《近编拙作〈秋雁集〉，又承修人师惠诗溢誉因次韵奉酬》一诗奉答，详见《秋雁集》。

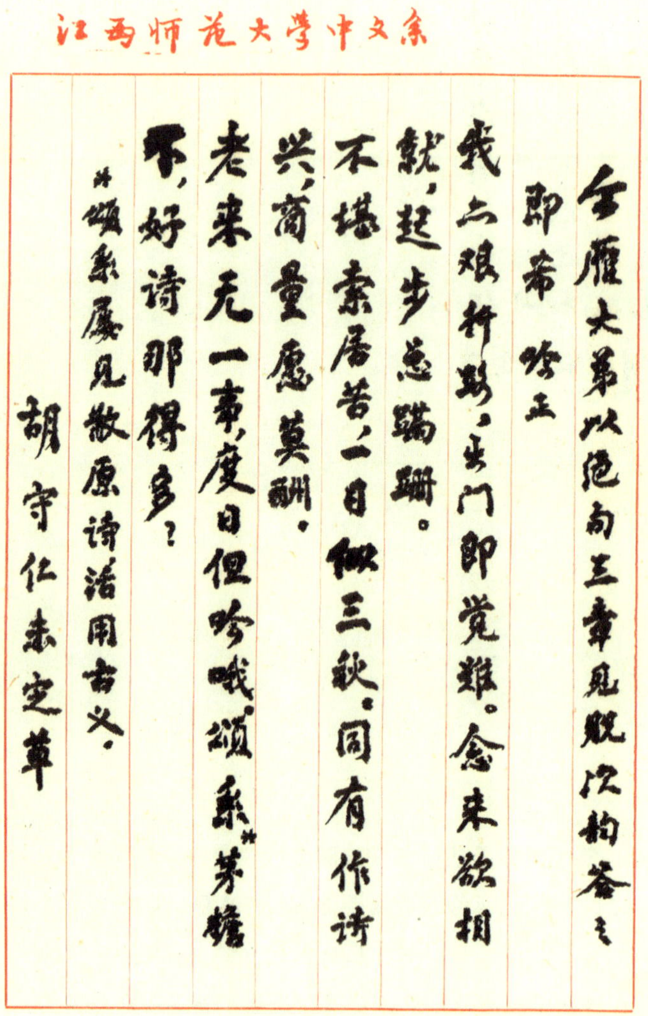

江西师范大学中文系

今雁大弟以绝句三章见贶次韵答之
即希 吟正

我亦艰行路，出门即觉难。念来欲相就，起步忽蹒跚。

不堪索居苦，一日似三秋。同有作诗兴，商量愿莫酬。

老来无一事，度日但吟哦。颂系*茅檐下，好诗那得多？

*颂系屡见散原诗，沿用古义。

胡守仁未定草

胡守仁致陶今雁诗（四）

今雁大弟以绝句三章见贶次韵答之即希吟正

我亦艰行路，出门即觉难。念来欲相就，起步总蹒跚。

不堪索居苦，一日似三秋。同有作诗兴，商量愿莫酬。

老来无一事，度日但吟哦。颂系茅檐下，好诗那得多？

颂系屡见散原诗，活用古义。

胡守仁未定草

按 1. 此组诗收录于胡守仁《胡守仁诗集》（江西高校出版社）。2. 陶今雁于 1996 年 12 月 15 日作《春杪次韵奉酬修人师见惠之作三首》是为前后酬唱之作，收录于《秋雁集》。

胡守仁致陶今雁诗（五）

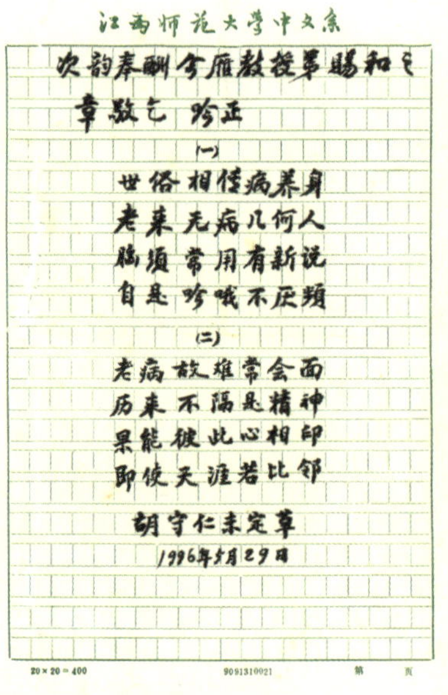
江西师范大学中文系

次韵奉酬今雁教授弟赐和之章敬乞吟正

（一）

世俗相传病养身
老来无病几何人
脑须常用有新说
自是吟哦不厌频

（二）

老病故难常会面
历来不隔是精神
果能彼此心相印
即使天涯若比邻

胡守仁未定草
1996年5月29日

20×20＝400　9091310021　第　页

笺一

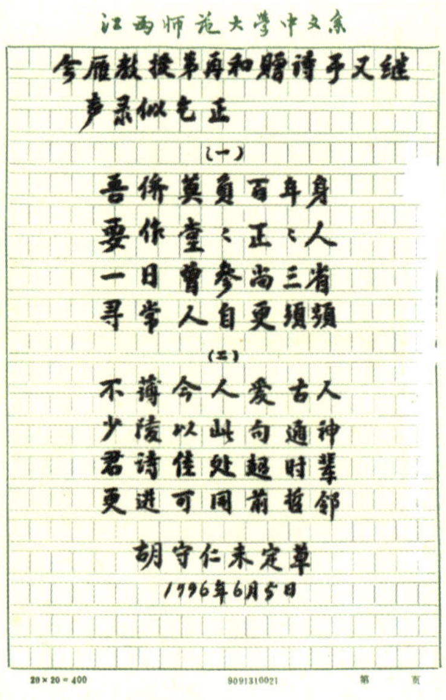
江西师范大学中文系

今雁教授弟再和赠诗予又继声录似乞正

（一）

吾侪莫负百年身
要作堂堂正正人
一日曾参尚三省
寻常人自更须频

（二）

不薄今人爱古人
少陵以此句通神
君诗佳处超时辈
更进可同前哲邻

胡守仁未定草
1996年6月5日

20×20＝400　9091310021　第　页

笺二

笺一：　　　　　　次韵奉酬今雁教授弟赐和之章敬乞吟正

（一）世俗相传病养身，老来无病几何人。脑须常用有新说，自是吟哦不厌频。

（二）老病故难常会面，历来不隔是精神。果能彼此心相印，即使天涯若比邻。

胡守仁未定草

1996年5月29日

笺二：　　　　　　今雁教授弟再和赠诗予又继声录似乞正

（一）吾侪莫负百年身，要作堂堂正正人。一日曾参尚三省，寻常人自更须频。

（二）不薄今人爱古人，少陵以此句通神。君诗佳处超时辈，更进可同前哲邻。

胡守仁未定草

1996年6月5日

按　这是1996年胡、陶二先生第二、三次诗文唱和之作，陶今雁以《修人师再惠珠玉原韵奉酬二首》、《三次奉酬修人师见惠之作二首》诗和之，收录于《秋雁集》。

胡守仁致陶今雁诗（六）

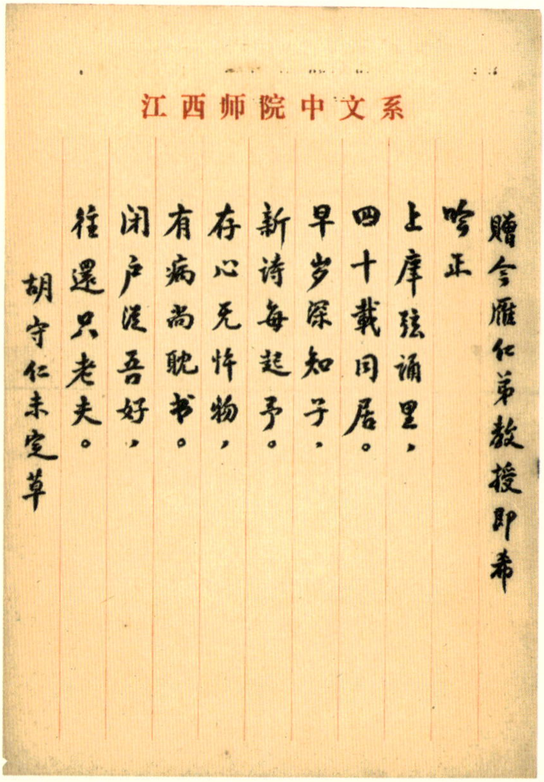
江西师院中文系

赠今雁仁弟教授即希吟正

上庠弦诵里，四十载同居。早岁深知子，新诗每起予。存心无忤物，有病尚耽书。闭户从吾好，往還只老夫。

胡守仁未定草

赠今雁仁弟教授即希吟正

上庠弦诵里，四十载同居。早岁深知子，新诗每起予。存心无忤物，有病尚耽书。闭户从吾好，往还只老夫。

胡守仁未定草

按 此诗收录于《胡守仁诗集》，写作时间略早于上诗，《诗集》作“闭户稀来往，不时过老夫”。

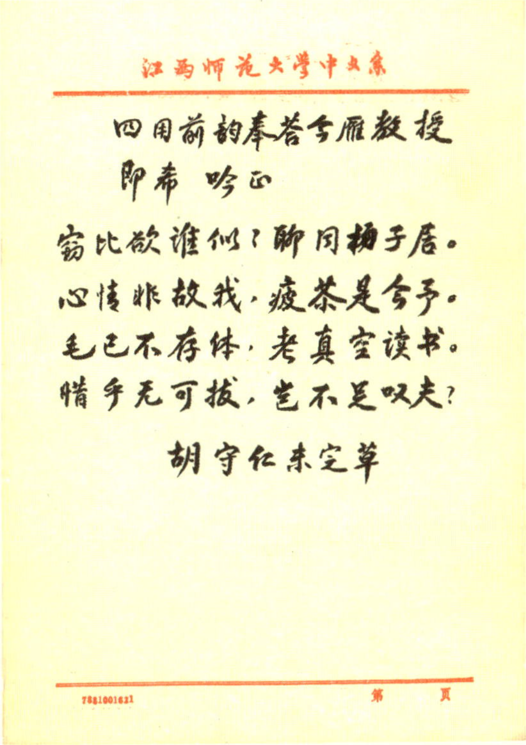

江西师范大学中文系

四用前韵奉答今雁教授

即希 吟正

穷比欲谁似？聊同杨子居。

心情非故我，疲茶是今予。

毛已不存体，老真空读书。

惜乎无可拔，岂不足叹夫？

胡守仁未定草

7881001621 第 页

四用前韵奉答今雁教授即希吟正

穷比欲谁似？聊同扬子居。心情非故我，疲茶是今予。毛已不存体，老真空读书。惜乎无可拔，岂不足叹夫？

胡守仁未定草

按 此诗作于 1991 年 6 月。陶今雁以《修人师四用前韵见赠次韵奉答二首》诗和之，收录于《秋雁集》。

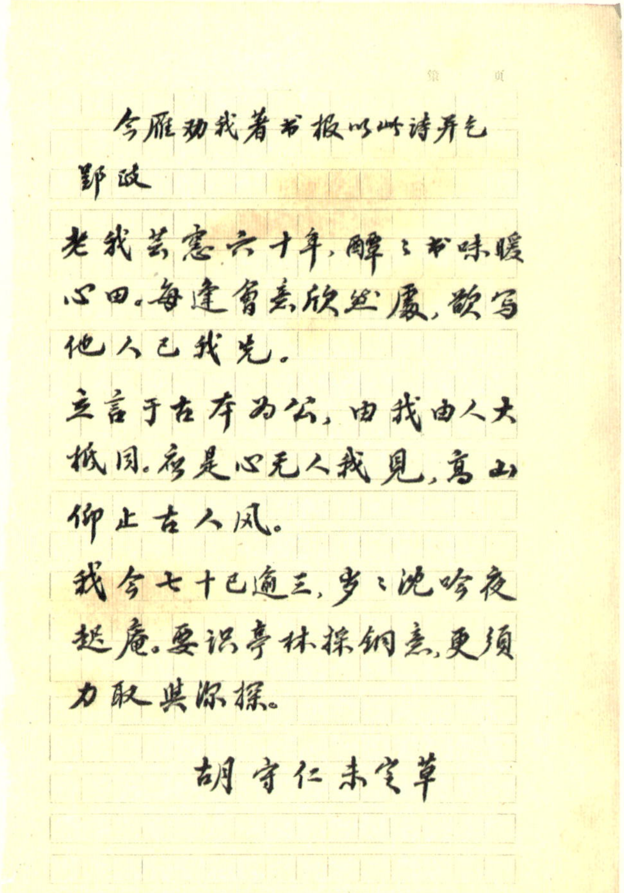

第　　页

今雁劝我着书报以此诗并乞
郢政

老我芸窗六十年，醉醉书味暖心田。每逢会意欣然处，欲写他人已我先。

立言千古本为公，由我由人大概同。若是心无人我见，高山仰止古人风。

我今七十已逾三，岁岁沈吟夜越庵。要识亭林採铜意，更须力取其深探。

胡守仁未定草

20×15=300　　江西师范学院稿纸

胡守仁致陶今雁诗（八）

今雁劝我著书报以此诗并乞郢政

老我芸窗六十年，醰醰书味暖心田。每逢会意欣然处，欲写他人已我先。

立言于古本为公，由我由人大抵同。应是心无人我见，高山仰止古人风。

我今七十已逾三，岁岁沉吟夜起庵。要识亭林采铜意，更须力取与深探。

胡守仁未定草

按 1.1980年，陶今雁《唐诗三百首详注》问世后，写有一诗《唐诗三百首详注问世有感》，并致书劝胡守仁著书。2.此诗胡守仁作于1981年，距离胡守仁1990年出版的《劫后集》近10年。

陶博吾致陶今雁手札

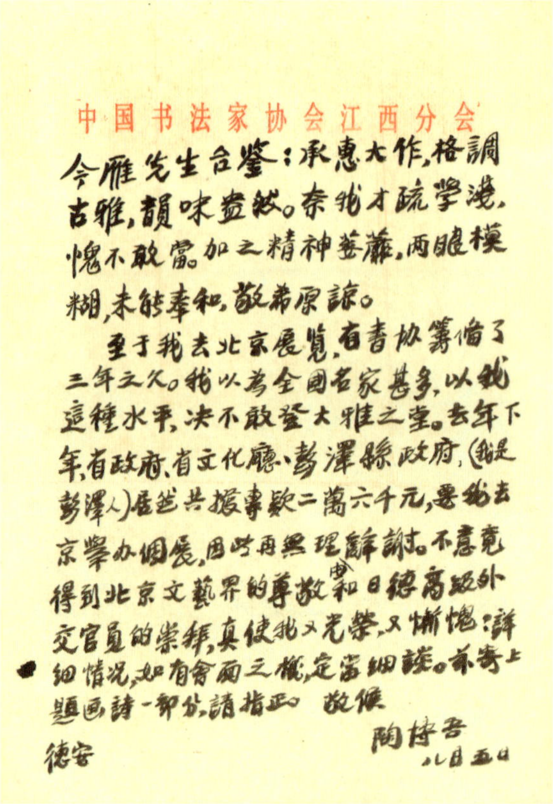

中国书法家协会江西分会

今雁先生台鉴：承惠大作，格調古雅，韻味盎然。奈我才疏学淺，愧不敢當。加之精神萎靡，兩眼模糊，未能奉和，敬希原諒。

至于我去北京展覽，省書協籌備了三年之久。我以為全國名家甚多，以我這種水平，决不敢登大雅之堂。去年下年，省政府、省文化廳、彭澤縣政府，（我是彭澤人）屆並共撥專款二萬六千元，要我去京舉办個展，因此再無理辭謝。不意竟得到北京文藝界的尊敬和中日德高級外交官員的崇拜，真使我又光榮，又慚愧！詳细情況，如有會面之機，定當细談。茲寄上題画詩一部分，請指正。敬候

德安

陶博吾

八月五日

陶博吾（1900—1996），原名文，字博吾，号国顺，别署白湖散人、简朴斋等。江西彭泽人，著名书画家。著有《石鼓文集联》《习篆一径》《陶博吾书画集》等。二陶曾有书信往来，讨论诗词，陶博吾曾书赠陶今雁，其在北京举办展览时曾致书邀请陶今雁参观，陶今雁赠以诗为贺。

今雁先生台鉴：

承惠大作，格调古雅，韵味盎然。奈我才疏学浅，愧不敢当。加之精神萎靡，两眼模糊，未能奉和，敬请原谅。

至于我去北京展览，有书协筹备了三年之久。我以为全国名家甚多，以我这种水平，决不敢登大雅之堂。去年下年，省政府、省文化厅、彭泽县政府（我是彭泽人），居然共拨专款二万六千元，要我去京举办个展，因此再无理由辞谢。不意竟得到北京文艺界的尊敬和日德高级外交官员的崇拜，真使我又光荣，又惭愧！详细情况，如有会面之机，定当细谈。

兹寄上题画诗一部分，请指正。敬候

德安！

陶博吾

八月五日

按 1.1989 年 5 月 16 日至 21 日，在中国美术馆举办了“陶博吾书画展”，由中国书法家协会、江西省人民政府共同主办。2. 陶今雁于 1989 年 5 月 2 日曾著有《奉呈陶博吾老先生二首》诗，收录于《秋雁集》。

刘方元致陶今雁诗（一）

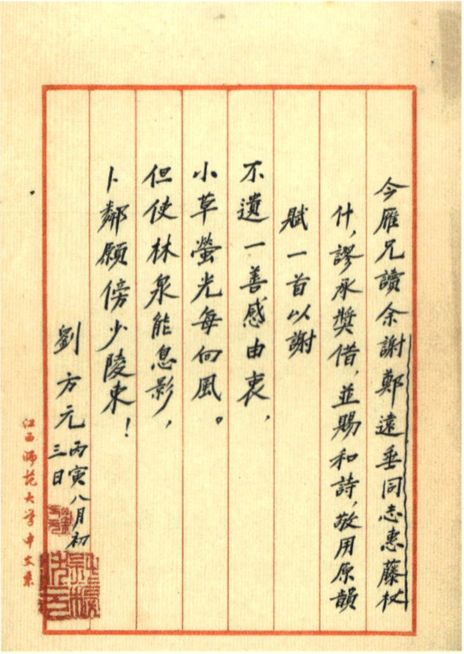

今雁兄讀余謝鄭遠垂同志惠藤杖什，謬承獎借，並賜和詩，效用原韻賦一首以謝

不遺一善感由衷，
小草螢光每向風。
但使林泉能息影，
卜鄰願傍少陵東！

劉方元 丙寅八月初三日

江西师范大学中文系

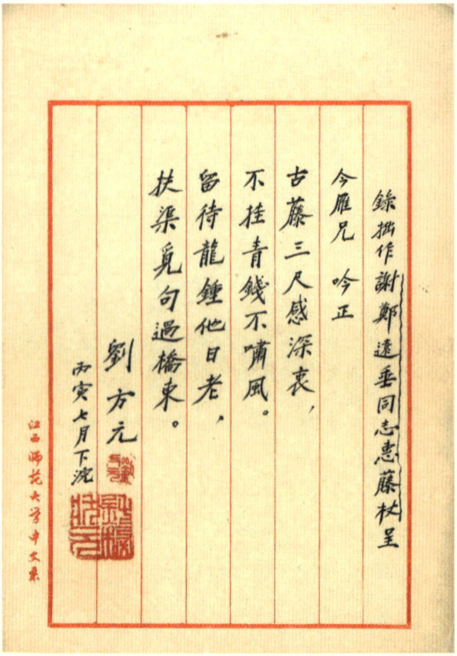

錄拙作謝鄭遠垂同志惠藤杖呈

今雁兄 吟正

古藤三尺感深衷，
不挂青錢不嘯風。
留待龍鍾他日老，
扶渠覓句過橋東。

劉方元 丙寅七月下浣

江西师范大学中文系

刘方元（1916—2011），笔名陵君，江西萍乡人。江西师范大学中文系教授、硕士研究生导师。著有《四书今译》《龙文鞭影新注》等。与陶今雁留下大量诗词唱和作品。

录拙作《谢郑远垂同志惠藤杖》呈今雁兄吟正

古藤三尺感深衷，不挂青钱不啸风。留待龙钟他日老，扶渠觅句过桥东。

刘方元

丙寅七月下浣

今雁兄读余《谢郑远垂同志惠藤杖》什，谬承奖借，并赐和诗，敬用原韵赋一首以谢

不遗一善感由衷，小草萤光每向风。但使林泉能息影，卜邻愿傍少陵东！

刘方元

丙寅八月初三日

按 1. 此二诗是刘方元 1986 年 8、9 月所作，《谢郑远垂同志惠藤杖》收录于其自印本诗集《方元诗词选》。2. 今雁先生 1986 年 9 月 4 日有和诗《次韵方元兄〈谢郑远垂同志惠藤杖〉》，收录于《秋雁集》。

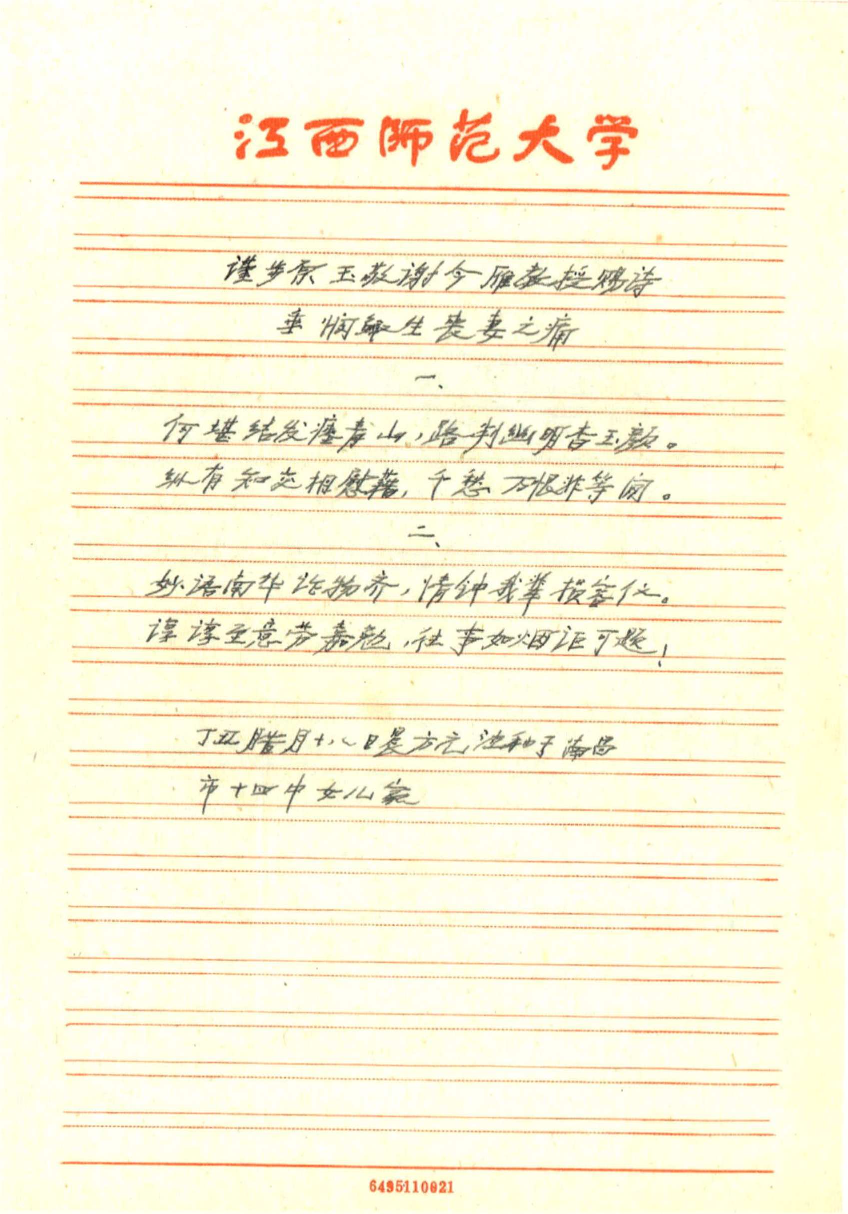

江西师范大学

谨步宗玉教谢今雁教授赐诗
并悯余生丧妻之痛

一、

何堪结发瘗青山，路判幽明杳玉颜。
纵有知交相慰藉，千愁万恨非等闲。

二、

妙语南华论物齐，情钟我辈损容仪。
谆谆至意劳嘉勉，往事如烟讵可追！

丁丑腊月十八日晨方元泣和于南昌
市十四中女儿家

6495110921

谨步原玉敬谢今雁教授赐诗垂悯鳏生丧妻之痛

一

何堪结发瘗青山，路判幽明杳玉颜。纵有知交相慰藉，千愁万恨非等闲。

二

妙语南华论物齐，情钟我辈损容仪。谆谆至意劳嘉勉，往事如烟讵可题！

丁丑腊月十八日晨方元泣和于南昌市十四中女儿家

按 1. 此诗收录于刘方元自印本诗集《方元诗词选》。2. 刘方元妻仙逝后，今雁先生于 1998 年 1 月 10 日以诗相慰，题为《方元教授夫人仙逝难免悲怆因赋二绝以慰》，二诗收录于《寒梅集》和刘方元自印本诗集《方元诗词选》。

邓志瑗致陶今雁手札（一）

①追师：《晋书·儒林传》："董景道，字文博，弘农人。少而好学，千里追师。"②焦发：《梁书·文学传》："刘峻，字孝标。家贫，寄人庑下，自课读书，常燎麻炬，从夕达旦。时或昏睡，爇其发。既觉复读，终夜不寐，其精力如此。"③二酉：《图经》："穆天子藏异书于大酉山、小酉山。"④糠秕：《世说新语·排调》："王文度（王坦之）、范荣期（范启）俱为简文所要。范年大而位小，王年小而位大。将前，更相推在前。既移久，王遂在范后。王因谓曰：'簸之扬之，糠秕在前。'范曰：'洮之汰之，沙砾在后。'"后遂用"糠秕"为替人作序自谦之词。⑤睛青：《陈书·徐陵传》："陵字孝穆。目有青睛，时人以为聪慧之相也。"

今雁好友：

接奉三月二十五日

大函，知

尊稿已交印刷厂付印，慎方

大命，有负宿诺。故接书后，即着手写序，顷已撰成。今特命小儿邓刚送上，并请

赐正。又送上奶粉二袋，祝贺

吾兄贵体已康，从此吉人天相，健康长寿，与巴医师同登一百二十岁高龄！另外，弟现决定自费出版《梦樵诗词文寄情集》，已撰自序一篇，自题诗一首，亦并附上请

政。

弟拟请

吾兄与方元兄作序。作序时，请根据弟自序文内容作，不必看全稿，以免花费

吾兄过多精力与时间。千万望勿谦辞！专此，敬覆，并祝

俪安！

弟邓志瑗上

1998.4.6.

20×20=400　江西教育学院学报编辑部　11499600021　第　页

吾兄《雪鸿集自序》写得很简洁，非常好！如替弟写序，就用此文体。弟又及。

今雁好友：

接奉三月二十五日大函，知尊稿已交印刷厂付印，惧方大命，有负宿诺。故接书后，即着手写序，顷已撰成。今特命小儿邓刚送上，并请赐正。又送上奶粉二袋，祝贺吾兄贵体已康，从此吉人天相，健康长寿，与巴医师同登一百二十岁高龄！另外，弟现决定自费出版《梦樵诗词文寄情集》，已撰自序一篇，自题诗一首，亦并附上请政。

弟拟请吾兄与方元兄作序。作序时，请根据弟自序文内容作，不必看全稿，以免花费吾兄过多精力与时间。千万望勿谦辞！专此，敬复，并祝

俪安！

弟邓志瑗上

1998.4.6

吾兄《雪鸿集自序》写得很简洁，非常好！如替弟写序，就用此文体。弟又及。

邓志瑗（1915—2008），字希玉，笔名梦樵，别号愚夫，江西奉新县人。著名语言文字学家、学者、诗人，江西师范大学、江西教育学院中文系教授。著有《中国文字学简说》《幼学琼林译注》等。曾给陶今雁诗集《雪鸿集》《秋雁集》写序言，友谊深厚，二人留下大量唱和诗词。

按 1. 此手札是邓志瑗于1998年4月所写，当时陶今雁计划出新诗集，但因集名未定，遂以继前集为名，后定名为《秋雁集》。2. 陶今雁《雪鸿集》《秋雁集》均有邓志瑗所作序言。

今雁兄：

适奉本月十八日
大函，知
兄将出版诗词集，不禁大喜！
现谨遵
命将覆印寄来之拙序审阅一过，略更正数字付邮寄上，请
查收指正！

《今雁诗词集》，改为《雪鸿集》，意深词雅，很好！我非常赞成，拙序已照此改正。

承
次韵《卜算子》词，命意遣词俱工。见札并承赠之《望海潮》词，上半阕写沟边情景，下半阕叙师院同事时概况。往事历历，而欲为昔日之聚，已不可得矣，思之惘然。至于命意布局用词亦极佳，他日有空，当步韵奉酬。

专此，奉覆。顺祝
俪安！

弟邓志瑗上
1994.11.19.

《满江红》《浪淘沙》《望海潮》三阕，情辞并茂，很妙！

弟又及。

20×20=400　　江西省教育学院

今雁兄：

适奉本月十八日大函，知兄将出版诗词集，不禁大喜！现谨遵命将复印寄来之拙序审阅一过，略更正数字付邮寄上，请查收指正！

《今雁诗词集》改为《雪鸿集》，意深词雅，很好！我非常赞成，拙序已照此改正。承次韵《卜算子》词，命意遣词俱工。见忆并承赠之《望海潮》词，上半阕写沟边情景，下半阕叙师院同事时概况。往事历历，而欲为昔日之聚，已不可得矣，思之惘然。至于命意布局用词亦极佳，他日有空，当步韵奉酬。

专此，奉复。顺祝

俪安！

弟邓志瑗上

1994.11.19

《满江红》《浪淘沙》《望海潮》三阕，情辞并茂，很妙！弟又及。

按 1.《雪鸿集》序二为邓志瑗所写。2. 信中所提及的词三阕均收录于《雪鸿集》中，邓志瑗后步韵《望海潮》一阕，收录于邓志瑗《梦樵诗词文寄情集》。

胡迎建致陶今雁诗

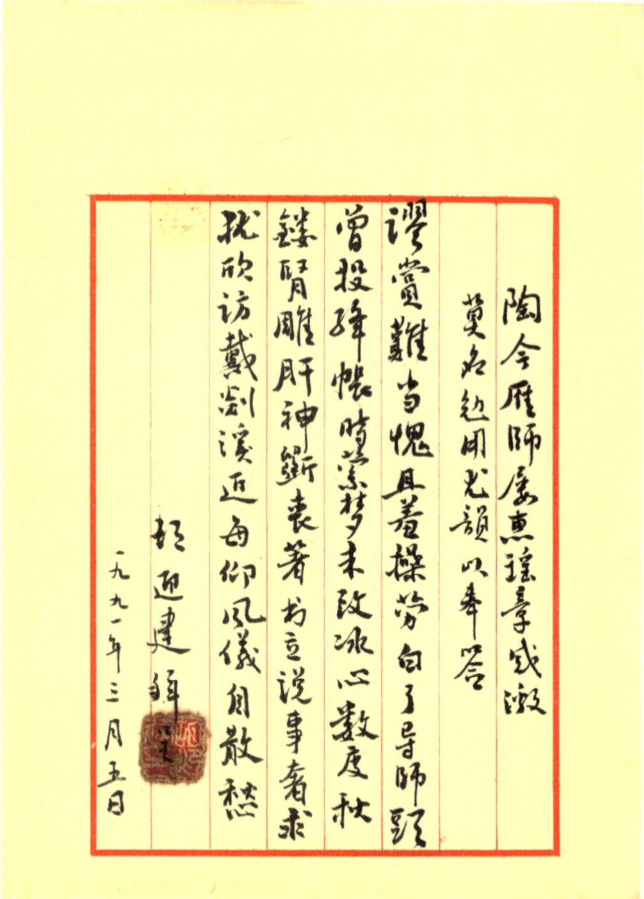
陶今雁師屢惠瑤章感激
莫名題用光韻以奉答
謬賞難當愧且羞操勞白了導師頭
曾投絳帳時縈夢未改冰心數度秋
鏤腎雕肝神斵表著書立說事奢求
犹欣訪戴剡溪近每仰風儀自散愁
胡迎建辭
一九九一年三月五日

胡迎建（1953—），出生于江西星子，祖籍江西都昌。中华诗词学会副会长、江西省社会科学院首席研究员，曾任赣鄱文化研究所所长。主编《江西诗词》，代表著作有《近代江西诗话》《陈三立与同光体诗派研究》等。

陶今雁师屡惠瑶章感激莫名，勉用尤韵以奉答

谬赏难当愧且羞，操劳白了导师头。曾投绛帐时萦梦，未改冰心数度秋。

镂肾雕肝神斫丧，著书立说事奢求。犹欣访戴剡溪近，每仰风仪自散愁。

胡迎建拜呈

一九九一年三月五日

梅仕灿致陶今雁手札

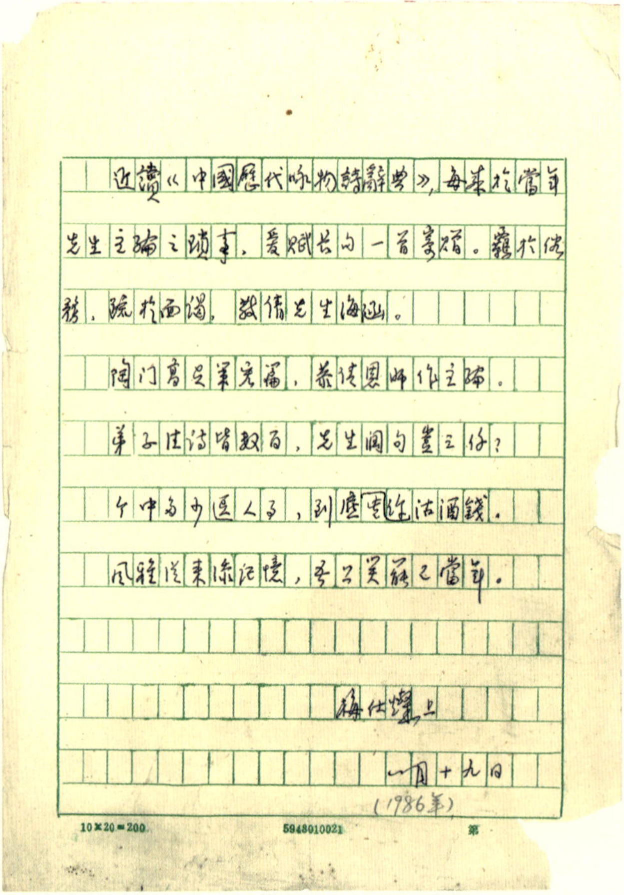

近讀《中國歷代咏物詩辭典》，每念於當年先生主編之瑣事，爰賦七句一首奉贈。竊於修務，疏於西漏，敬請先生海涵。

陶門高足策宏篇，恭請恩師作主編。

弟子性情皆散漫，先生風韵豈之仔？

个中多少匠人事，到底空赚沽酒錢。

風雅從來緣記憶，可曾笑語之當年。

梅仕灿上

一月十九日

（1986年）

10×20＝200　5948010021　第

梅仕灿（1964—），江西进贤人。毕业于江西师范大学数学系。曾任江西省委巡视组组长、景德镇陶瓷大学党委书记等职，现任江西省委党史研究室主任。曾问学于陶今雁，二人有诗词往还唱和。

近读《中国历代咏物诗辞典》，每感于当年先生主编之琐事，爰赋长句一首寄赠。羁于俗务，疏于面谒，敬请先生海涵。

陶门高足策宏篇，恭请恩师作主编。弟子注诗皆数百，先生润句岂三千？个中多少逗人事，到底许些沽酒钱。风雅从来添记忆，吾公笑罢已当年。

梅仕灿上

八月十九日

按 1.1992年，江西教育出版社出版《中国历代咏物诗辞典》，陶今雁主编。2.陶今雁有诗《临江仙·赠梅仕灿诗友》，收录于《寒梅集》。

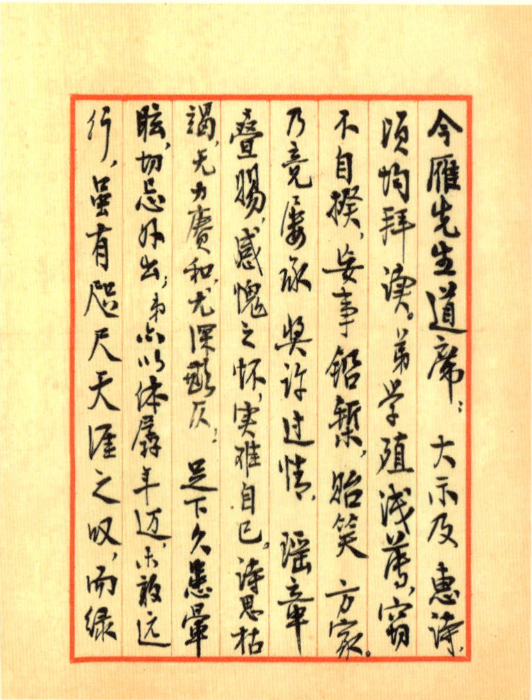

今雁先生道席：大示及惠詩，頃均拜讀。弟学殖浅薄，窃不自揆，妄事鉛槧，貽笑方家。乃竟蒙獎許過情，瑤章疊賜，感愧之懷，实难自已。诗思枯竭，无力賡和，尤深歉仄！足下久患暈眩，切忌外出；弟亦以体羸年迈，未敢远行，虽有咫尺天涯之叹，而缘

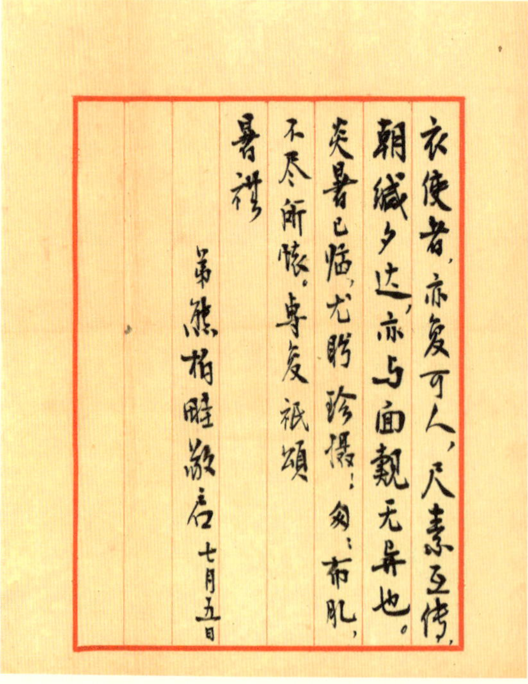

衣使者，亦复可人，尺素互传，朝緘夕达，亦与面觌无异也。炎暑已临，尤盼珍攝！匆匆布臆，不尽所怀。專复，祇頌

暑禧

弟熊柏畦敬启 七月五日

熊柏畦致陶今雁手札

今雁先生道席：

大示及惠诗，顷均拜读。弟学殖浅薄，窃不自揆，妄事铅椠，贻笑方家。乃竟屡承奖许过情，瑶章叠赐，感愧之怀，实难自已。诗思枯竭，无力赓和，尤深歉仄！足下久患晕眩，切忌外出，弟亦以体孱年迈，未敢远行，虽有咫尺天涯之叹，而绿衣使者，亦复可人，尺素互传，朝缄夕达，亦与面觌无异也。炎暑已临，尤盼珍摄！匆匆布臆，不尽所怀，专复祗颂

暑祺

弟熊柏畦敬启

七月五日

熊柏畦（1903—1990），唐宋文学研究专家，著有《宋八大家绝句选》《杜甫绝句注释》《唐人绝句八百首》等。

按 熊柏畦与今雁先生常有诗作往来，《雪鸿集》收录有《奉答熊柏畦先生》《熊柏畦先生惠赠〈唐人绝句八百首〉赋此以谢》等诗。

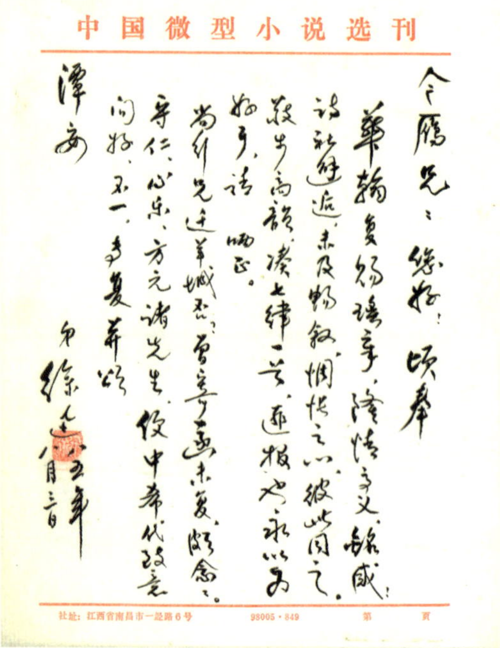
中国微型小说选刊

社址：江西省南昌市一[illegible]路6号　98005·849　第　页

今雁兄：

您好！顷奉华翰复赐瑶章，隆情高义，铭感！诗社邂逅，未及畅叙，惆怅之心，彼此同之。敬步高韵，凑七律一首。匪报也，永以为好耳。请哂正。尚行兄迁羊城否？曾寄一函未复，颇念。

守仁、心乐、方元诸先生，便中希代致意问好，不一。专复并颂

潭安！

弟徐迅

八五年八月三日

徐迅（1928—2011），字畏迟，笔名徐速、悔迟、醉霞、奇隼等，号乐斋、味之庵主、随缘居士。江西奉新人。著有《随缘居藏珠集》等。与陶今雁有诗词唱和。

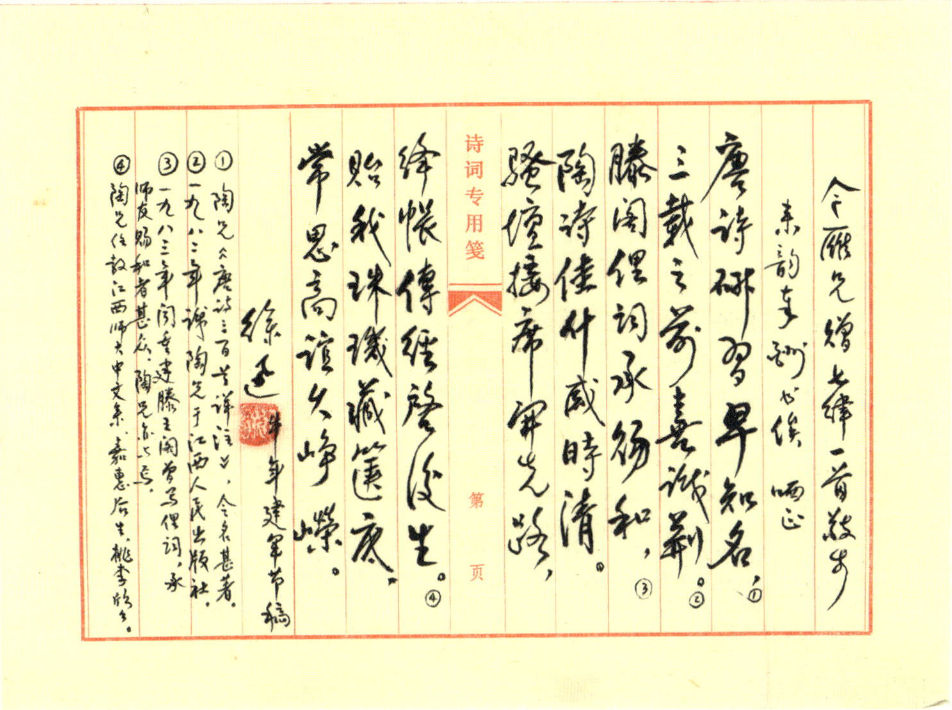
今雁兄赠七律一首敬步
来韵奉酬书俟　哂正

唐诗研习早知名，①三载之前喜识荆。②滕阁俚词承赐和，③陶诗佳什感时清。骚坛接席开先路，绛帐传经启后生。④贻我珠玑藏箧底，常思高谊久峥嵘。

徐迅　牛年建军节稿

① 陶兄之《唐诗三百首详注》，今名甚著。
② 一九八二年谒陶兄于江西人民出版社。
③ 一九八三年南昌重建滕王阁，曾写俚词，承师友赐和者甚众，陶兄亦与焉。
④ 陶兄任教江西师大中文系，嘉惠后生，桃李[illegible]。

诗词专用笺　第　页

今雁兄赠七律一首敬步来韵奉酬书俟哂正

唐诗研习早知名，三载之前喜识荆。滕阁俚词承赐和，陶诗佳什感时清。

骚坛接席开先路，绛帐传经启后生。贻我珠玑藏箧底，常思高谊久峥嵘。

徐迅　牛年建军节稿（注解略）

按 1. 陶今雁 1985 年 7 月有诗《奉赠徐迅先生》，收录于《秋雁集》，第二首是徐迅和诗。2. 今雁先生题滕王阁词作为《贺新郎　前题》，徐迅亦有和词，均收录于徐迅自印本《随缘居藏珠集》。

周作亿致陶今雁手札与诗

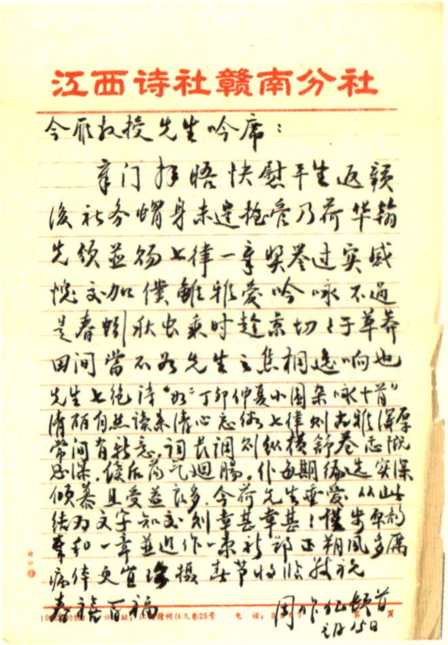

江西诗社赣南分社

今雁教授先生吟席：

宗门拜晤，快慰平生。返赣后社务猬身，未遑趋候，乃荷华翰先颁，并赐七律一章，展卷过实，感愧交加。仆虽雅爱吟咏，不过是春蚓秋虫，乘时逐景，切切于草莽田间，当不为先生之焦桐遗响也。先生七绝诗"收"丁卯仲夏小园杂咏十首"，清丽自然，读来沁心志佩；七律则古雅深厚，常间有新意；词长调则纵横舒卷，志慨豪深，读后荡气回肠。仆每期编选，实深倾慕且受益良多。今荷先生垂爱，从此结为文字知交，则幸甚幸甚！仅步原韵奉和一章，并选作一束，祈郢正。朔风多厉，病体更宜珍摄，善节将临，敬祝

春禧百福

周作亿顿首 元月15日

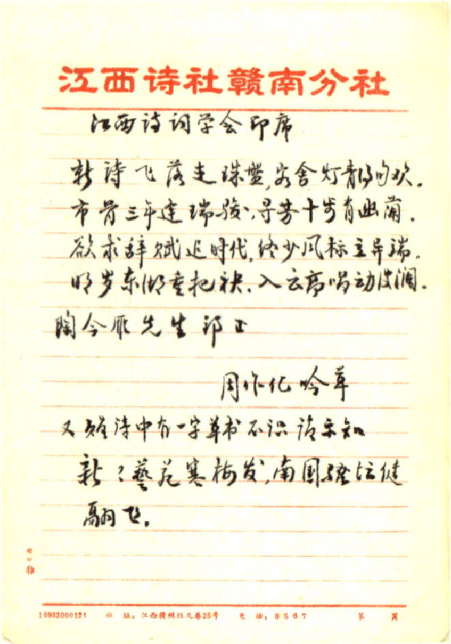

江西诗社赣南分社

江西诗词学会印席

新诗飞落走珠盘，寄舍灯前静自欢。
市肯三年逢瑞发，寻芳十步有幽兰。
欲求辞赋追时代，终步风标立异端。
明岁东湖重把袂，入云高唱动波澜。

陶今雁先生郢正

周作亿吟草

又赐诗中有一字草书不识，请示知

新新艺苑寒梅发，南国骚坛健翮飞。

10982000121 社址：江西赣州红儿巷25号 电话：8567 第 页

周作亿（1922—2010），字竹依，号筠庵主人。江西奉新人。主编《赣南诗词》。曾与陶今雁在南昌相聚，有诗词唱和、书信往来，曾将陶今雁诗词刊登于《赣南诗词》。

今雁教授先生吟席：

章门拜晤，快慰平生。返赣后社务猬身，未遑握管，乃荷华翰先颁，并赐七律一章奖誉过实，感愧交加。仆虽雅爱吟咏，不过是春蚓秋虫，乘时趁景，切切于草莽田间，当不如先生之焦桐逸响也。

先生七绝诗，如《丁卯仲夏小园杂咏十首》，清丽自然，读来清心忘俗；七律则古雅浑厚，常间有新意；词长调则纵横舒卷，感慨思深，读后荡气回肠。仆每期编选，实深倾慕，且受益良多。今荷先生垂爱，从此结为文字知交，则幸甚幸甚！

谨步原韵奉和一章，并近作一束，祈郢正。朔风多厉，病体更宜珍摄。春节将临，敬祝春禧百福！

周作亿顿首

元月十五日

江西诗词学会即席

新诗飞落走珠盘，客舍灯青得句欢。市骨三年逢瑞骏，寻芳十步有幽兰。

欲求辞赋追时代，终少风标立异端。明岁东湖重把袂，入云高唱动波澜。

陶今雁先生郢正

周作亿吟草

按 陶今雁《丁卯仲夏小园杂咏十首》作于1986年6月25日，收录于《雪鸿集》。

方民希致陶今雁手札（一）

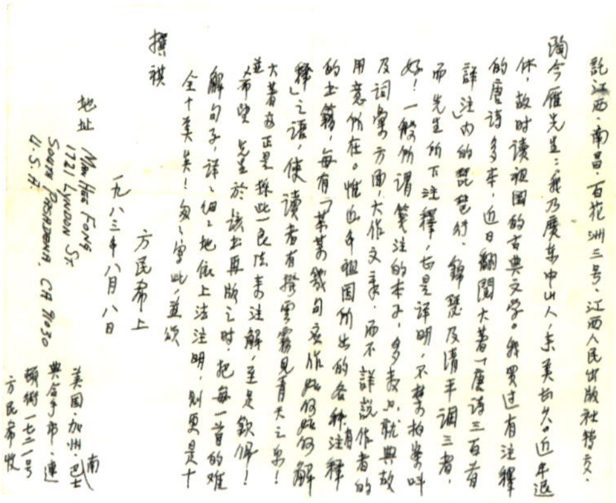

寄江西·南昌·百花洲三号·江西人民出版社转交·

陶今雁先生：我乃广东中山人，来美已久，近年退休，故时读祖国的古典文学。我买过有注释的唐诗多本，近日翻阅大著《唐诗三百首详注》内的《琵琶行》、《锦瑟》及《清平调》三首，而先生所下注释，尤是详明，不禁拍案叫好！一般所谓笺注的本子，多表明典故及词汇方面，大作文章，而不详说作者的用意所在。惟近年祖国所出的各种注释的书籍，每有"某某几句应作如何解释"之语，使读者有拨云雾见青天之乐！大著尤正是採此一良法来注解，至是钦佩！并希望先生於该书再版之时，把每一首的难解句子，详详细细地依上法注明，则更是十全十美矣！匆匆写此，並颂

撰祺

方民希上

一九八三年八月八日

地址 Man Hee Fong
1721 Lyndon St.
South Pasadena, CA 91030
U.S.A.

美国·加州·南巴士典拿市·连顿街一七二一号
方民希收

笺一

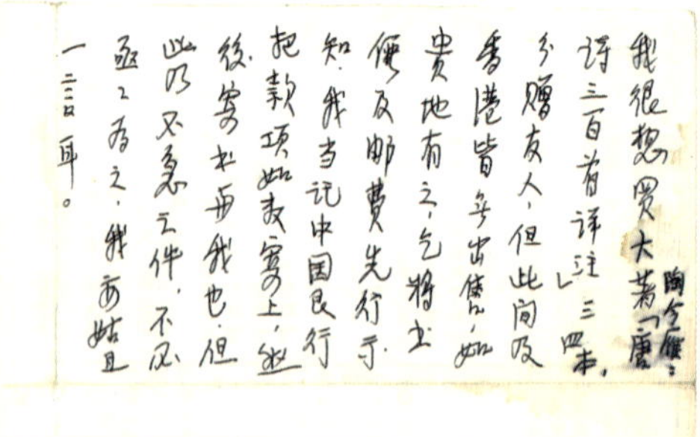

陶今雁：

我很想买大著《唐诗三百首详注》三、四本，分赠友人，但此间及香港皆无出售，如贵地有之，乞将书价及邮费先行示知，我当托中国银行把款项如数寄上，然后寄书与我也。但此乃不急之件，不必亟亟为之，我亦姑且一言耳。

笺二

陶今雁致方民希手札

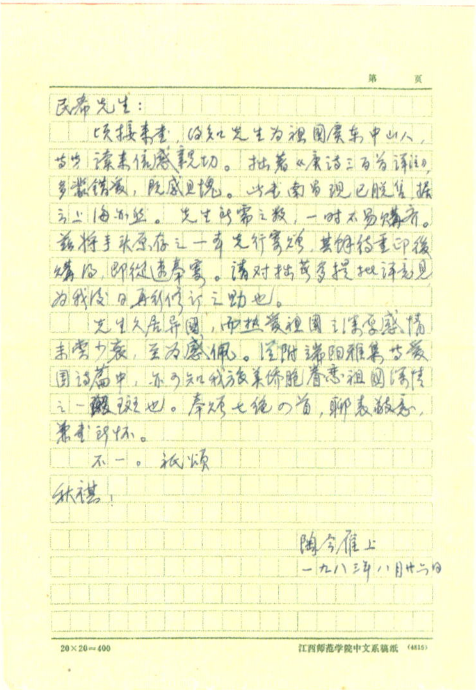

第　页

民希先生：

顷接来书，始知先生为祖国广东中山人，当步读来信感亲切。拙著《唐诗三百首详注》，多有错误，殊感且愧。此书南昌现已脱售，据云上海尚有。先生所需之数，一时不易购齐。兹将手头原存之一本先行寄赠，其余待重印后购得，即从速奉寄。请对拙著多提批评意见，为我后日再行修订之助也。

先生久居异国，而热爱祖国之深厚感情未尝少衰，至为感佩。从附端阳雅集之爱国诗篇中，亦可知我旅美侨胞眷恋祖国深情之一斑也。奉赠七绝四首，聊表敬意，兼书所怀。

不一。祇颂

秋祺！

陶今雁上

一九八三年八月廿六日

20×20=400　江西师范学院中文系稿纸（4815）

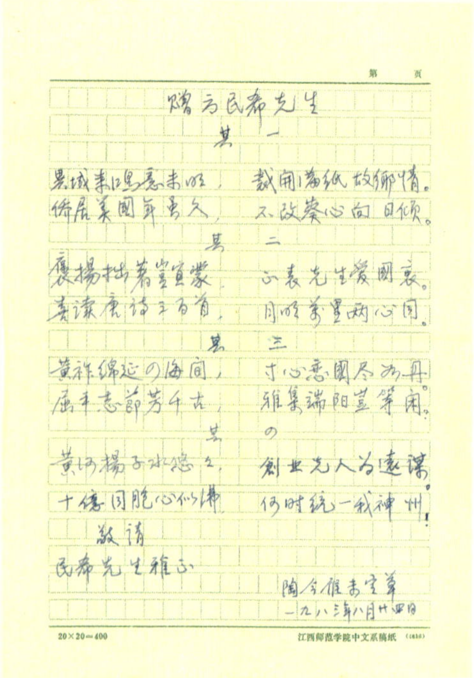

第　页

赠方民希先生

其一

异域来鸿意未明，裁开满纸故乡情。
侨居美国年虽久，不改葵心向日倾。

其二

褒扬拙著岂宜蒙，亦表先生爱国衷。
喜读唐诗三百首，月明万里两心同。

其三

黄裔绵延四海间，寸心恋国尽如丹。
唐年志节芳千古，雅集端阳岂等闲。

其四

黄河扬子水悠悠，创业先人为远谋。
十亿同胞心似沸，何时统一我神州！

敬请

民希先生雅正

陶今雁未定草

一九八三年八月廿四日

20×20=400　江西师范学院中文系稿纸（4815）

信封正面

方民希，广东中山人，后赴美定居。喜好诗词。曾多次致书陶今雁讨论《唐诗三百首详注》等。

信封反面

按 1. 笺一是方民希与陶今雁第一次通信，因《唐诗三百首详注》一书而万里结缘，从此鸿雁往还达数年之久，且留有诗文若干。《唐诗三百首详注》一书出版后屡屡脱售，此为良证。2. 陶今雁所赠方民希四首诗收录于《雪鸿集》。3. 信札中讨论的《唐诗三百首详注》应是第一版脱售后重印之事。

方民希致致陶今雁手札（二）

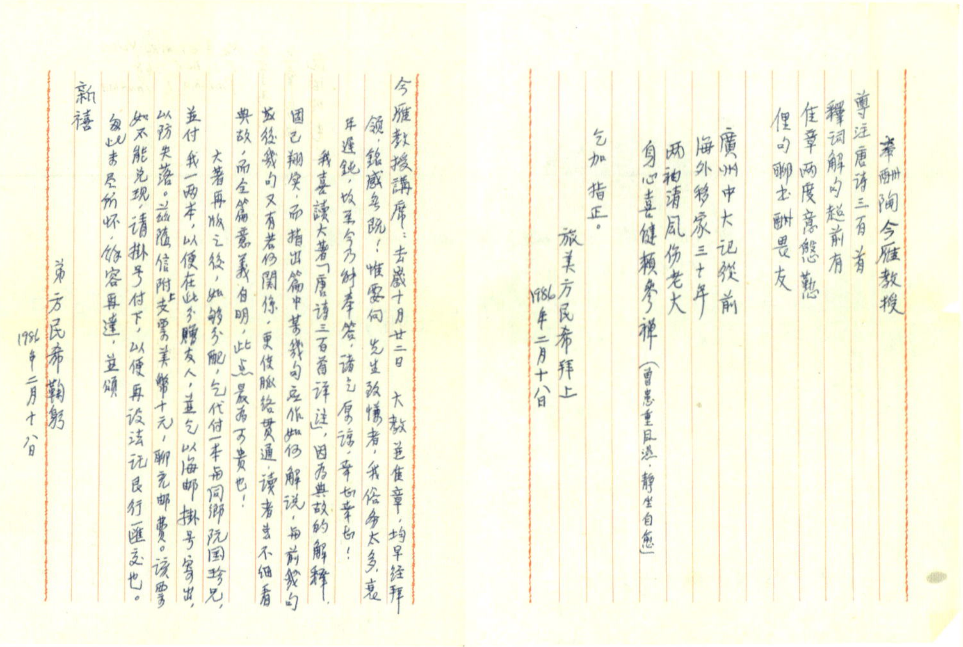

今雁教授講席：去歲十月廿二日 大教並佳章，均早經拜領，銘感無既！惟要向 先生致歉者，我俗务太多，衰年遲鈍，故至今始奉答，請乞原諒，幸恕幸恕！

我喜讀大著「唐詩三百首詳注」，因為典故的解釋固已翔實，而指出篇中某些句應作如何解說，與前幾句或後幾句又有若何關係，更使脈絡貫通，讀者若不細看典故，而全篇意義自明，此點最為可貴也！

大著再版之後，如能分配，乞代付一本與同鄉阮国珍兄，並付我一兩本，以便在此分贈友人，並乞以海郵掛号寄出，以防失落。茲隨信附上支票美幣十元，聊充郵費。該票如不能兌現，請掛号付下，以便再設法託良行匯交也。

匆此先表所怀，餘容再達，並頌

新禧

弟 方民希鞠躬

1986年二月十八日

奉酬陶今雁教授

尊注唐诗三百首

釋詞解句超前有

佳章兩度意慇懃

俚句聊书酬畏友

廣州中大记從前

海外移家三十年

兩袖清風傷老大

身心喜健賴參禪（曾患重风湿，靜坐自愈）

乞加指正。

旅美方民希拜上

1986年二月十八日

释文略

按 陶今雁于1985年曾寄信与方民希，内附1985年10月2日作《怀旅美侨胞方民希先生》一诗，此诗收录于《雪鸿集》。此信札应是方民希回信，并附所作和诗。

谢叔颐致陶今雁手札

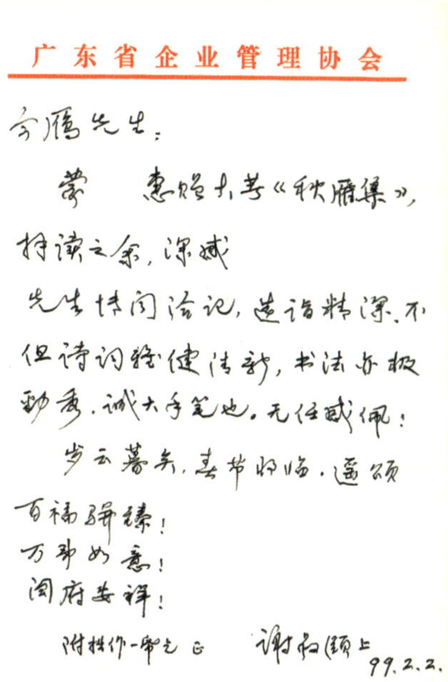

广东省企业管理协会

今雁先生：

蒙 惠赠大著《秋雁集》，拜读之余，深感先生博闻洽记，造诣精深，不但诗词雅健清新，书法亦极劲秀，诚大手笔也。无任感佩！

岁云暮矣，春节将临，遥颂

百福骈臻！

万事如意！

阖府安祥！

附拙作一纸乞正 谢叔颐上

99.2.2.

谢叔颐（1913—2001），女，诗人，著有《山雷吟草》。

今雁先生：

蒙惠赠大著《秋雁集》，拜读之余，深感先生博闻洽记，造诣精深。不但诗词雅健清新，书法亦极劲秀，诚大手笔也。无任感佩！

岁云暮矣，春节将临。遥颂

百福骈臻！万事如意！阖府安祥！

附拙作一纸乞正

谢叔颐上

99.2.2

按 1. 陶今雁于1998年3月22日赠诗《读谢叔颐吟长惠赠〈山雷吟草〉（转韵仿唐人例）》给谢叔颐，收录于《寒梅集》。2.《山雷吟草》为谢叔颐诗词集。

段鸣皋致陶今雁手札

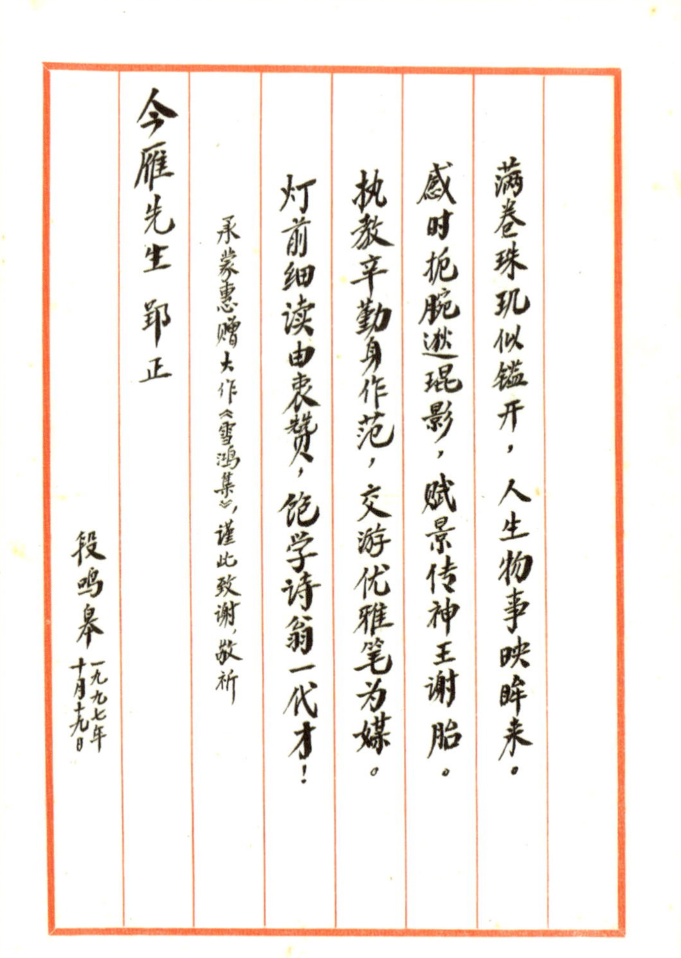

满卷珠玑似镒开，人生物事映眸来。

感时扼腕逖琨影，赋景传神王谢胎。

执教辛勤身作范，交游优雅笔为媒。

灯前细读由衷赞，绝学诗翁一代才！

承蒙惠赠大作《雪鸿集》，谨此致谢，敬祈

今雁先生 郢正

段鸣皋 一九九七年十月十九日

段鸣皋（1925—2018），江西萍乡人，教授。著有《白话清人传奇》。

满卷珠玑似鉴开，人生物事映眸来。感时扼腕逖琨影，赋景传神王谢胎。

执教辛勤身作范，交游优雅笔为媒。灯前细读由衷赞，饱学诗翁一代才！

承蒙惠赠大作《雪鸿集》，谨此致谢，敬祈

今雁先生 郢正

段鸣皋

一九九七年十月十九日

按 1. 此诗收录于段鸣皋自印本《杂拌集》。2.1997 年 11 月，陶今雁赠送《雪鸿集》给段鸣皋，段鸣皋遂以此诗回赠感谢。陶今雁于 11 月 28 日以二诗作为奉答，详见《寒梅集》。

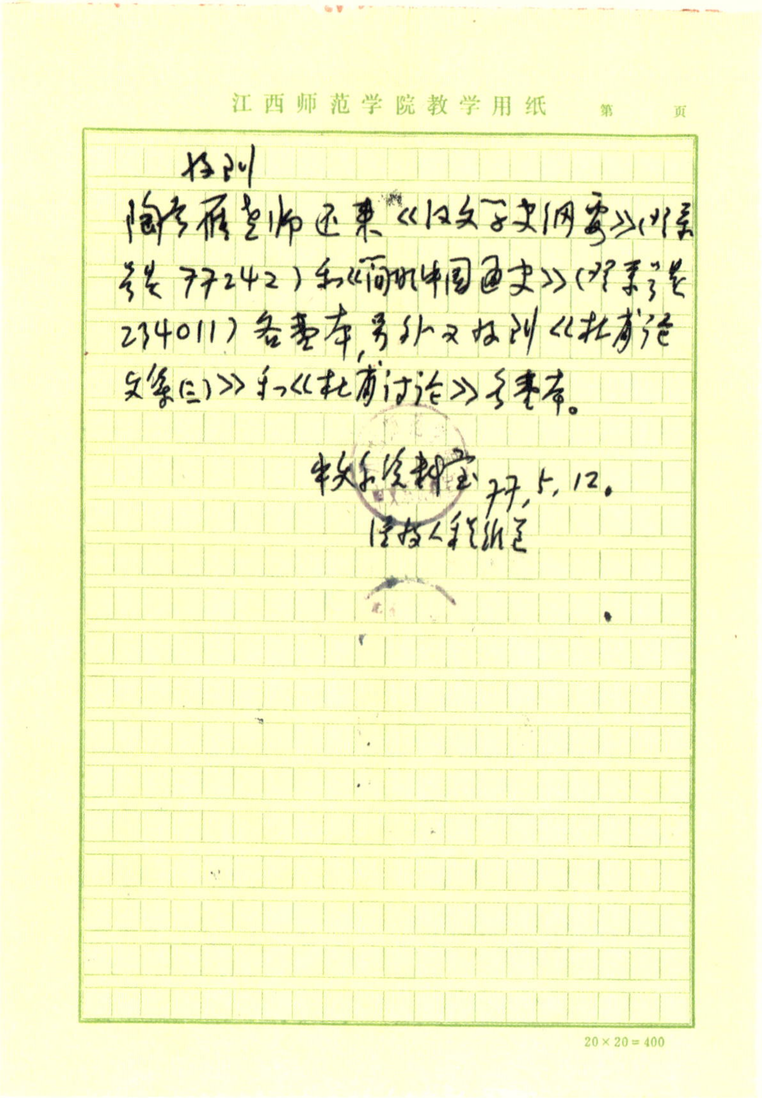

江西师范学院教学用纸　第　页

借到

陶秋英老师还来《汉文学史纲要》(收条号77242)和《简明中国通史》(收条号234011)各壹本,另外又借到《杜甫论文集(三)》和《杜甫讨论》各壹本。

中文系资料室 77.5.12.

经手人程维道

20×20＝400

程维道（1920—1988），字翼民，别署翥山人。江西乐平人。善书法，毕业于国立中正大学（今江西师范大学）。

收到

陶今雁老师还来《汉文学史纲要》（登录号是77242）和《简明中国通史》（登录号是234011）各一本，另外又收到《杜甫论文集（三）》和《杜甫诗论》各一本。

中文系资料室　77.5.12

经收人程维道

按　这张收条一直保存在陶今雁旧稿中，意义可见不同。程维道生前曾多次书写陶今雁诗词作品相赠，并题写《唐诗三百首详注》（第二版）书名，二人友谊深厚，陶今雁有多首诗怀悼程维道。

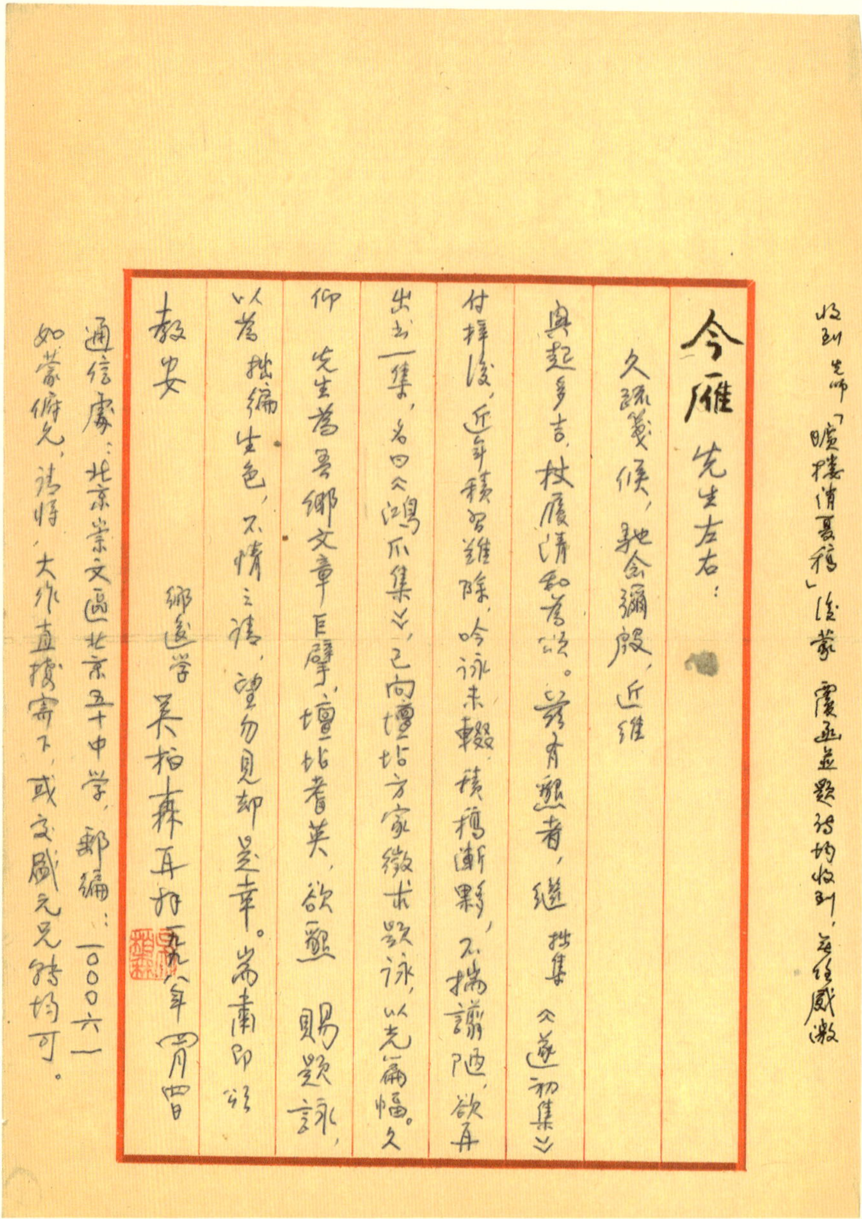

收到先师「暖楼消夏稿」后，蒙 赓函并题诗均收到，无任感激

今雁先生左右：

久疏笺候，驰念弥殷，近维兴起多吉，杖履清和为颂。兹有恳者，继拙集《遂初集》付梓后，近年积习难除，吟咏未辍，积稿渐夥，不揣谫陋，欲再出书一集，名曰《鸿爪集》，已向坛坫方家征求题咏，以光篇幅。久仰先生为吾乡文章巨擘，坛坫耆英，欲恳 赐题咏，以为拙编生色，不情之请，望勿见却是幸。耑肃即颂

教安

乡后学 吴柏森再拜 九八年三月四日

通信处：北京崇文区北京五十中学，邮编：一〇〇〇六一

如蒙俯允，请将大作直接寄下，或交戚元兄转均可。

吴柏森（1924—？），字本初，江西金溪人。著有《遂初集》《鸿爪集》等。

今雁先生左右：

久疏笺候，驰念弥殷，近维兴起多吉，杖履清和为颂。兹有恳者，继拙集《遂初集》付梓后，近年积习难除，吟咏未辍，积稿渐夥，不揣谫陋，欲再出书一集，名曰《鸿爪集》。已向坛坫方家征求题咏，以光篇幅。久仰先生为吾乡文章巨擘，坛坫耆英，欲恳赐题咏，以为拙编生色，不情之请，望勿见却是幸。耑肃即颂

教安！

乡后学吴柏森再拜

一九九八年四月四日

收到先师《旷楼消夏稿》后蒙复函并题诗均收到，无任感激。

按 1. 饶岱章为吴柏森老师，吴柏森曾给饶岱章先生整理诗词，后为《旷楼消夏稿》。陶今雁曾诗题一首题《旷楼消夏稿》，收录于《秋雁集》。2. 今雁先生曾有《书题柏森先生〈鸿爪集〉兼贺七旬华诞》一诗书赠吴柏森，收录于《寒梅集》。

飞鸿踏雪

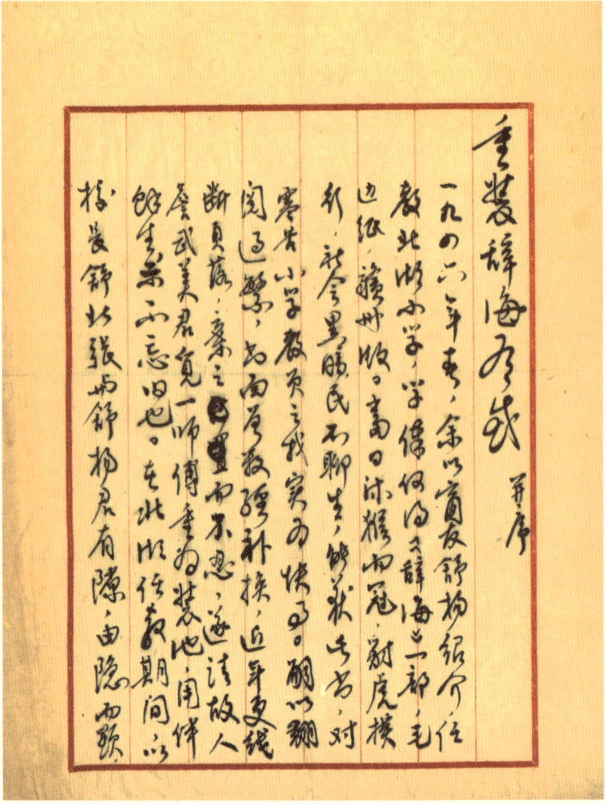

重装辞海有感　并序

一九四六年春，余以宾友铮杨绍介任教北湖小学，学校得借得《辞海》一部，毛边纸，精册版。每日浏检而读，对虎模糊，新含墨晓民不聊生，饿殍载道，对寒苦小学教员之我实为快事。翻以翻阅过繁，书面尽教残补，换，近年更残断页落，余之而不忍，遂请故人詹武美君觅一师傅重为装池，用伴余余，余不忘旧也。在北湖任教期间，以杨，装铮北张岭铮杨君有隙，由隐而显，

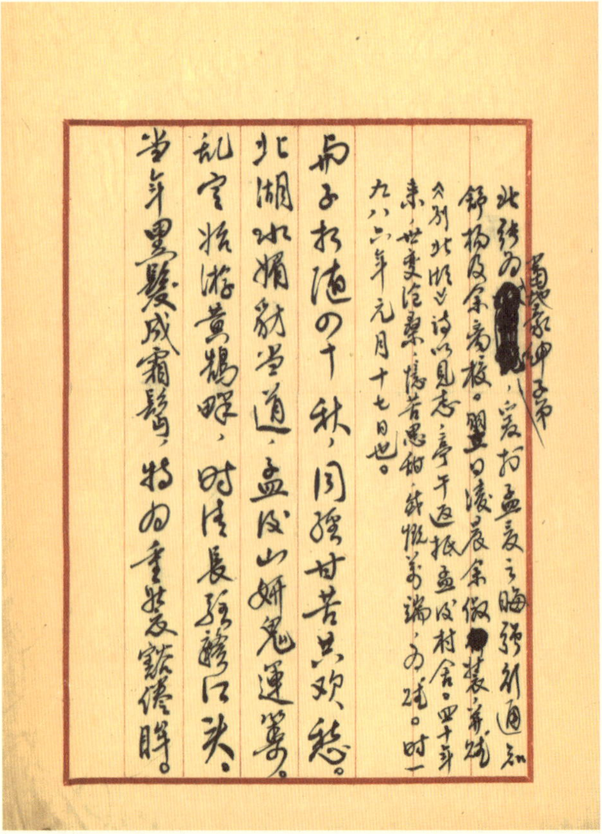

北转南，宦若盍友之晦诲，新通知铮杨及余离校。翌日凌晨余做装离校《别北湖》诗以见志，辞干返振盍皮村舍。四十年来，世变沧桑，旧若思甜，余慨万端，为之记。时一九八六年元月十七日也。

弟子相随四十秋，同尝甘苦共欢愁。
北湖冰烟射堂道，盍皮山妍鬼运筹。
乱宦猖游黄鹤界，时清长驶海江洪。
当年黑发成霜鬓，特为重装发旧眸。

陶今雁《重装〈辞海〉有感》（并序）

重装辞海有感 并序

一九四六年春，余以窗友舒杨绍介，任教北湖小学，学俸仅得《辞海》一部，毛边纸，赣州版。当日沐猴而冠，豺虎横行，社会黑暗，民不聊生。能获此书，对寒苦小学教员之我实为快事。嗣以翻阅过繁，封面曾数经补换，近年更线断页落，弃之而不忍，遂请故人詹武美君觅一师傅重为装池，用伴余生，示不忘旧也。在北湖任教期间，以校长舒北张与舒杨君有隙，由隐而显，北张为当地豪绅子弟。爰于孟夏之晦强行通知舒杨及余离校。翌日凌晨余俶装，并赋《别北湖》诗以见志，亭午返抵孟后村舍。四十年来，世变沧桑，忆苦思甜，感慨万端，为赋。时一九八六年元月十七日也。

与子相随四十秋，同经甘苦共欢愁。北湖水媚豺当道，孟后山妍鬼运筹。乱定始游黄鹄畔，时清长驻赣江头。当年黑发今霜鬓，特为重装醒倦眸。

按 1. 此是《重装辞海有感》一诗草稿，后收录于《雪鸿集》。序文与草稿略有不同。2. 陶今雁于 1995 年 10 月 5 日又作《读旧辞海有感四首》，详见《秋雁集》。

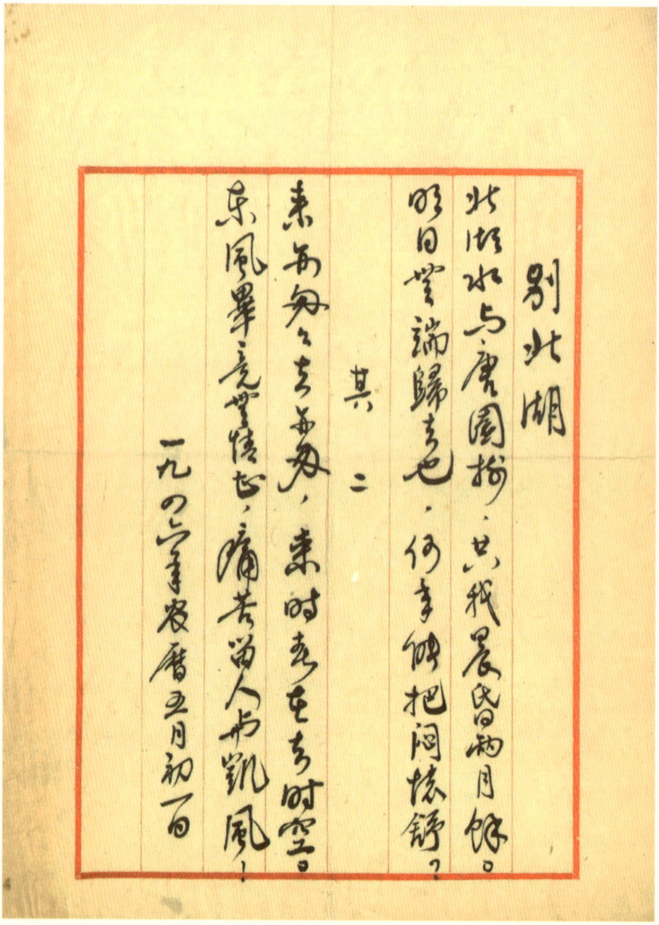
别北湖
北湖水与唐园树，共我晨昏两月余。明日无端归去也，何年能把闷怀舒？
其二
来亦匆匆去亦匆，来时春在去时空。东风毕竟无情甚，痛苦留人与凯风！
一九四六年农历五月初一日

别北湖

其一：北湖水与唐园树，共我晨昏两月余。明日无端归去也，何年能把闷怀舒？

其二：来亦匆匆去亦匆，来时春在去时空。东风毕竟无情甚，痛苦留人与凯风！

一九四六年农历五月初一日

按 《别北湖二首》收录于《雪鸿集》。略有修改，“明日”为“今日”，“亦匆”为“亦同”。

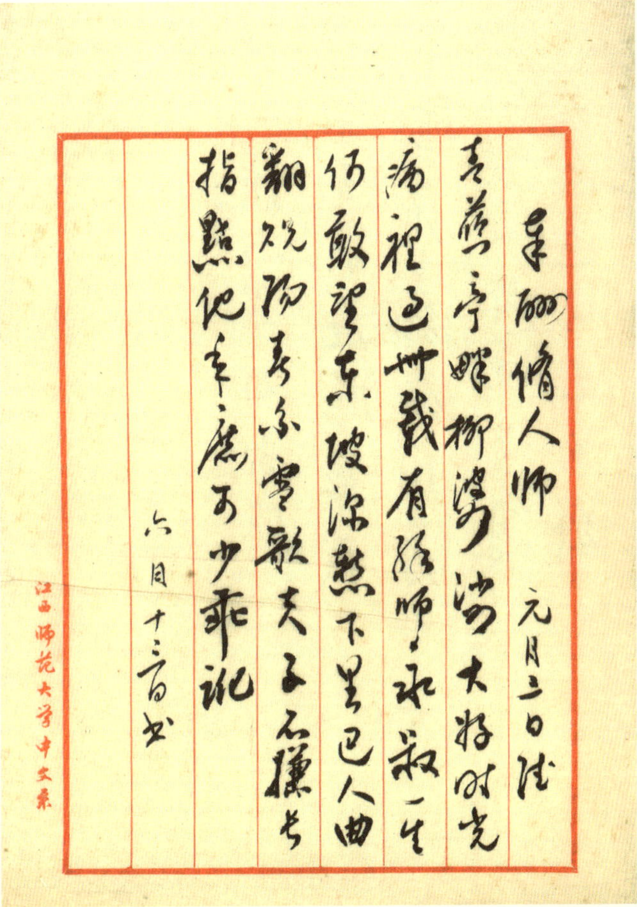

奉酬修人师　元月三日赋

青蓝亭畔柳婆娑，大好时光病里过。卌载有缘师永叔，一生何敢望东坡。

深惭下里巴人曲，翻贶阳春白雪歌。夫子不嫌长指点，他年庶可少乖讹。

六月十三日书

按 此诗是 1993 年元月陶今雁与胡守仁唱和之作，收录于《寒梅集》，有序文如下：戊寅仲冬《秋雁集》面世，即登门呈赠，蒙速以瑶章见惠，奖饰太过，因以长句为报。

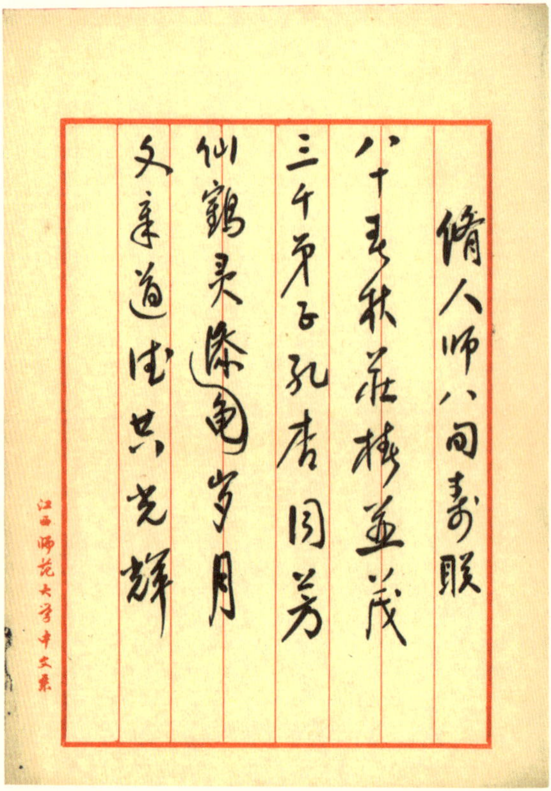
修人师八旬寿联

八十春秋花樹並茂
三千弟子孔杏同芳
仙鶴灵添龟岁月
文章道德共光辉

江西师范大学中文系

陶今雁《修人师八旬寿联》

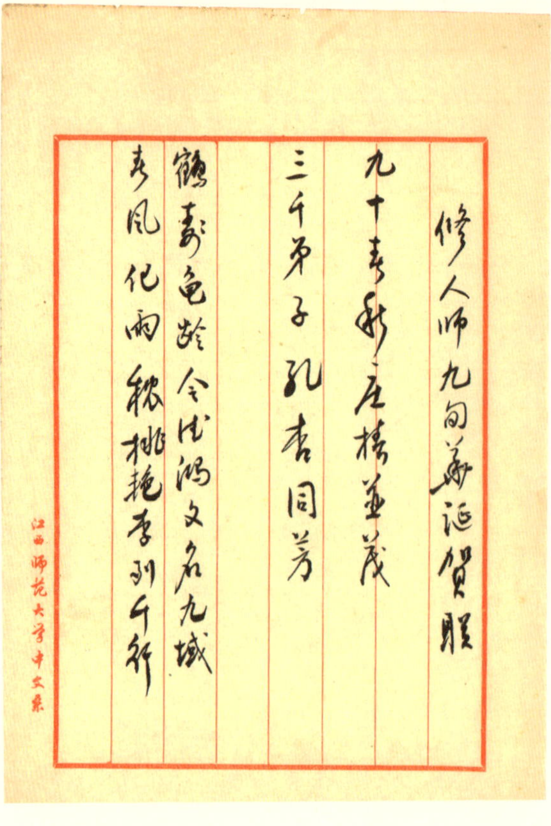
修人师九旬华诞贺联

九十春秋庄椿並茂
三千弟子孔杏同芳
鹤寿龟龄今继鸿文名九域
春风化雨秾桃艳李列千行

江西师范大学中文系

陶今雁《修人师九旬华诞贺联》

修人师八旬寿联

八十春秋，庄椿并茂；三千弟子，孔杏同芳。

仙鹤灵龟添岁月，文章道德共光辉。

修人师九旬华诞贺联

九十春秋，庄椿并茂；三千弟子，孔杏同芳。

鹤寿龟龄，令德鸿文名九域；春风化雨，秾桃艳李列千行。

按 胡守仁八十、九十寿庆，陶今雁皆有诗文酬唱，详见《秋雁集》。

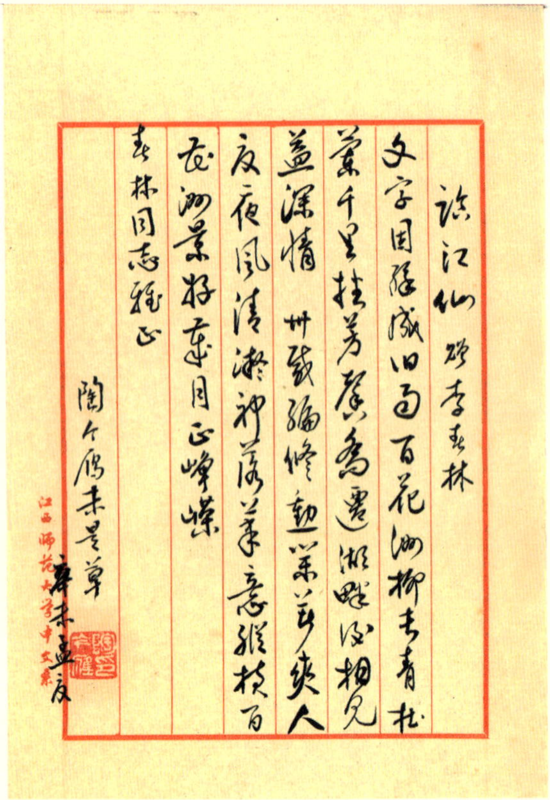

陶今雁《临江仙·赠李春林》

临江仙·赠李春林

文字因缘成旧雨，百花洲柳长青。杜兰千里播芳馨。乔迁湖畔后，相见益深情。　　卅载编修勋业著，爽人夏夜风清。凝神落笔意纵横。百花洲景好，岁月正峥嵘。

春林同志雅正

陶今雁未定草

辛未盛夏

按 此诗收录于《雪鸿集》，李春林系《唐诗三百首详注》和《雪鸿集》的责编。陶今雁和李春林有较多诗词酬唱。

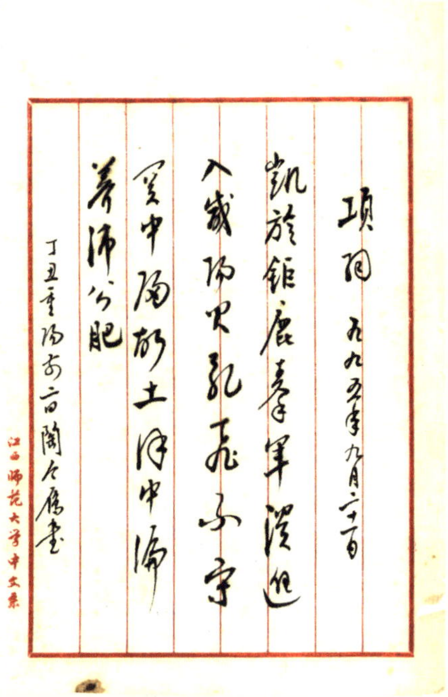

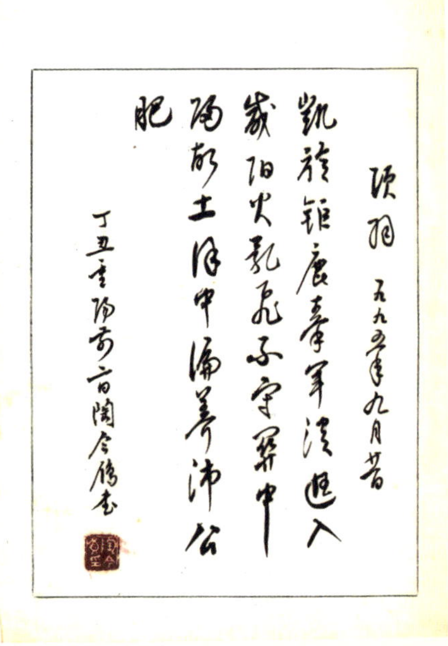

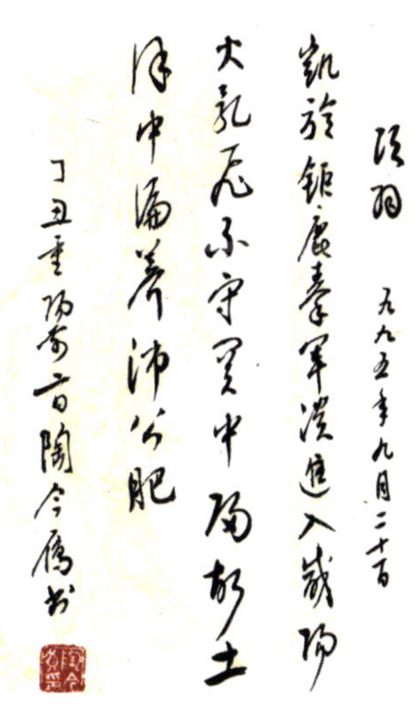

项羽　一九九五年九月二十一日

凯旋钜鹿秦军溃，进入咸阳火乱飞。不守关中归故土，汉中偏养沛公肥。

按 此三张诗稿是陶今雁为《秋雁集》封二所书，三选一可以一窥先生书法功夫，精益求精。其诗收录于《秋雁集》。

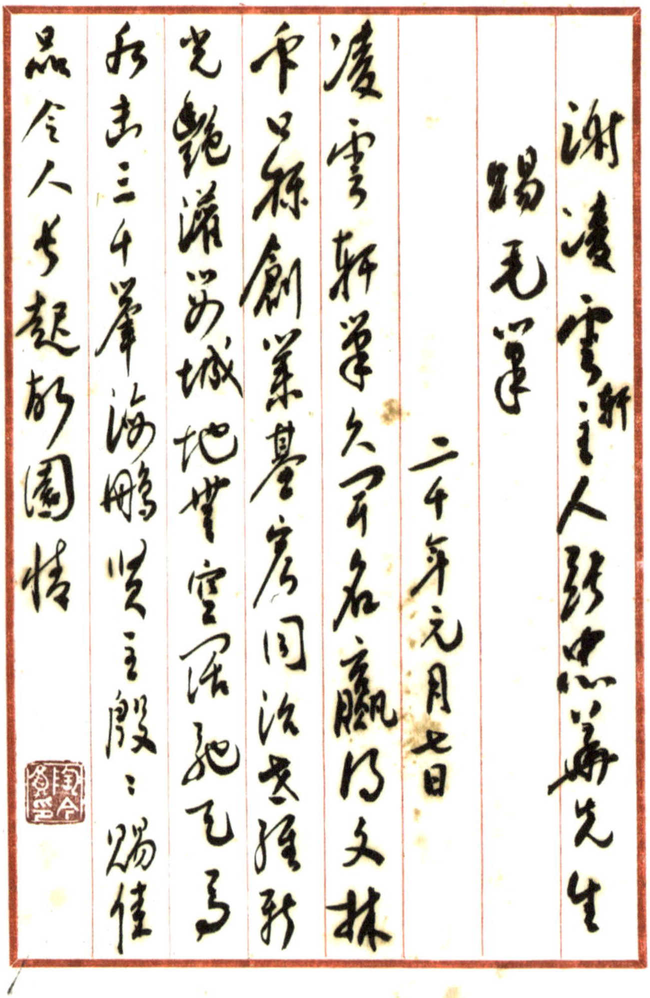

陶今雁《谢凌云轩主人张忠华先生赐毛笔》

谢凌云轩主人张忠华先生赐毛笔　二千年元月七日

凌云轩笔久闻名，赢得文林众口称。创业基宏同治世，维新光艳灌婴城。
地无空阔驰天马，水击三千举海鹏。贤主殷殷赐佳品，令人长起故园情。

按　此诗收录于《寒梅集》。陶今雁因喜书法，尤喜草书，好友每赠笔或砚均有诗纪之，如《谢迎建贻砚》《答王训龙赠笔二首》等诗。

陶今雁《文港笔源亭联》等诗

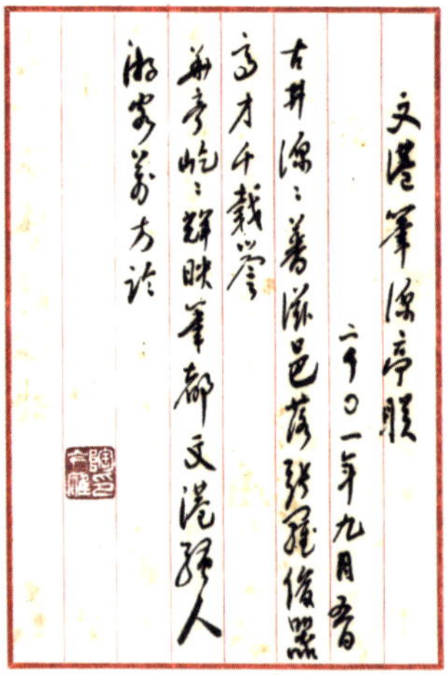

笺一

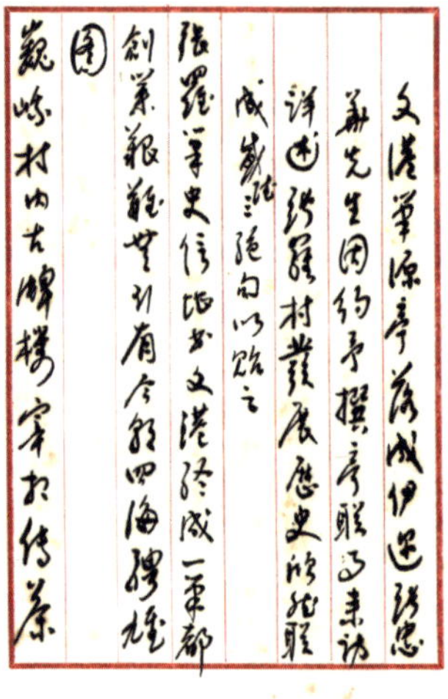

笺二

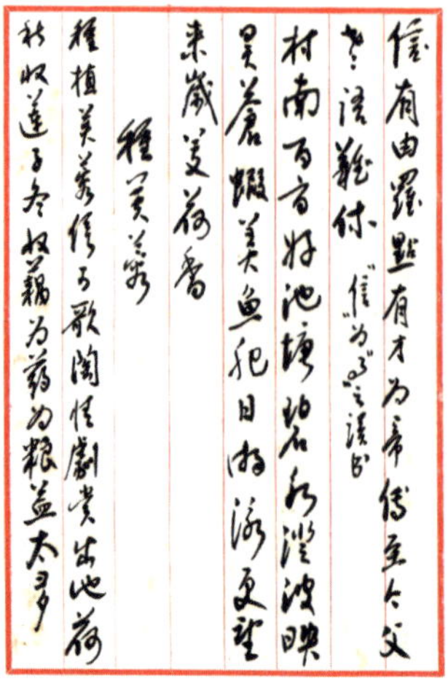

笺三

笺一：

文港笔源亭联　二千〇一年九月五日

古井源源，蕃滋邑落张罗，俊器高才千载誉；华亭屹屹，辉映笔都文港，骚人游客万方临。

笺二、笺三：

文港笔源亭落成伊迩，张忠华先生因约予撰亭联事来访，详述张罗村发展历史，欣然联成，感赋三绝句以贻之。

张罗笔史信堪书，文港终成一笔都。创业艰难无到有，今朝四海骋雄图。

巍峨村内古牌楼，宰相传茶信有由。罗点有才为帝傅，至今父老语难休。（“信”为“事”之误书）

村南百亩好池塘，碧水澄波映昊苍。虾美鱼肥日游泳，更望来岁芰荷香。

种芙蓉

种植芙蓉信可歌，陶情剧赏出池荷。秋收莲子冬收藕，为药为粮益太多。

按　1. 对联和笔源亭诗作三首均收录于《寒梅集》，《笔源亭》诗三首是 2001 年 9 月 5 日晨所作。2.《种芙蓉》一诗收录于《寒梅集》。3. 陶今雁于 2002 年春又作有《文港笔源亭下护古井》一诗。

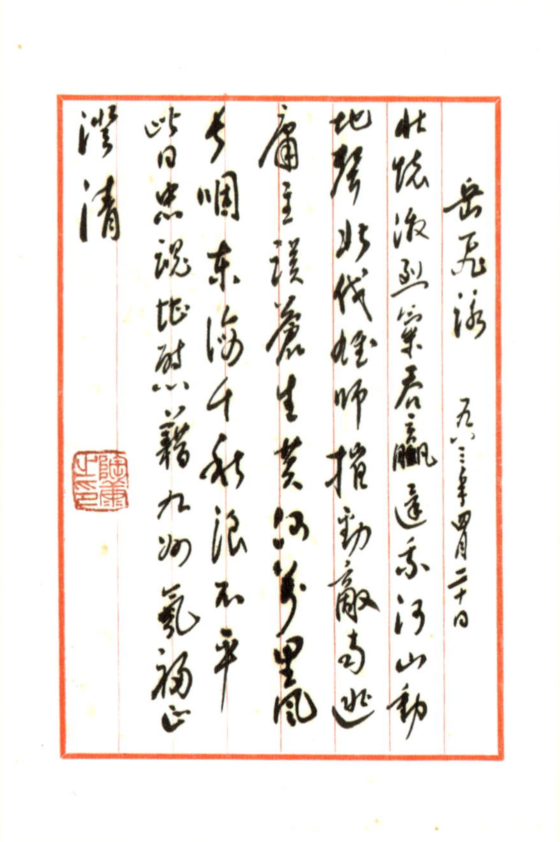

岳飞咏 一九八三年四月二十日

壮怀激烈气吞嬴，还我河山动地声。北伐雄师摧劲敌，南逃庸主误苍生。

黄河万里风长咽，东海千秋浪不平。此日忠魂堪慰藉，九州氛祲正澄清。

按 此诗收录于《雪鸿集》。

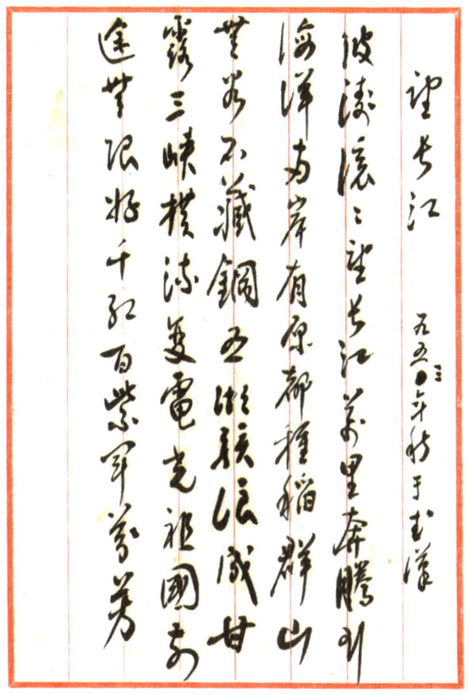

望长江　一九五三年秋于武汉

波涛滚滚望长江，万里奔腾到海洋。两岸有原都种稻，群山无谷不藏钢。
五湖骇浪成甘露，三峡横流变电光。祖国前途无限好，千红百紫斗芬芳。

按 此诗收录于《雪鸿集》，是现存作者少有在武汉大学读书时所作诗。

陶今雁《奉题柏森先生〈鸿爪集〉兼贺七旬华诞》

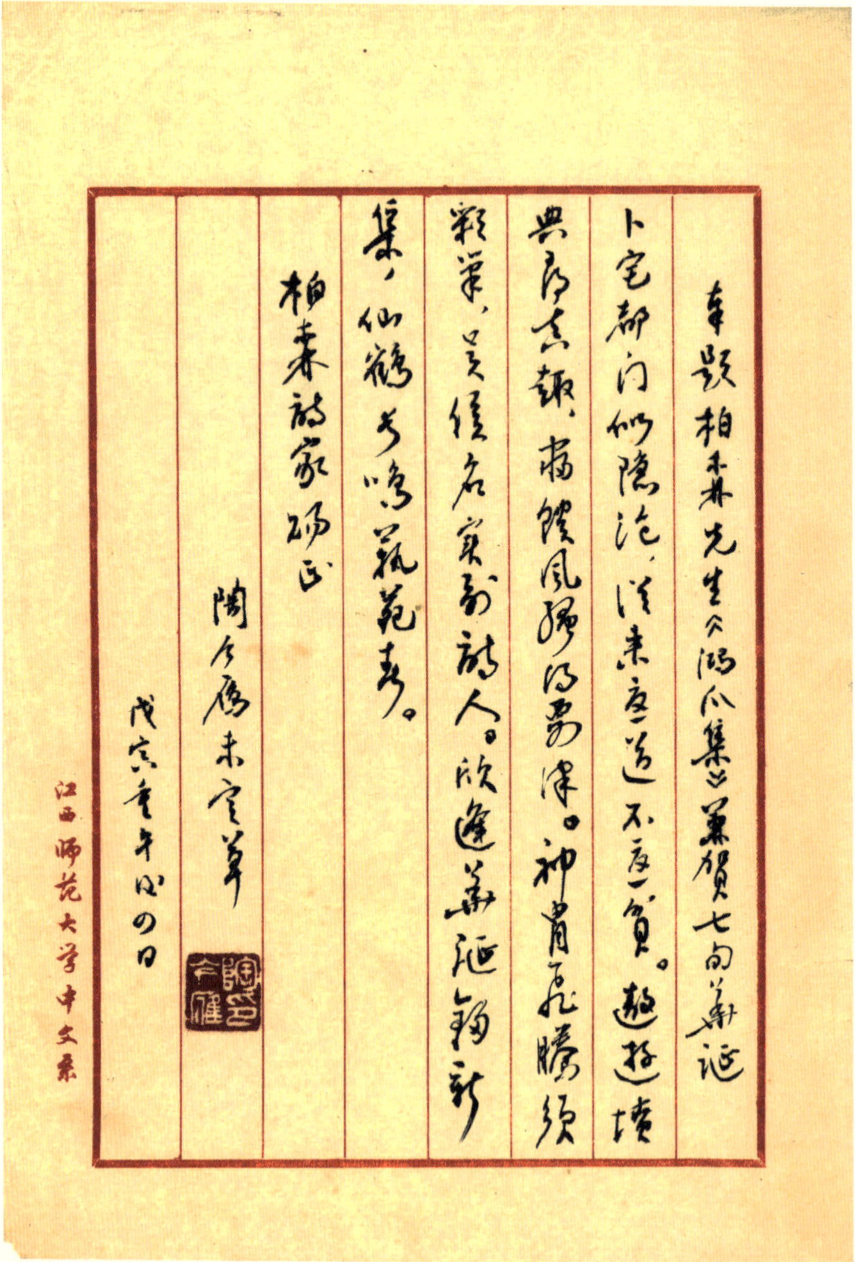
奉题柏森先生《鸿爪集》兼贺七旬华诞
卜宅都门似隐沦，从来交道不辞贫。敖游境界为高韵，寄馆风骚得异律。神骨飞腾须彩笔，只缘名宿系诗人。欣逢华诞翰新集，仙鹤齐鸣藕花春。
柏森诗家吟正
陶今雁未定草
戊辰重午后四日
陶今雁
江西师范大学中文系

奉题柏森先生《鸿爪集》兼贺七旬华诞

卜宅都门似隐沦，从来忧道不忧贫。遨游坟典寻真趣，寝馈风骚得要津。神胄飞腾须彩笔，吴侯名实副诗人。欣逢华诞锓新集，仙鹤长鸣艺苑春。

柏森诗家赐正

陶今雁未定草

戊寅重午后四日

按 1. 此诗是 1998 年 6 月 3 日所作，收录于《寒梅集》。

陶今雁《书赠北强姻弟》

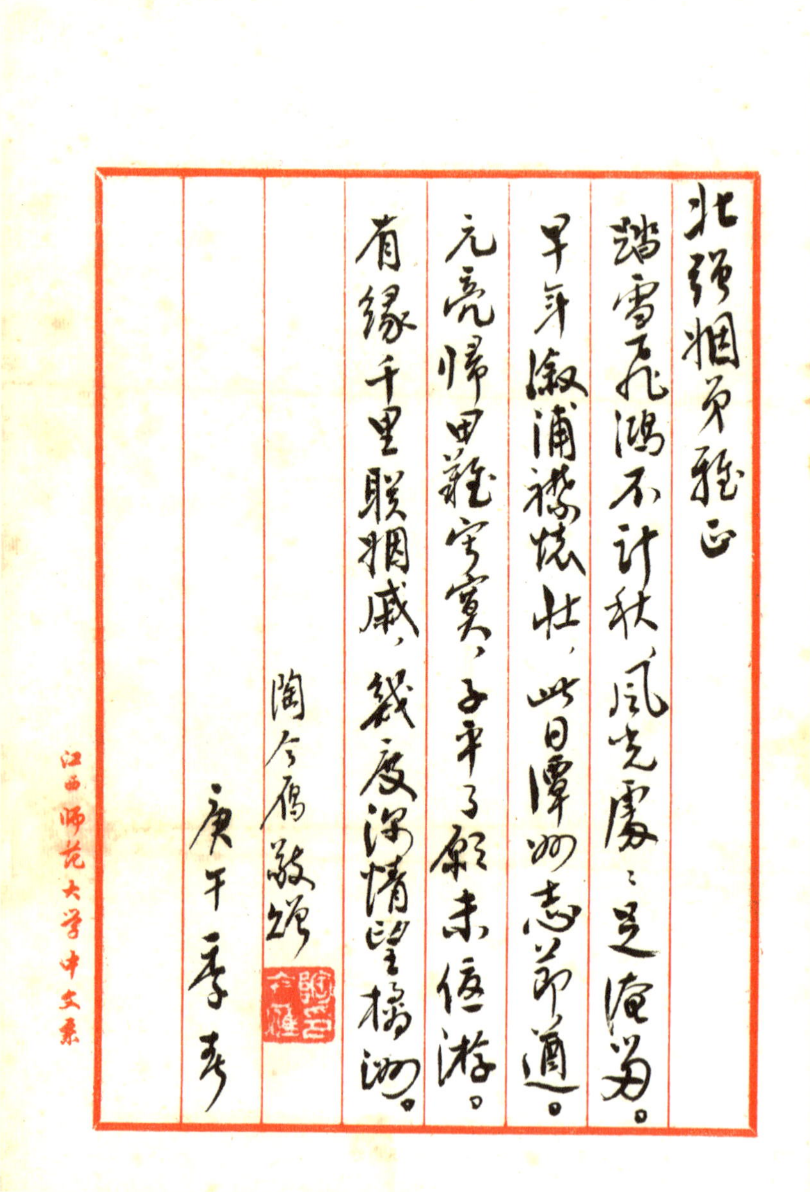

北强姻弟雅正

踏雪飞鸿不计秋，风光处处足淹留。
早年溆浦标怀壮，此日潭洲志节遒。
元亮归田难寂寞，子平了愿未优游。
有缘千里联姻戚，几度深情望橘洲。

陶今雁敬赠

庚午季春

江西师范大学中文系

北强姻弟雅正

踏雪飞鸿不计秋，风光处处足淹留。早年溆浦襟怀壮，此日潭州志节遒。元亮归田难寂寞，子平了愿未优游。有缘千里联姻戚，几度深情望橘洲。

陶今雁敬赠

庚午季春

按 1. 向北强是陶今雁姻弟，1990 年 8 月因病逝世。作者曾于 1990 年春两度诗赠向北强，此为第一首，收录于《雪鸿集》。2. 此诗收录于《雪鸿集》。对照手稿，略有修改，“溆浦襟怀壮”为“庸水襟怀阔”，“潭州”为“湘江”。

陶今雁《晴光》

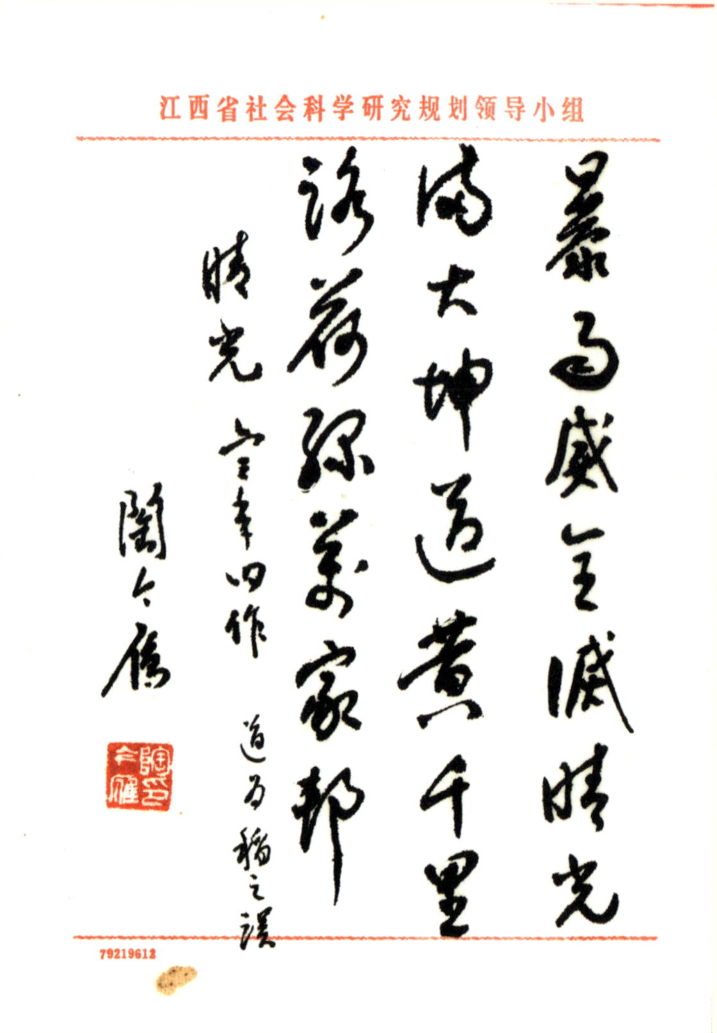

暴雨威全灭，晴光满大坤。道黄千里路，荷绿万家村。

《晴光》六三年旧作，道为稻之误 。

陶今雁

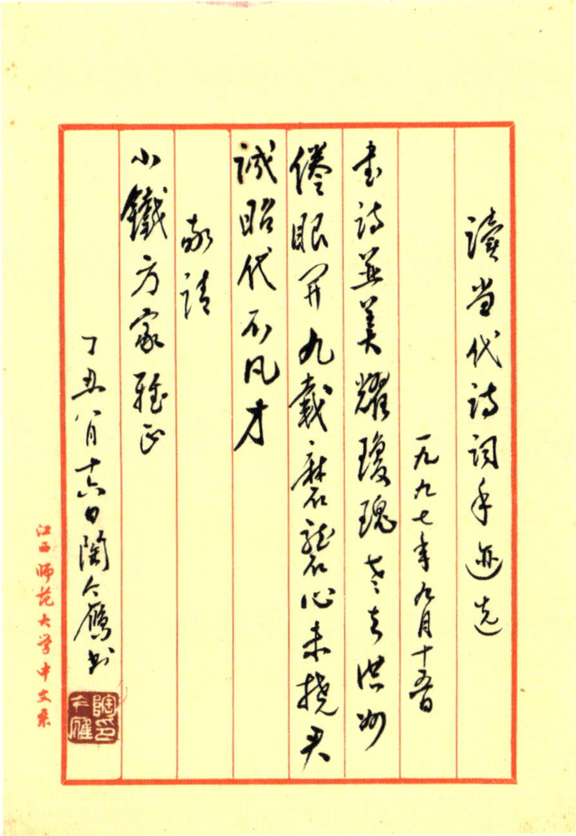
讀當代詩詞手跡選　一九九七年九月十五日
書詩並美耀瓊瑰老去洪州倦眼開九載磨礱心未撓君誠昭代不凡才
敬請
小鐵方家雅正
丁丑八月十六日陶今雁書
江西師範大學中文系

读《当代诗词手迹选》 一九九七年九月十五日

书诗并美耀琼瑰，老去洪州倦眼开。九载磨砻心未挠，君诚昭代不凡才。

敬请小铁方家雅正

丁丑八月十六日陶今雁书

按 吴小铁编有《当代诗词手迹选》一书，曾赠于陶今雁。此诗收录于《秋雁集》。

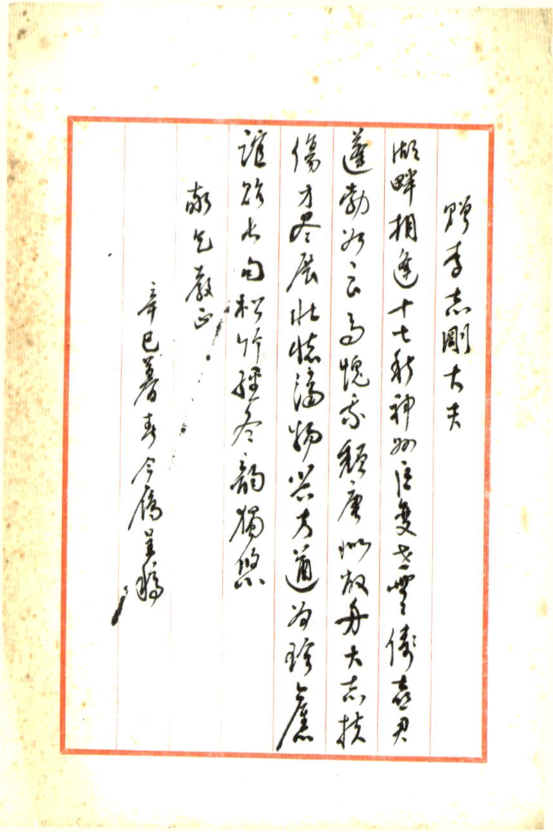
赠李志刚大夫
湖畔相逢十七秋神州巨变世无俦喜君
蓬勃如良马愧我颓唐似敝舟大志扶
伤才尽展壮怀济物兴方道为珍旧
谊贻长句松竹经冬韵独悠
敬乞教正
辛巳暮春今雁呈稿

陶今雁《赠李志刚大夫》

赠李志刚大夫

湖畔相逢十七秋，神州巨变世无俦。喜君蓬勃如良马，愧我颓唐似敝舟。大志扶伤才尽展，壮怀济物兴方道。为珍旧谊贻长句，松竹经冬韵独悠。

敬乞教正

辛巳暮春今雁呈稿

按 此诗是2001年4月6日所作，收录于《寒梅集》。

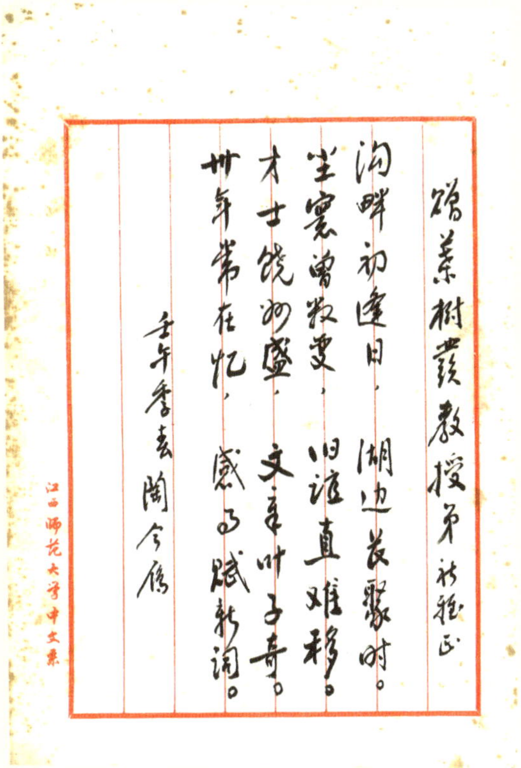

江西师范大学中文系

赠叶树发教授弟 祈雅正

沟畔初逢日，湖边长聚时。尘寰曾数变，旧谊直难移。才士饶州盛，文章叶子奇。卅年常在忆，感事赋新词。

壬午季春 陶今雁

陶今雁《赠叶树发教授弟》

赠叶树发教授弟 祈雅正

沟畔初逢日，湖边长聚时。尘寰曾数变，旧谊直难移。才士饶州盛，文章叶子奇。卅年常在忆，感事赋新词。

壬午季春陶今雁

按 此诗收录于《寒梅集》，对照手稿略有出入，“曾数变”为“频巨变”。

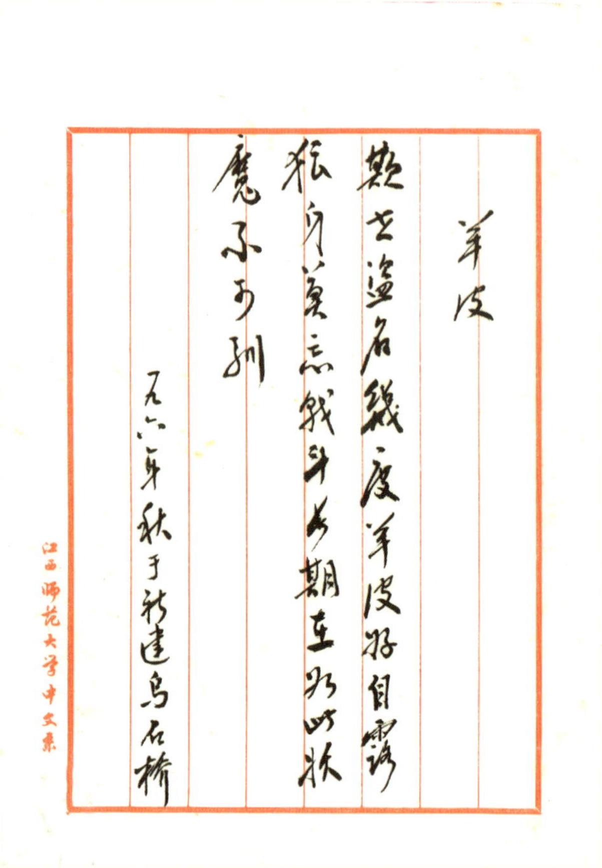

羊皮

欺世盗名几度，羊皮好自露狼身。莫忘战斗长期在，如此妖魔不可驯。

一九六一年秋于新建乌石桥

按 《羊皮》一诗收录于《秋雁集》，首句少了“春”字。

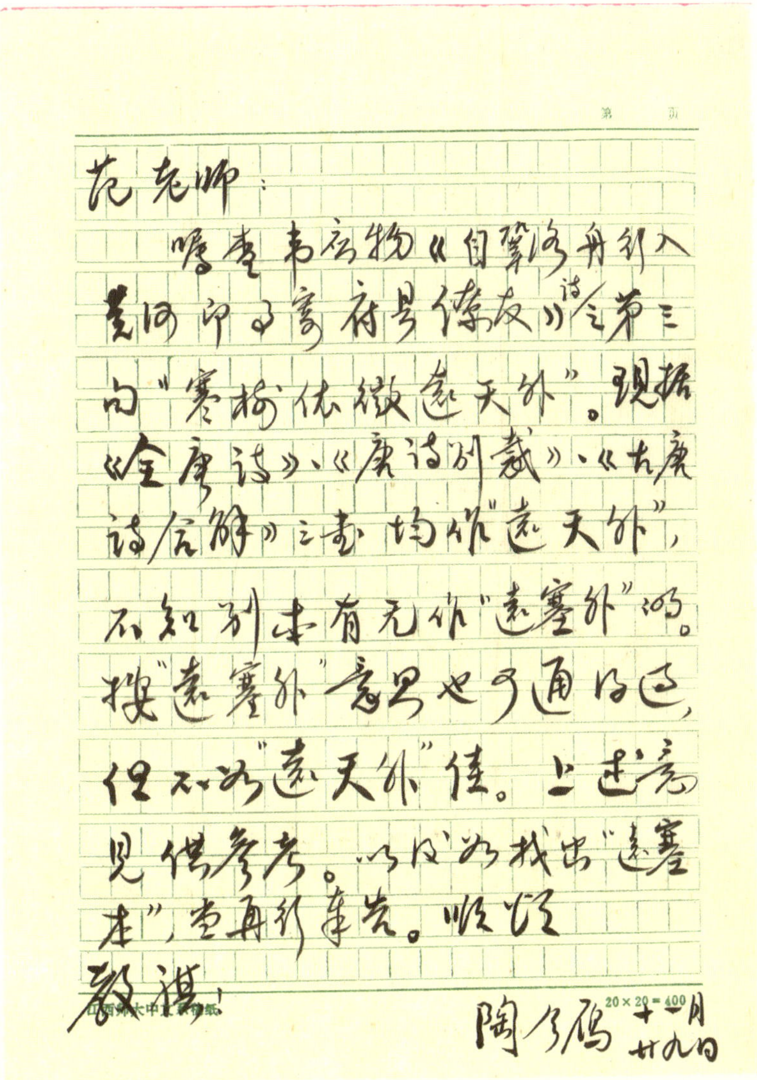

范老师：

　　唐韦应物《自鞏洛舟行入黄河即事寄府县僚友》诗之第三句"寒树依微远天外"。现据《全唐诗》、《唐诗别裁》、《古唐诗合解》三书均作"远天外"，不知别本有无作"远塞外"的。按"远塞外"意思也可通得过，但不如"远天外"佳。上述意见供参考。如能找出"远塞外"，当再行奉告。順颂

敬祺！

陶今雁 十一月廿九日

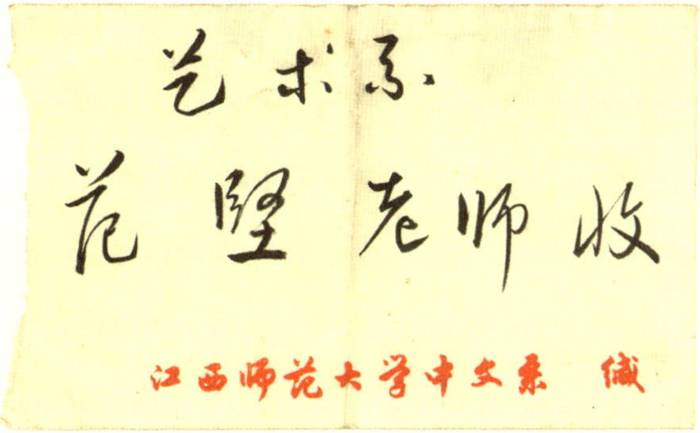

艺术系

范坚老师收

江西师范大学中文系 缄

范老师：

嘱查韦应物《自巩洛舟行入黄河即事寄府县僚友》诗之第三句“寒树依微远天外”。现据《全唐诗》《唐诗别裁》《古唐诗合解》三书均作“远天外”，不知别本有无作“远塞外”的。按“远塞外”意思也可通得过，但不如“远天外”佳。上述意见供参考。以后如找出“远塞本”，当再行奉告。顺颂

教祺！

陶今雁

十一月廿九日

按 1. 此信札是范坚与陶今雁1984年的通信，当时全国征集“黄河碑林”书法作品，范坚书此诗中的内容书法入选后镌刻成碑。因查询此诗版本致信给陶今雁，陶以此信为回复。彼时陶今雁《唐诗三百首详注》一书已出版，学校内外有很多对诗词感兴趣的师生与之通信，讨论诗词。2. 陶今雁与书画家陶博吾、康庄、王理求等人均有书信往来，讨论诗词及赠诗词。

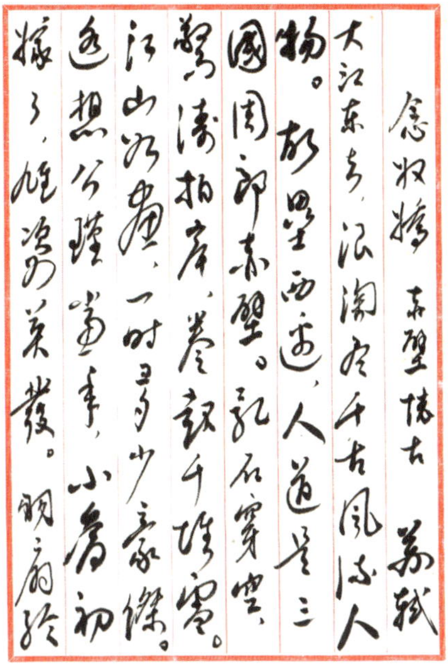

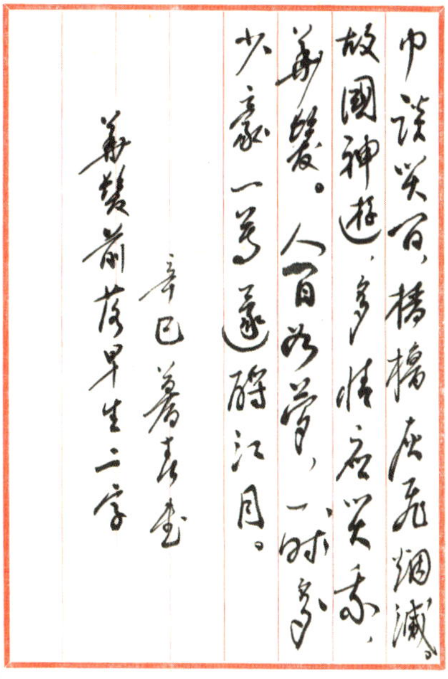

念奴娇·赤壁怀古　苏轼

大江东去，浪淘尽，千古风流人物。故垒西边，人道是，三国周郎赤壁。乱石穿空，惊涛拍岸，卷起千堆雪。江山如画，一时多少豪杰。遥想公瑾当年，小乔初嫁了，雄姿英发。羽扇纶巾，谈笑间，樯橹灰飞烟灭。故国神游，多情应笑我，早生华发。人生如梦，一尊还酹江月。

辛巳暮春书

华发前落早生二字

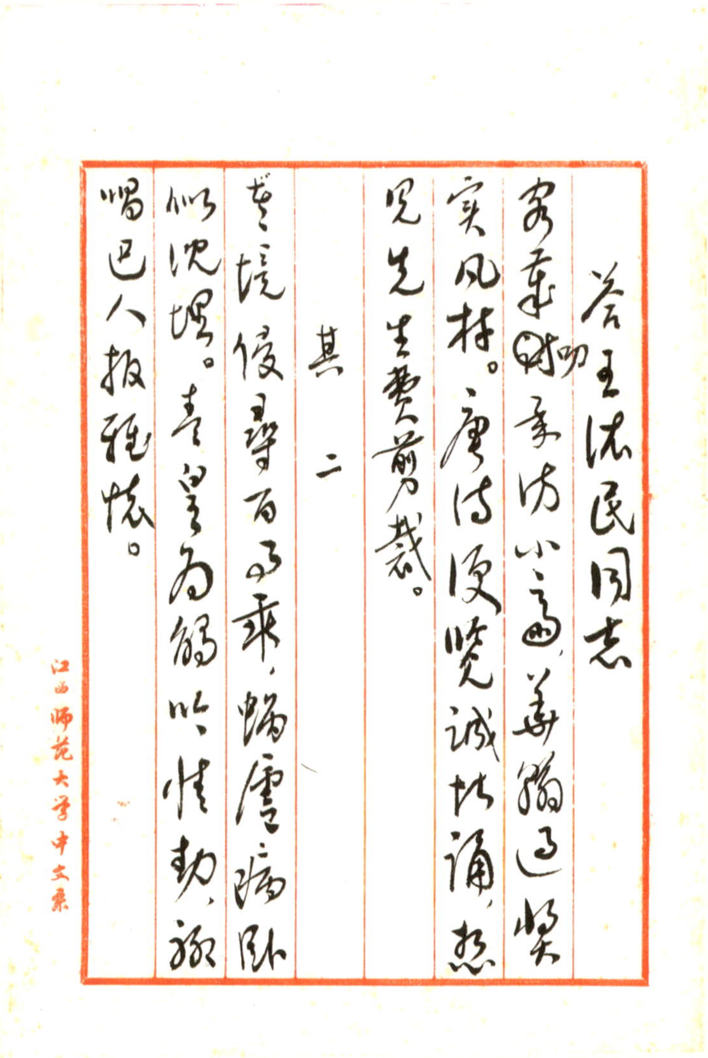
答王依民同志

客来时叩家访小斋西，华编迎紧实风格。赓诗便览诚堪诵，愁见先生费剪裁。

其二

莫境俊寻百不乘，蹄云高卧似沈堤。青云为锦吟情动，孤唱巴人报雅怀。

江西师范大学中文系

陶今雁《答王依民同志二首》诗

答王依民同志

其一：客岁叨承访小斋，华翰过奖实凡材。唐诗便览诚堪诵，想见先生费剪裁。

其二：老境侵寻百事乖，蜗庐病卧似沉埋。青皇为触吟情动，聊唱巴人报雅怀。

按 1. 此诗是陶今雁1991年2月20日所作，收录于《雪鸿集》。2. 王依民时为厦门大学出版社《唐诗三百首便览》责任编辑，与陶今雁有书信来往。

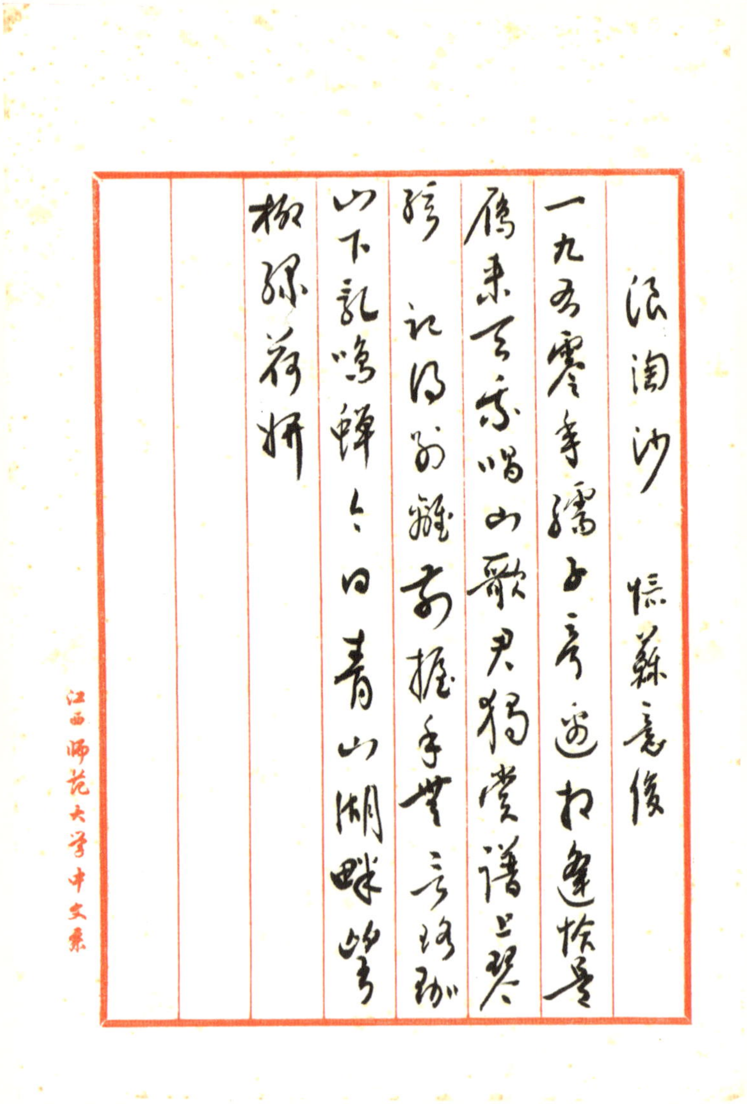
浪淘沙　憶蘇意俊
一九五零年孺子亭邊相逢於是雁來亭亦唱山歌君獨賞譜上琴弦記得別離前握手共言玲瓏山下亂鳴蟬今日青山湖畔望柳綠荷妍

陶今雁《浪淘沙·忆苏意俊》

浪淘沙 忆苏意俊

一九五零年，孺子亭边，相逢恰是雁来天。我唱山歌君独赏，谱上琴弦。记得别离前，握手无言，珞珈山下乱鸣蝉。今日青山湖畔望，柳绿荷妍。

按 1. 此诗作于1957年5月。2. 苏意俊是作者武汉大学同学，友谊至深，曾同游南昌孺子亭和赣江。陶今雁作有诗词《赠苏黄二君》。3. 陶今雁1994年听闻苏意俊双目失明，曾作《浪淘沙·苏意俊》一词以表思念，上述诗词均收录于《雪鸿集》。

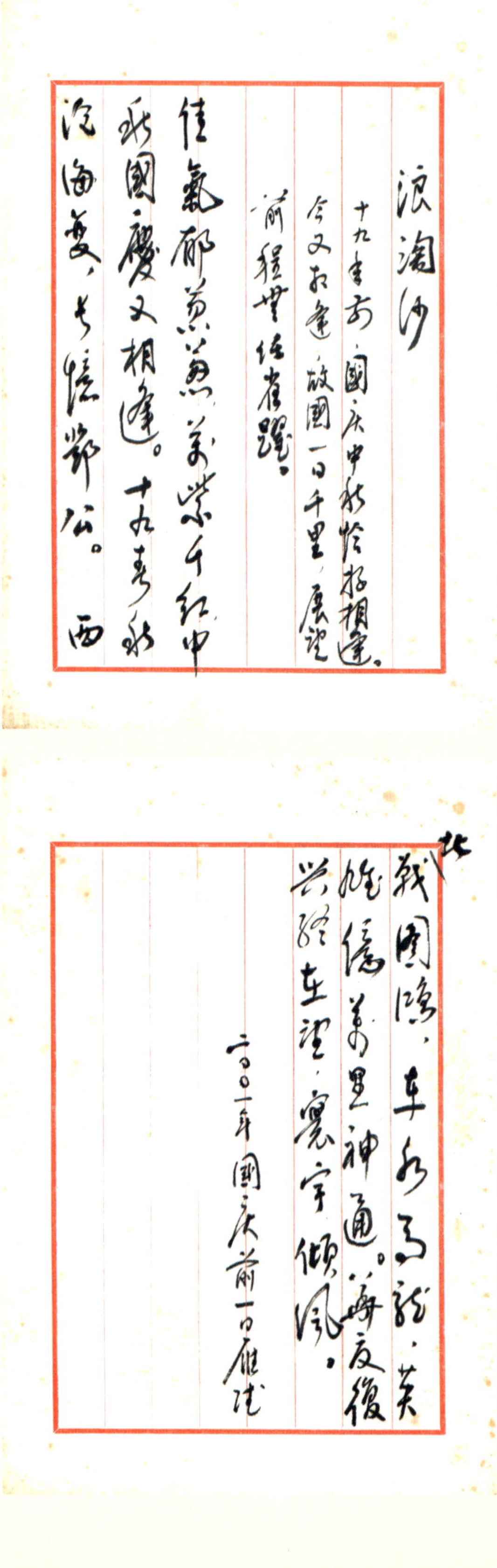
浪淘沙

十九年前，国庆中秋恰相逢。今又如是，故国一日千里，展望前程世纪任雀跃。

佳气郁葱葱，万紫千红。中华国庆又相逢。十九春秋沧海变，长忆邓公。西北戎关隘，车水马龙，英雄亿万显神通。海[illegible]复兴经在望，寰宇倾风。

二〇〇一年国庆前一日雁述

陶今雁《浪淘沙》

浪淘沙

十九年前，国庆中秋恰好相逢。今又相逢，故国一日千里，展望前程无任雀跃。

佳气郁葱葱，万紫千红，中秋国庆又相逢。十九春秋沧海变，长忆邓公。西北战图鸿，车水马龙，英雄亿万里神通。华夏复兴终在望，寰宇倾风。

二〇〇一年国庆前一日雁赋

按 此词应该是草稿，收录于《寒梅集》，二者内容略有差异。

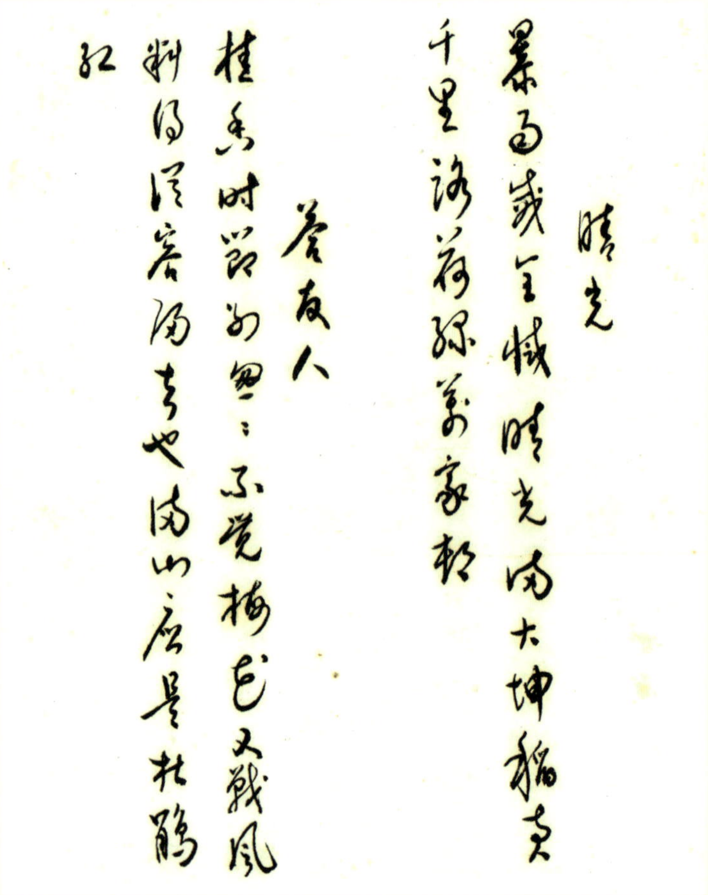

晴光

暴雨威全灭，晴光满大坤。稻黄千里路，荷绿万家村。

答友人

桂香时节别匆匆，不觉梅花又战风。料得从容归去也，满山应是杜鹃红。

按 1.《晴光》是陶今雁1963年夏所作，收录于《雪鸿集》。2.《答友人》为《答中文系诸同志三首》中的第三首，收录于《雪鸿集》。

陶今雁《雪鸿集》自序手稿

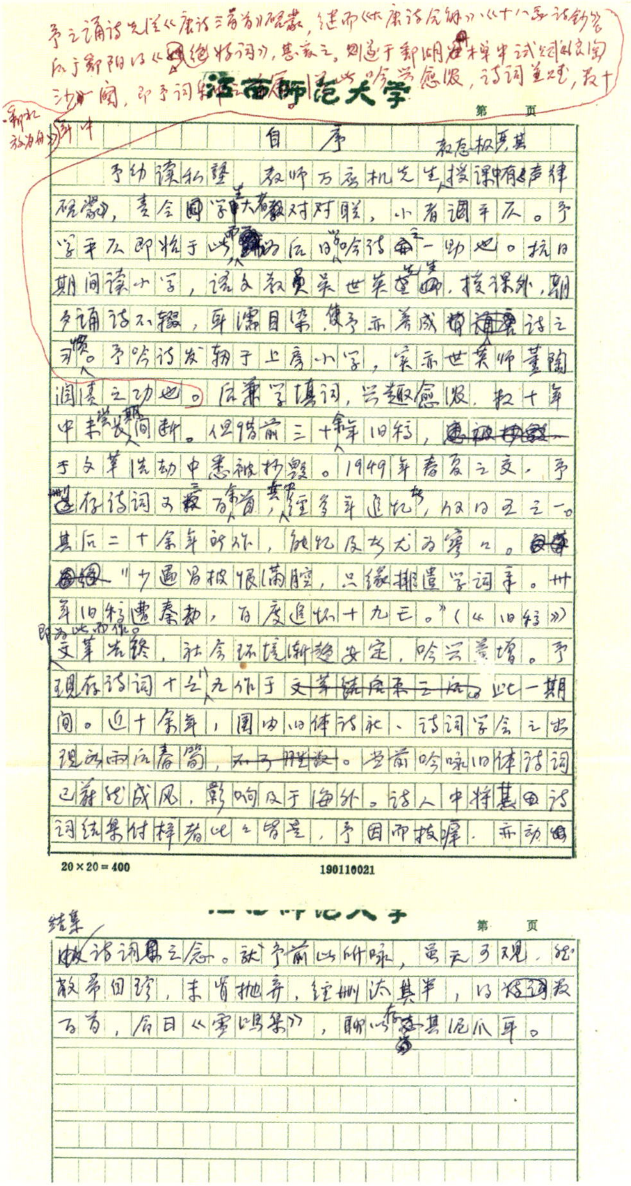

按 这是陶今雁诗集《雪鸿集》中的自序。

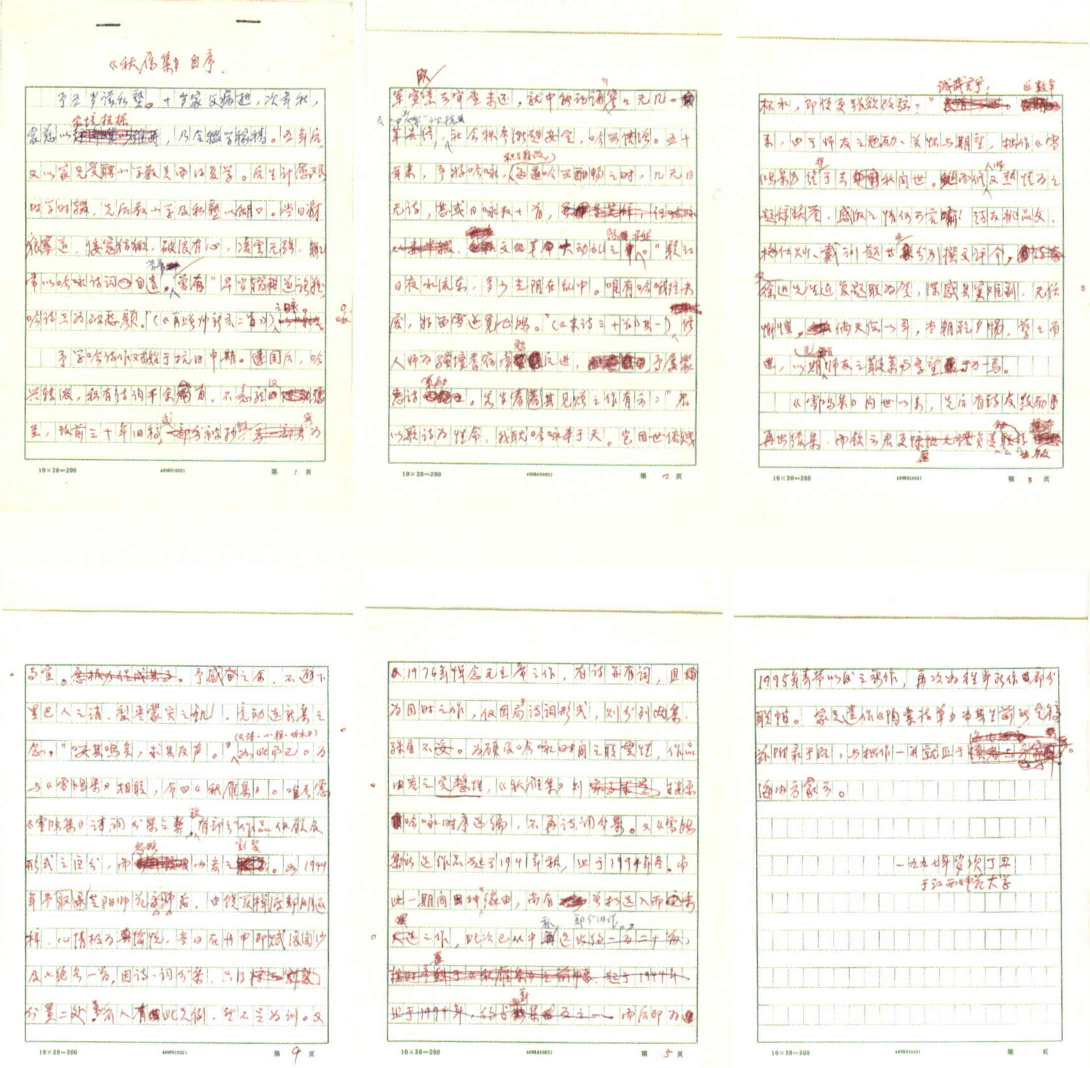

陶今雁《秋雁集》自序手稿

按 这是陶今雁第二本诗集《秋雁集》中的自序。

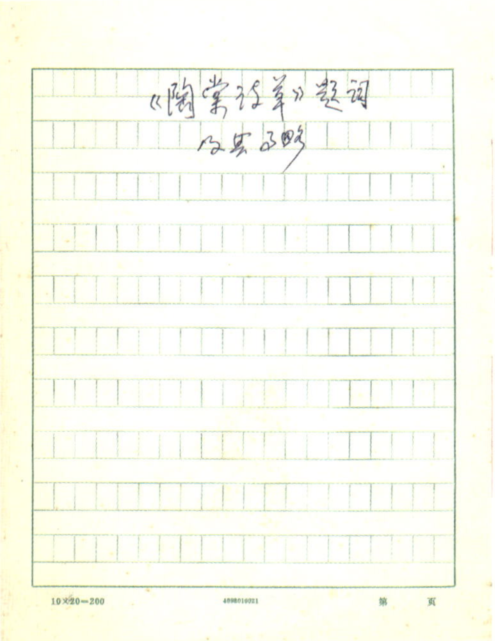
《陶棠诗草》题词

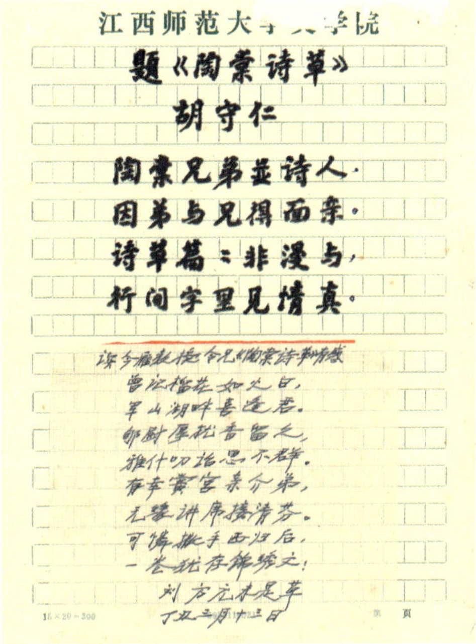
题《陶棠诗草》

胡守仁

陶棠兄弟并诗人，
因弟与兄得面亲。
诗草篇篇非漫与，
行间字里见情真。

读今雁教授令兄《陶棠诗草》有感

曾记榴花如火日，
羊山湖畔喜逢君。
……
可惜携手西归后，
一卷犹存锦绣文！

刘方元未是草
丁丑三月十三日

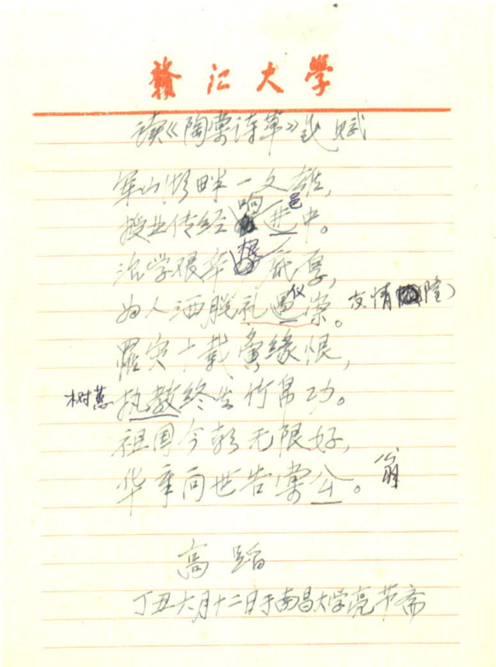
赣江大學

读《陶棠诗草》感赋

羊山湖畔一文雄，
授业传经□□中。
……
祖国今朝无限好，
华章问世告棠公。

高蹈

丁丑六月十二日于南昌大学亮节斋

《陶棠诗草》题词

按 陶棠为陶今雁长兄，喜好诗词，受诗坛大家所重。其诗作附于《秋雁集》后，图为胡守仁、刘方元、高蹈三人题诗。

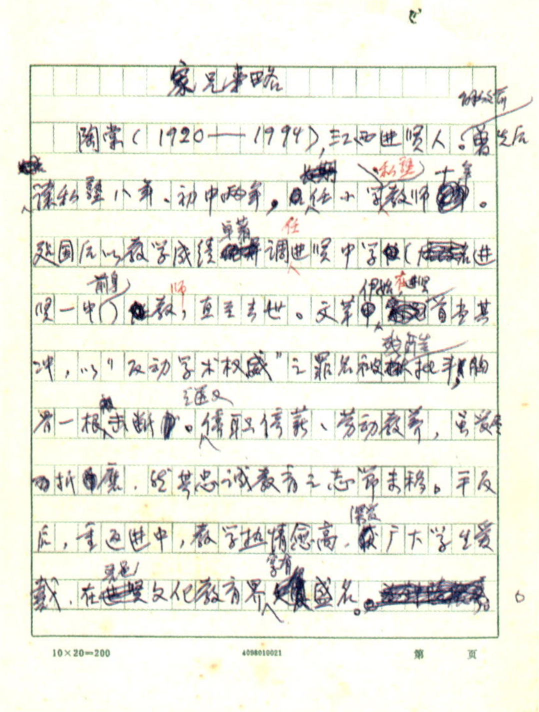

家兄事略

陶棠（1920——1994），江西进贤人。读私塾八年、初中两年，任小学教师十年。建国后以教学成绩卓著调进贤中学（前身进贤一中）任教，直至去世。文革中首当其冲，以"反动学术权威"之罪名被揪批斗，胸骨一根被打断。遂又停职停薪、劳动教养，备受折磨，然其忠诚教育之志节未移。平反后，重返进中，教学热情愈高，深受广大学生爱戴，在进贤文化教育界享有盛名。

10×20=200　　4098010021　　第　页

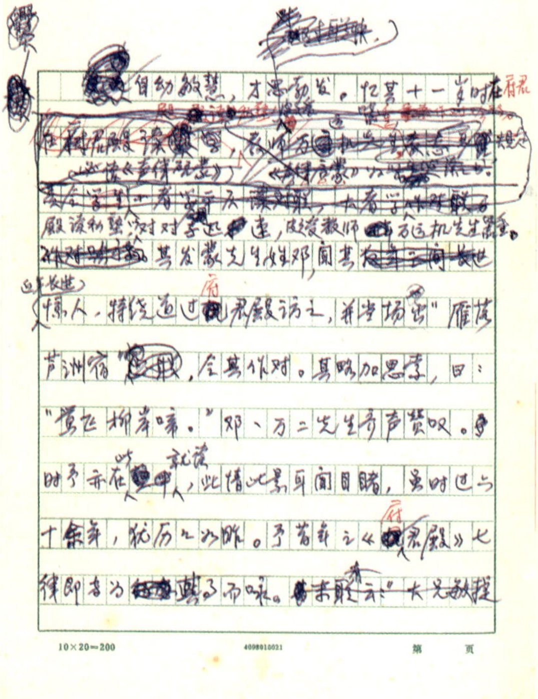

家兄自幼敏慧，才思勃发。忆其十一岁时……其塾师姓郑，闻其……特偕过府……访之，并当场出"雁落芦洲宿"令其作对。其略加思索，曰："莺飞柳岸啼。"郑、万二先生齐声赞叹。时予亦在塾中，此情此景耳闻目睹，虽时过六十余年，犹历历在眼。予前年之《……》七律即专为此事而咏。

10×20=200　　4098010021　　第　页

陶今雁《家兄事略》手稿

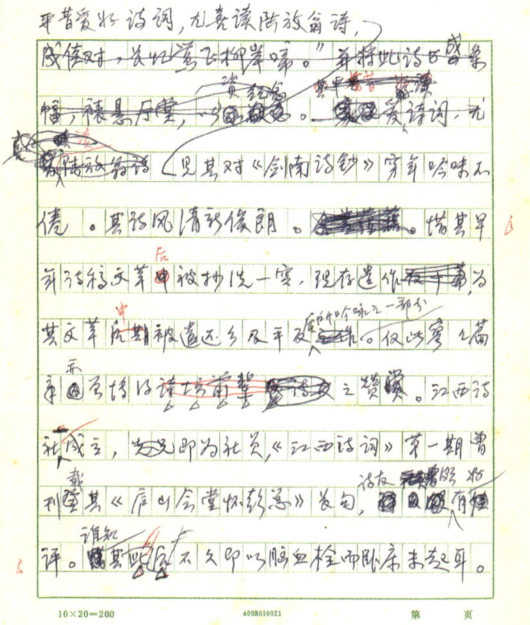

平昔爱好诗词，尤喜读陆放翁诗，见其对《剑南诗钞》穷年吟味不倦。其诗风清新俊朗。惜其早年诗稿文革中被抄没一空，现存遗作为其文革后期被遣还乡及平反后所作吟咏之一部分。仅此寥寥篇章，亦示其诗学修养之一斑。江西诗社成立，家兄即为社员，《江西诗词》第一期曾刊载其《庐山会堂怀彭总》长句，诗友[illegible]评。谁知不久即以脑血栓而卧床未起耳。

10×20=200　4098010021　第　页

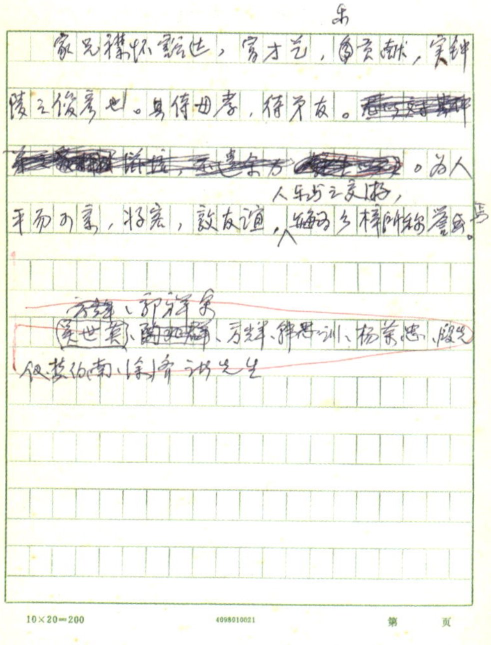

家兄襟怀豁达，富才艺，多贡献，实钟陵之俊秀也。其侍母孝，待弟友。[illegible]为人平易可亲，好客，敦友谊，人乐与之交游，[illegible]

[illegible]

10×20=200　4098010021　第　页

按　《家兄事略》附于《秋雁集》后，此为手稿，读来可见兄弟情深。

陶今雁《对姚老师增选诗注的几点意见》手稿

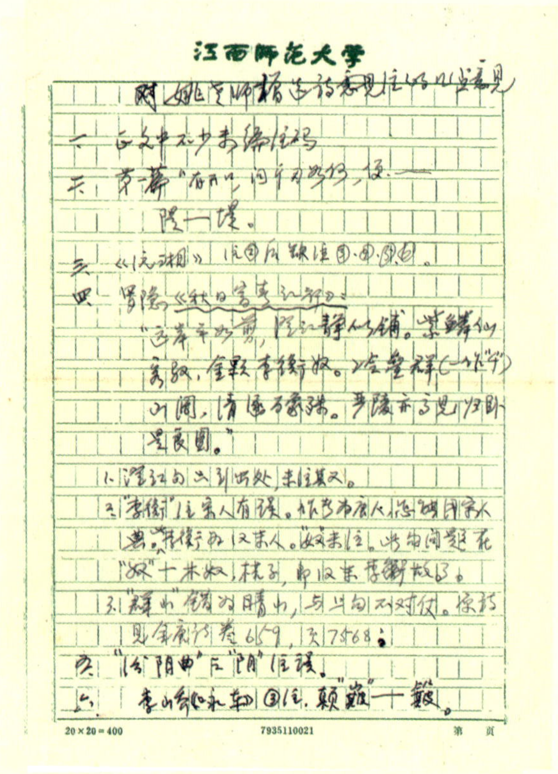

江西师范大学

对姚老师增选诗注的几点意见

一、正文中不少未标注码

二、黄蘖"[illegible]"[illegible]，[illegible]——隔一[illegible]。

三、《[illegible]》[illegible]注[illegible]。

四、罗隐《秋日富春江行》：

"远岸平如剪，澄江静似铺。紫鳞仙客驭，金颗李衡奴。冷叠群（一作千）山阔，清涵万象殊。严陵亦高见，归卧是良图。"

1. 澄江句出引出处，未注其义。

2. "李衡"注宋人有误。[illegible]人[illegible]。"李衡奴"[illegible]。[illegible]"奴"[illegible]，[illegible]。

3. "群山"[illegible]，与上句不对仗。[illegible]见全唐诗卷659，页7568：

五、"汾阴曲"之"阴"注误。

六、李山甫《[illegible]》[illegible]注，[illegible]"[illegible]"一[illegible]。

20×20=400　7935110021　第　页

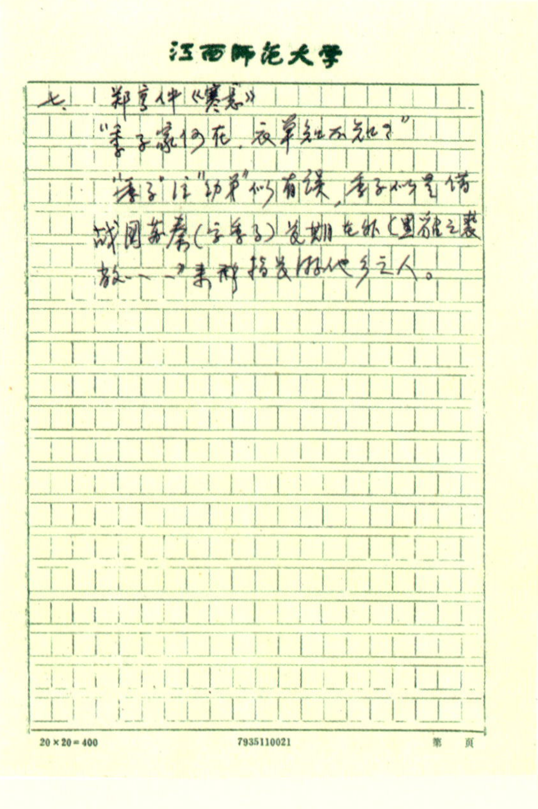

江西师范大学

七、郑亨仲《寒食》

"季子家何在，衣单知不知？"

"季子"注"幼弟"似有误，季子似是借战国苏秦（字季子）[illegible]（[illegible]）来称指[illegible]他乡之人。

20×20=400　7935110021　第　页

陶今雁《临江仙·忆故人苏意俊》

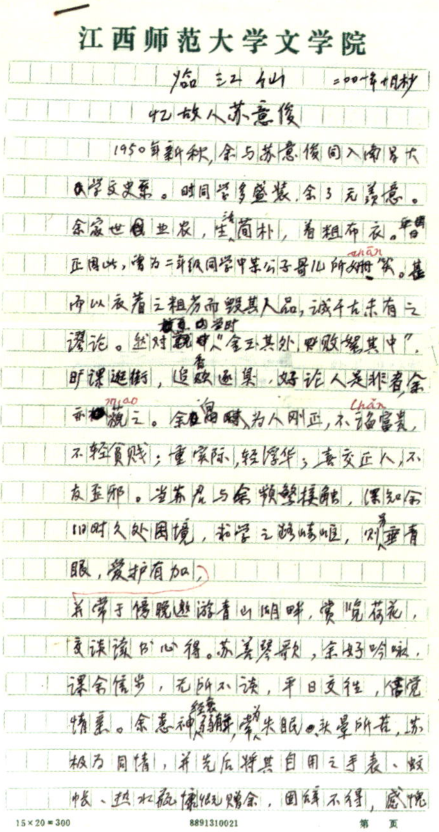
江西师范大学文学院

临江仙　二〇一〇年十月抄

忆故人苏意俊

1950年新秋，余与苏意俊同入南昌大学文史系。时同学多盛装，余了无羡意。余家世世业农，生活简朴，着粗布衣。平日亦因此，曾为二年级同学中某公子哥儿所姗(shān)笑。甚而以衣着之粗劣而毁其人品，诚千古未有之谬论。然对彼辈中人（当时"金玉其外，败絮其中"，旷课逛街，追香逐臭，好论人是非者，余亦藐(miǎo)视之。余自幼为人刚正，不谄(chǎn)富贵，不轻贫贱；重实际，轻浮华；喜交正人，不友歪邪。当苏君与余频繁接触，深知余旧时久处困境，求学之路崎岖，则另垂青眼，爱护有加，并常于傍晚邀游青山湖畔，赏览荷花，交谈读书心得。苏善琴歌，余好吟咏，课余信步，无所不谈，平日交往，倍觉情亲。余患神经衰弱，常为失眠所苦，苏极为同情，并先后将其自用之手表、蚊帐、热水瓶、棉被赠余，固辞不得，感愧

15×20=300　8891310021　第　页

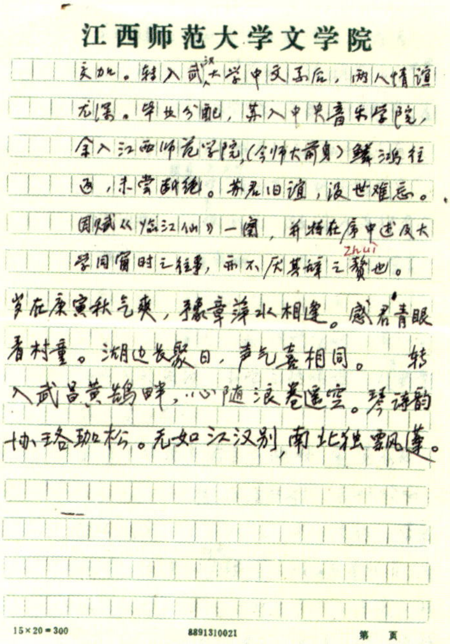
江西师范大学文学院

交加。转入武汉大学中文系后，两人情谊尤深。毕业分配，苏入中央音乐学院，余入江西师范学院（今师大前身），鳞鸿往还，未尝断绝。苏君旧谊，没世难忘。因赋《临江仙》一阕，并将在序中述及大学同窗时之往事，而不厌其辞之赘(zhuì)也。

岁在庚寅秋气爽，豫章萍水相逢。感君青眼看村童。湖边长聚日，声气喜相同。　转入武昌黄鹤畔，心随浪卷遥空。琴诗韵协珞珈松。无如江汉别，南北独飘蓬。

15×20=300　8891310021　第　页

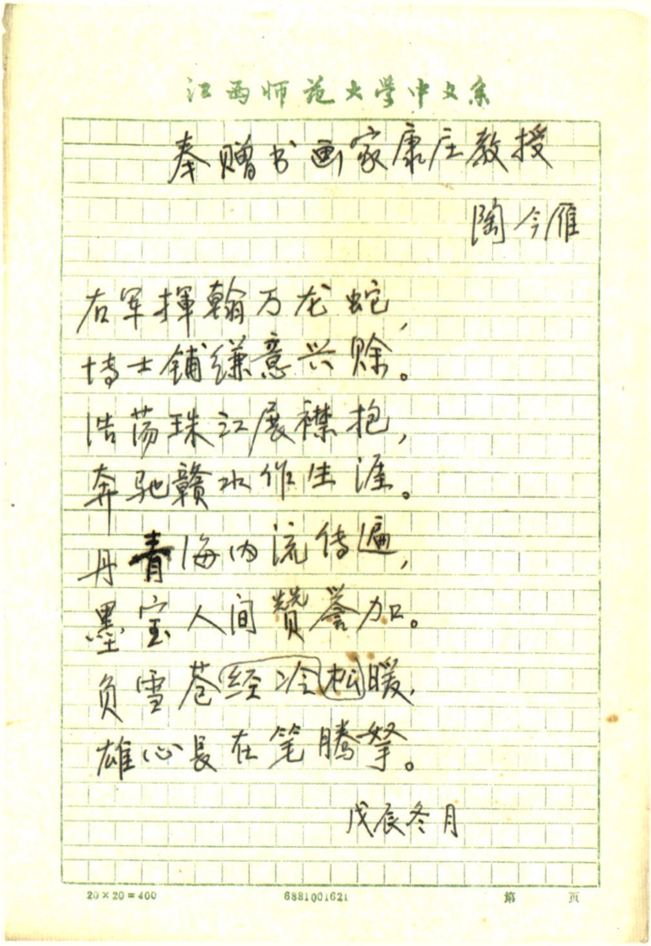

江西师范大学中文系

奉赠书画家康庄教授

陶今雁

右军挥翰万龙蛇，
博士铺缣意兴赊。
浩荡珠江展襟抱，
奔驰赣水作生涯。
丹青海内流传遍，
墨宝人间赞誉加。
负雪苍松经冷暖，
雄心长在笔腾拏。

戊辰冬月

20×20=400　6881001621　第　页

陶今雁《奉赠书画家康庄教授》

按 此诗作于 1988 年 12 月 10 日，收录于《雪鸿集》。陶、康二人有书信往来，诗文酬唱。

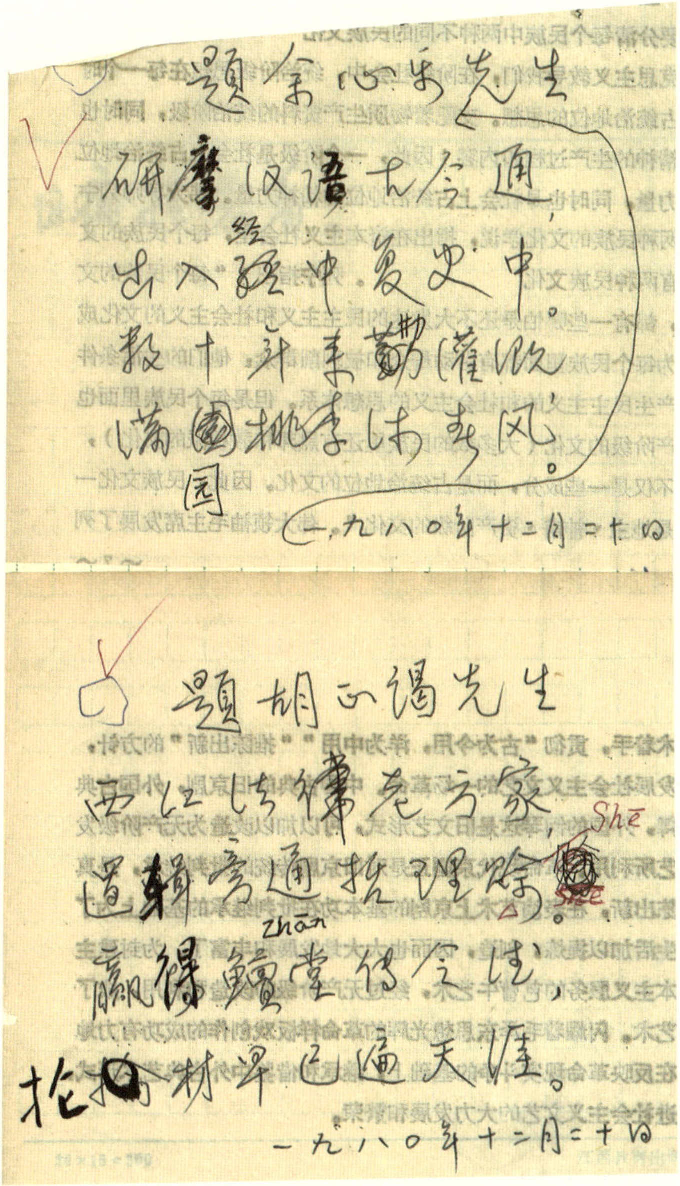
题余心乐先生
研摩汉语古今通，
出入经中复史中。
数十年来勤灌溉，
满园桃李沐春风。
一九八〇年十二月二十日
题胡正谒先生
西江法律老方家，
逻辑旁通哲理赊。
赢得鳣堂传令佳，
抡材早已遍天涯。
一九八〇年十二月二十日

按 此二诗为同一时间所作，无集中收录。

陶今雁题诗二首

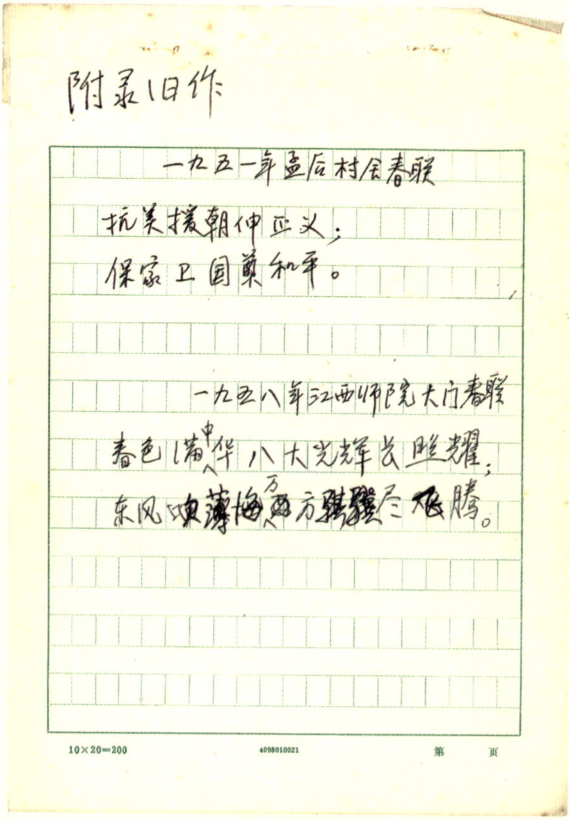

附录旧作

一九五一年孟后村会春联

抗美援朝伸正义；
保家卫国莫和平。

一九五八年江西师院大门春联

春色满中华八大光辉光照耀；
东风吹[illegible]万方[illegible]尽腾。

10×20=200　　4098010021　　第　页

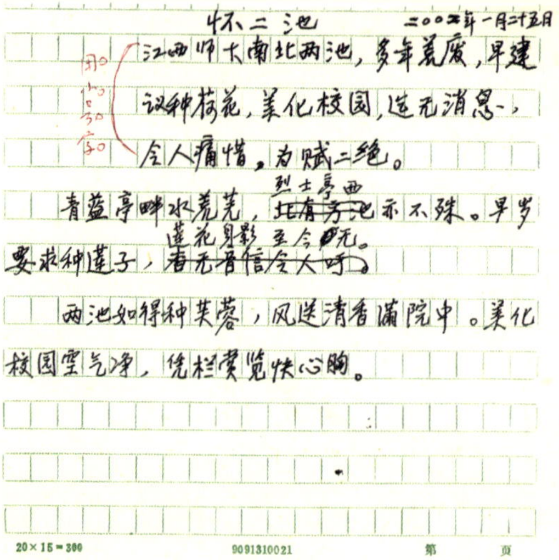

怀二池　　二00[illegible]年一月二十五日

江西师大南北两池，多年荒废，早建议种荷花，美化校园，迄无消息，令人痛惜，为赋二绝。

青蓝亭畔水茫茫，~~北有方池~~烈士亭西亦不殊。早岁要求种莲子，~~春无音信令人吁~~莲花身影至今无。

两池如得种芙蓉，风送清香满院中。美化校园空气净，凭栏赏览快心胸。

20×15=300　　9091310021　　第　页

陶今雁对联、诗作

为友青向瑛结婚题联

一九八九年十二月二十七日

梅花战雪千回百折迎春至，
柳絮因风转入湘江结伴行。

曾美珍先生嘱撰其子结婚联
联中嵌其名之“燕飞”二字为曾子，“欢”为曾媳。

飞燕翔云喜酒香浮千盏绿；
欢声笑语梅花艳映满堂红。

曾美珍先生嘱撰欢欢出嫁联（女方家长抄）

庚午季春下旬

红桃灼灼良辰欢送淑女；
黄鸟翩翩佳日喜配才郎。

题癸酉春联　壬申除夕

大孙女名孟柯，小孙女名孟郐。

苗秀柯郐红杏跃迎春滋荫；
世承晴节怜松爱菊志芳菲。

代曹慧云女士撰春联

春满神州卫戍老儿欣迈迹；
梅开庾岭干将之子喜添丁。

为稚子也青撰春联二副

一九九一年

万象更新陶冶青年期有绩；
九州流涑爱怜子息望成材。

为也青书屏结婚题联

一九八○年五月二十日

红鸾并舞乾坤大；
彩燕双飞日月长。

赠陈方亮同学毕业联

凌霜菊艳三秋色；
踏雪鸿骞万里程。

病中有感　一九八八年十二月

日夜编译（主编《中国历代咏物诗辞典》）诗思涩，病中吟咏得偷闲。新修滕阁催诗急，拈毫凌云壮水干。

赠友人

棉花云落同君读，词气清新（指其诗）韵亦清。待到鄱湖清沏日，庐山照影更分明。

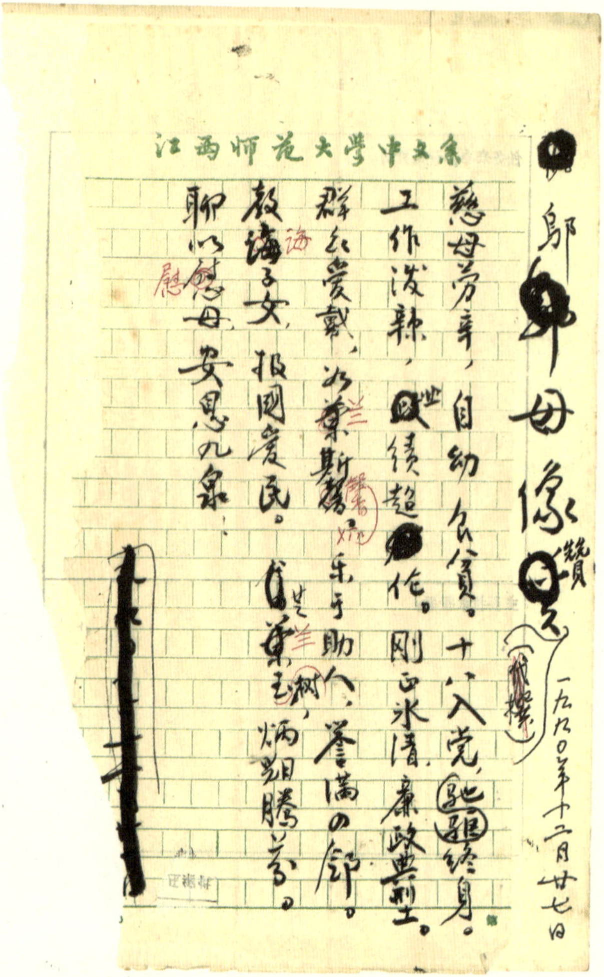

陶今雁《郛母像赞》手稿

按 此诗是代郛黎青所撰。郛黎青是进贤人，学医，后留学日本。与陶今雁有书信往来，陶有《赠郛黎青大夫四首》等诗相赠。

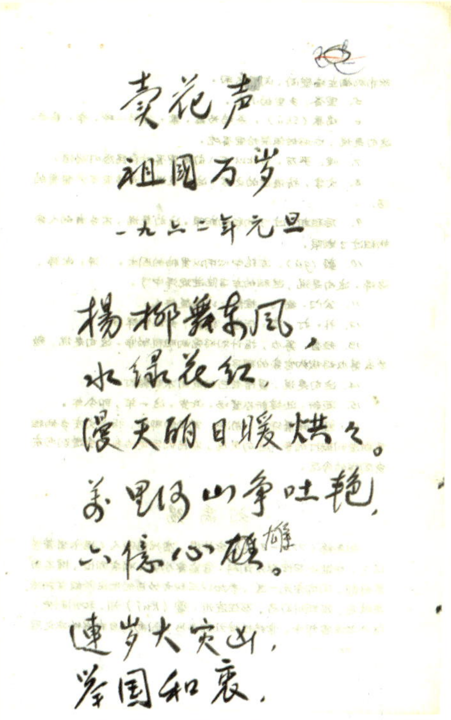
卖花声
祖国万岁
一九六二年元旦
杨柳舞东风，
水绿花红，
漫天阳日暖烘烘。
万里河山争吐艳，
六亿心雄。
連岁大灾凶，
举国和衷。

天下涌，人民怒火寰区炽。看万邦亲友聚神京，同心德。

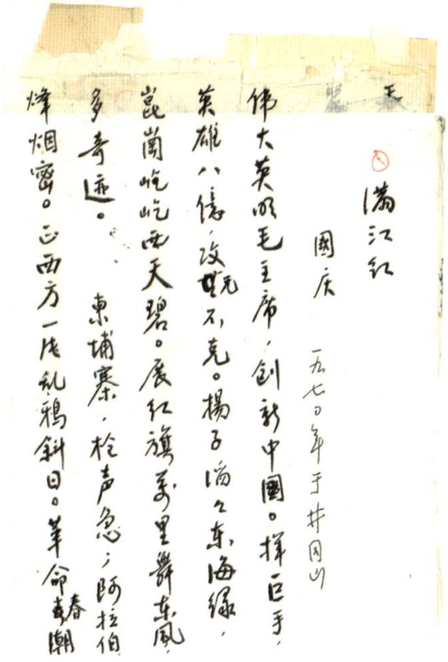
满江红
国庆
一九七〇年于井冈山
伟大英明毛主席，创新中国。挥巨手，英雄八亿，攻无不克。扬子滔滔东海绿，昆仑屹屹西天碧。展红旗万里舞东风，多奇迹。
柬埔寨，枪声急；阿拉伯，烽烟密。正西方一片乱鸦斜日。革命春潮

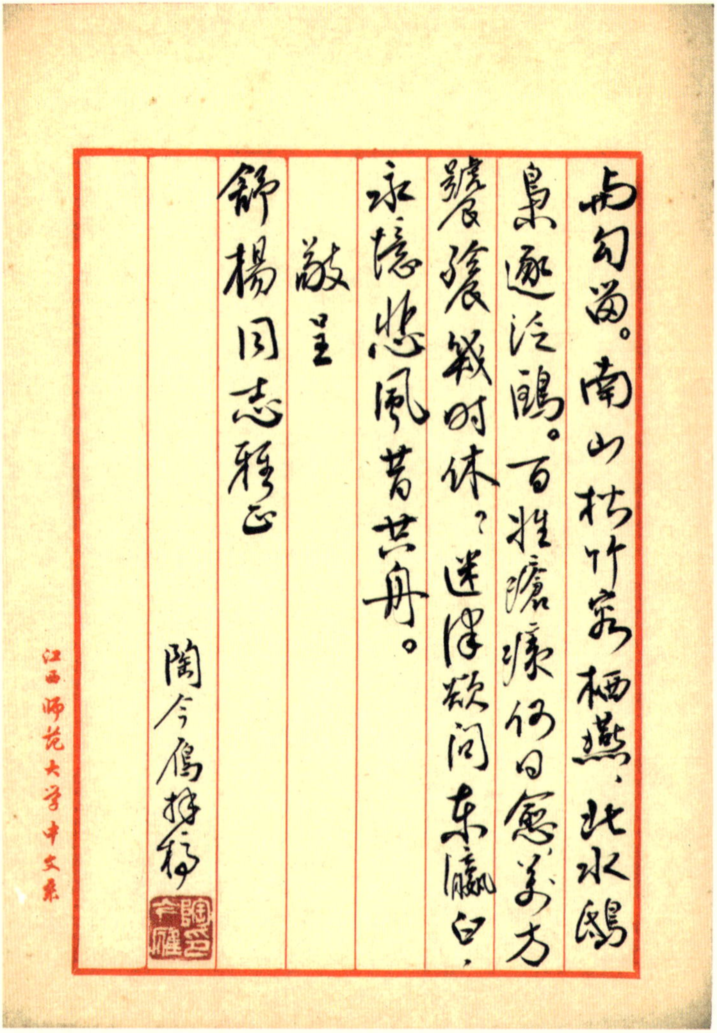

陶今雁《忆故人舒杨》（部分）

按 此诗是陶今雁 1986 年所作的《忆故人舒杨》，此诗收录于《雪鸿集》，旧稿只存下半部分。

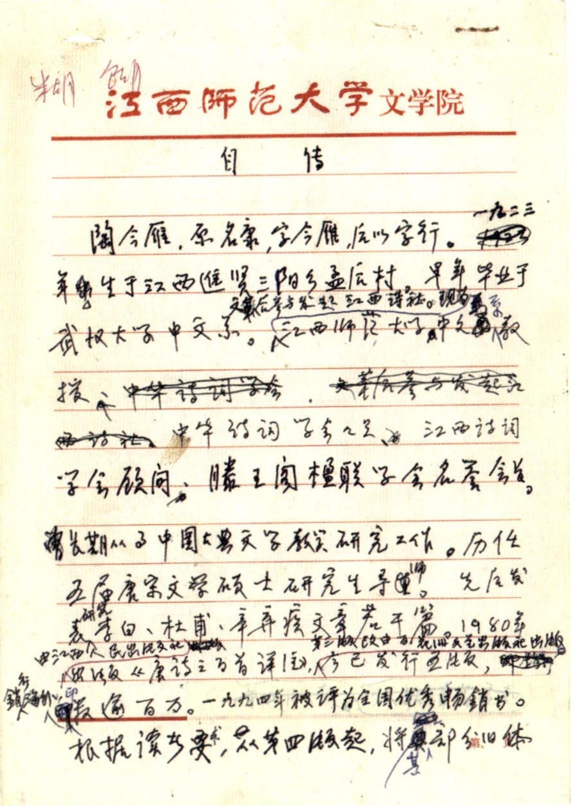

江西师范大学文学院

自传

陶今雁，原名家，字今雁，后以字行。一九二三年生于江西进贤三阳乡孟后村。早年毕业于武汉大学中文系。文革后参与发起江西诗社。现为江西师范大学中文系教授、中华诗词学会会员、江西诗词学会顾问、滕王阁楹联学会名誉会长。长期从事中国古典文学教学研究工作。历任五届唐宋文学硕士研究生导师。先后发表研究李白、杜甫、辛弃疾文章若干篇。1980年由江西人民出版社出版《唐诗三百首详注》，第三版改由百花洲文艺出版社出版，今已发行五版，累计印行逾百万。一九九四年被评为全国优秀畅销书。根据读者要求，从第四版起，将某部分旧体

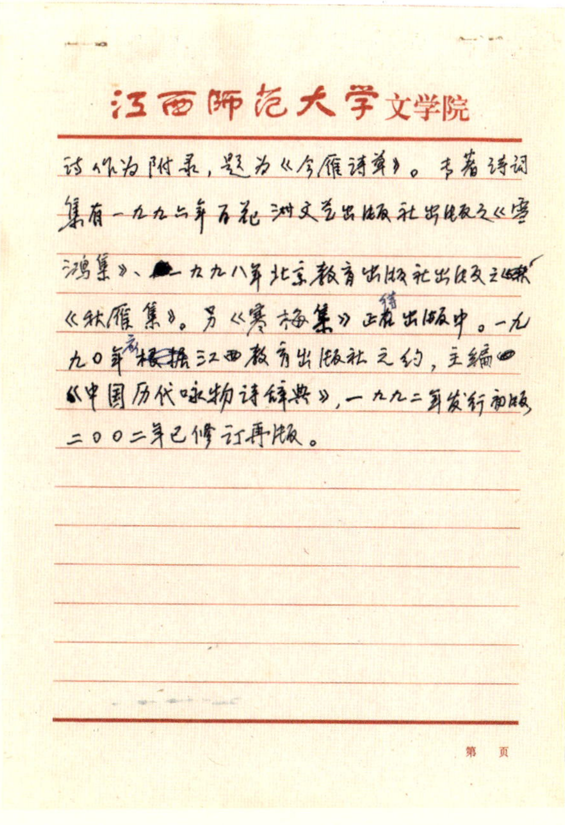

江西师范大学文学院

诗作为附录，题为《今雁诗草》。专著诗词集有一九九六年百花洲文艺出版社出版之《寒鸿集》、一九九八年北京教育出版社出版之《秋雁集》。另《寒梅集》正待出版中。一九九〇年应江西教育出版社之约，主编《中国历代咏物诗辞典》，一九九二年发行初版，二〇〇二年已修订再版。

第　页

陶今雁自传手稿

陶今雁《闲居无事，再种南瓜》

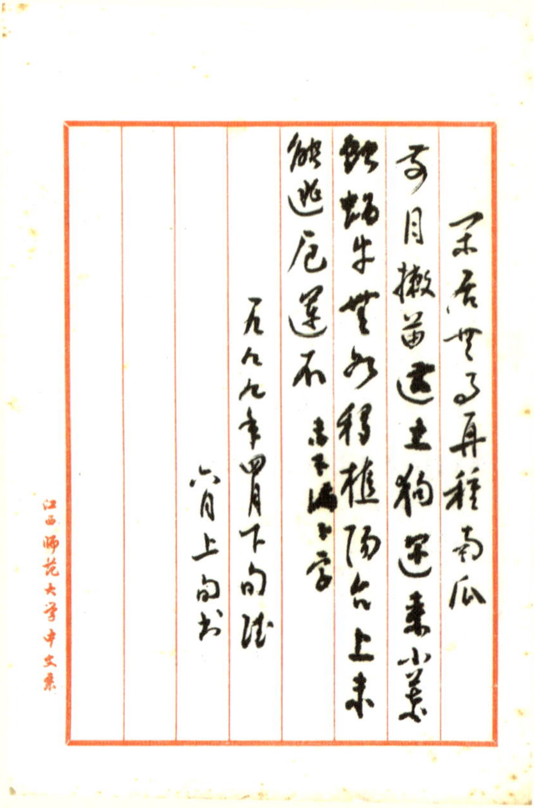

闲居无事，再种南瓜

前月嫩苗遭土狗，迩来小叶蚀蜗牛。无如移植阳台上，未能逃厄运不？未下漏“卜”字。

一九九九年四月下旬赋，六月上旬书

按 此诗收录于《寒梅集》。

陶今雁《答中文系诸同志三首》之一

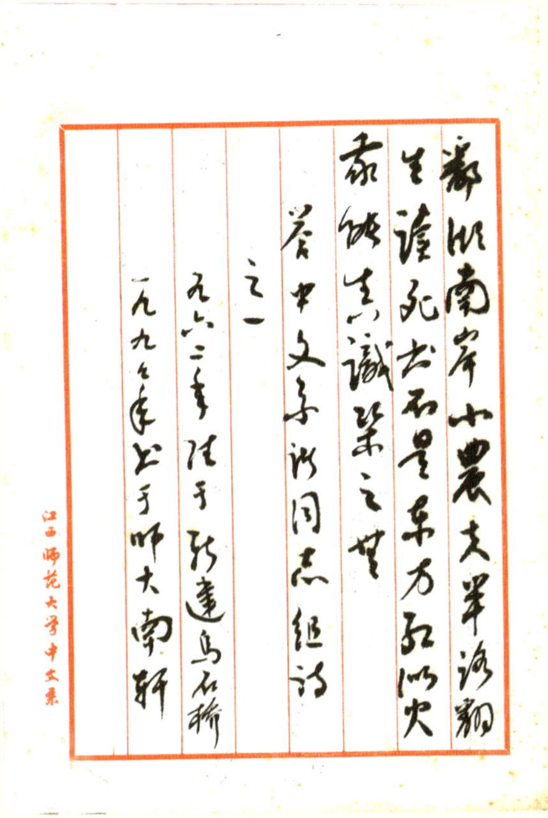

鄱湖南岸小农夫，半路翻生读死书。不是东方红似火，我能真识几之无？

《答中文系诸同志组诗》之一

一九六二年赋于新建乌石桥，一九九九年书于师大南轩

按 《答中文系诸同志三首》收录于《雪鸿集》。

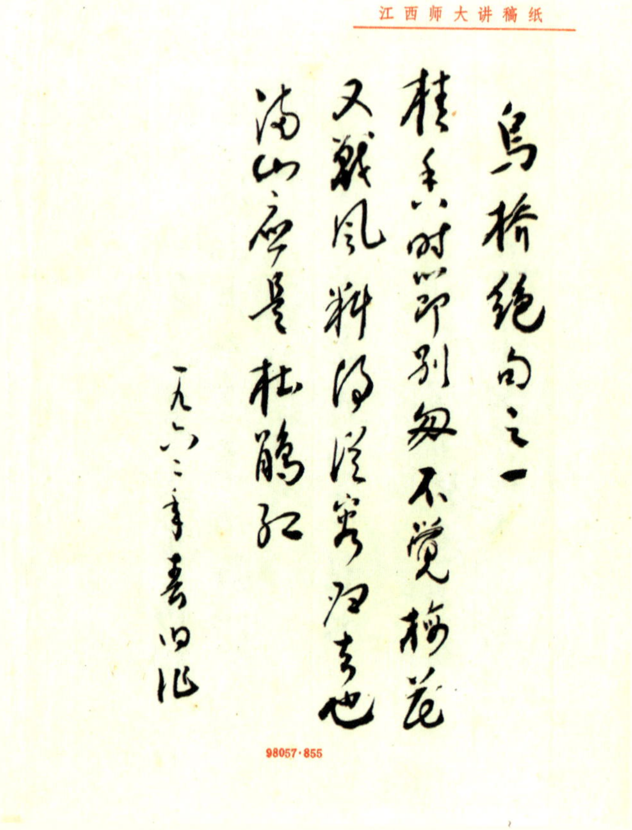

乌桥绝句之一

桂香时节别匆匆，不觉梅花又战风。料得从容归去也，满山应是杜鹃红。

一九六二年春旧作

按 此诗为《答中文系诸同志三首》之一，收录于《雪鸿集》。

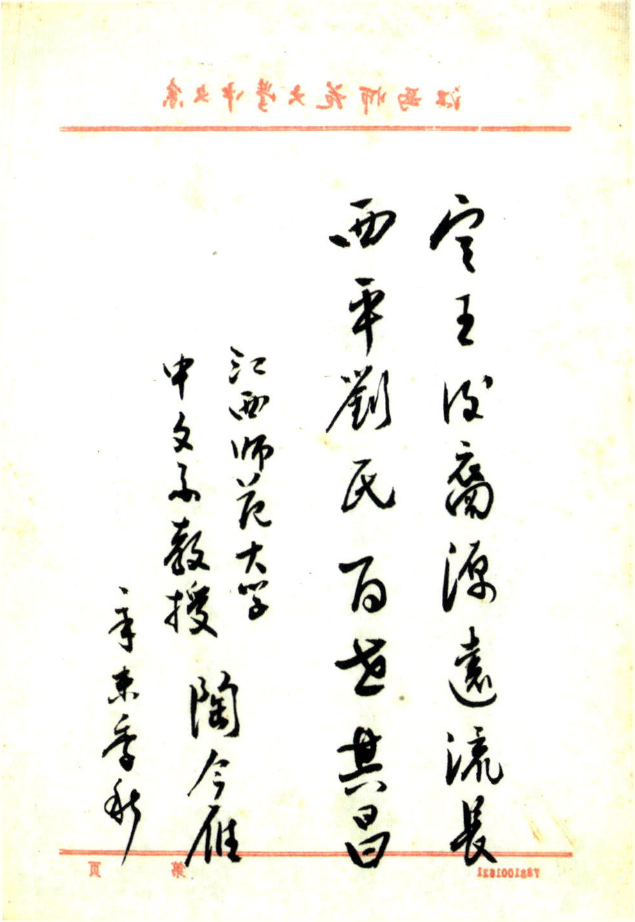

定王后裔源远流长，西平刘氏百世其昌

江西师范大学中文系教授陶今雁

辛未季秋

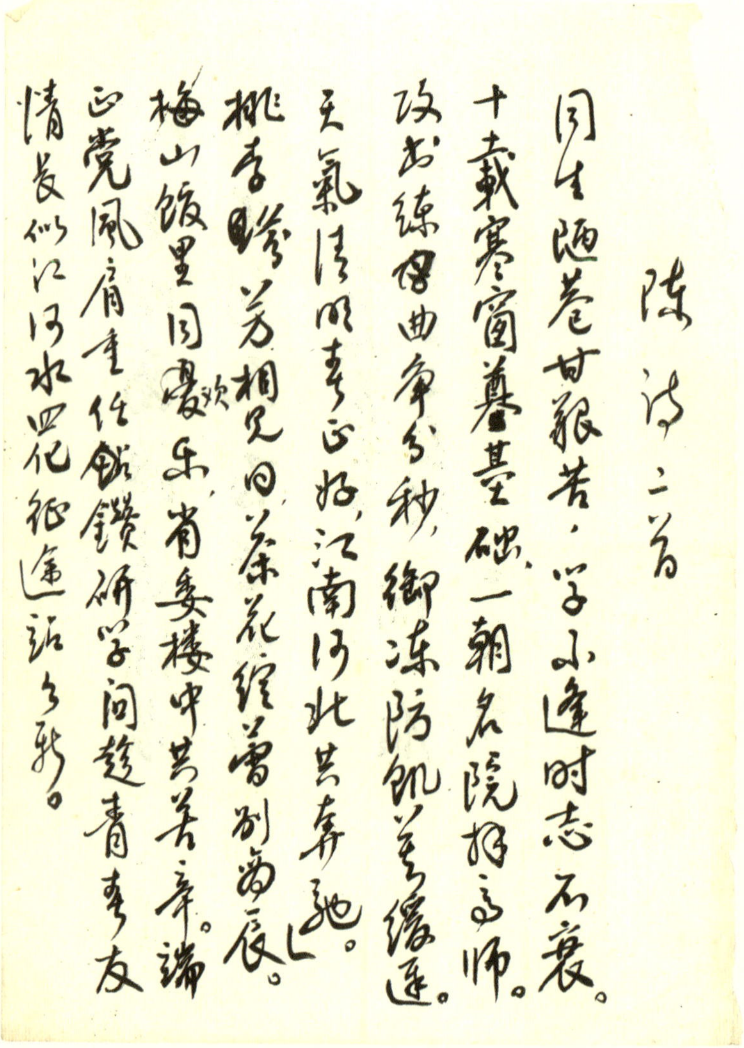

陈诗二首

同生陋巷甘艰苦，学不逢时志不衰。
十载寒窗奠基础，一朝名院拜名师。
攻书练习曲争分秒，御冻防饥苦缘迟。
天气清明春正好，江南河北共奔驰。
桃李联芳相见日，茶花绽蕾别离辰。
梅山饭里同欢乐，省委楼中共苦辛。
端正党风肩重任，钻研学问趁青春。
友情长似江河水，四化征途话永新。

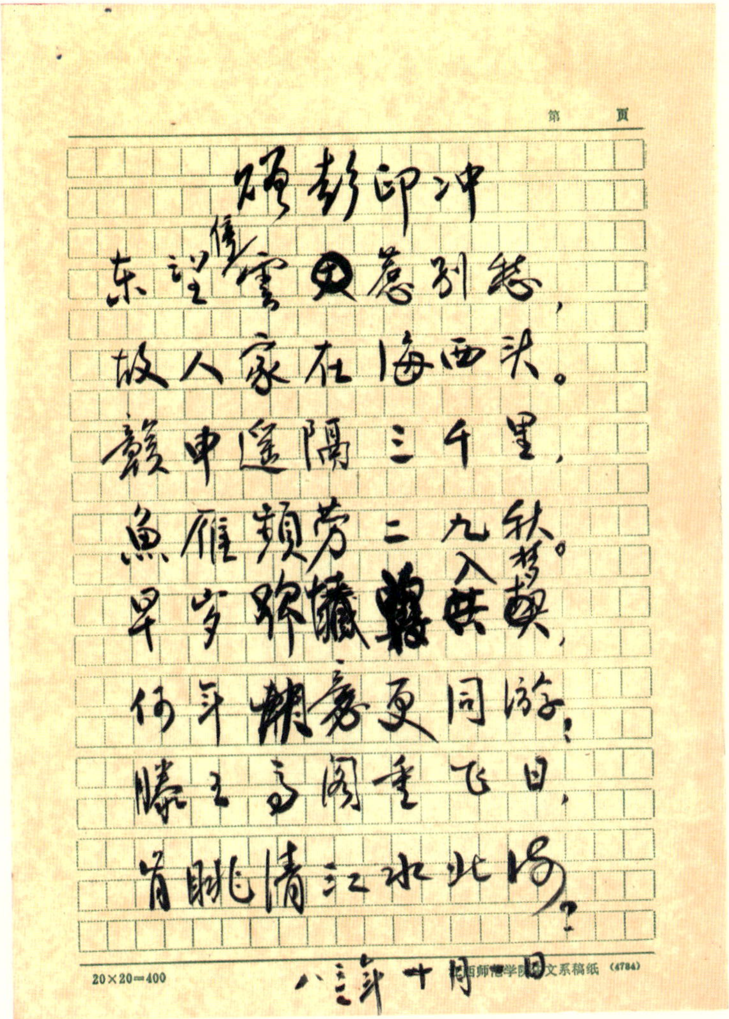
第　页

赠彭印冲

东望信云惹别愁，
故人家在海西头。
赣申遥隔三千里，
鱼雁频劳二九秋。
早岁[illegible]，
何年[illegible]更同游？
滕王高阁重飞日，
肯眺清江水北流？

八三年十月　日

20×20=400　西师范学院中文系稿纸（4784）

按　《赠彭印冲》收录于《雪鸿集》。

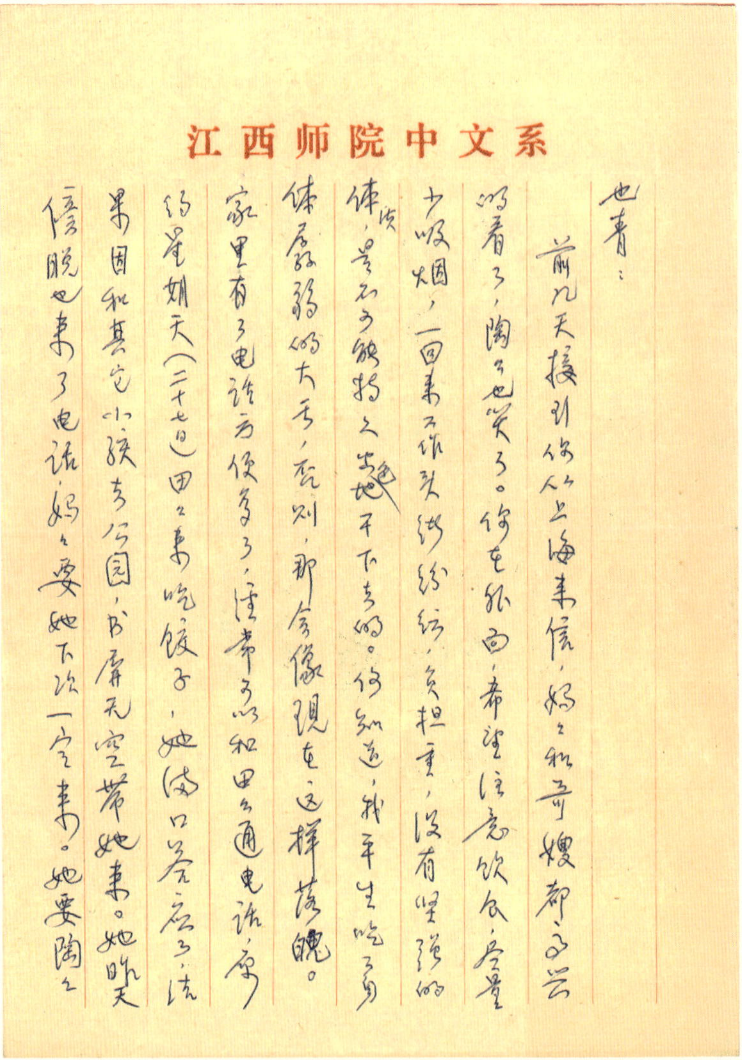

江西师院中文系

也青：

前几天接到你从上海来信，妈妈和哥嫂都可以的看了，陶陶也哭了。你在外面，希望注意饮食，尽量少吸烟，一回来又作买紧张，负担重，没有坚强的体质，是不可能将之坚持下去的。你知道，我平生吃了身体质弱的大亏，否则，那会像现在这样落魄。

家里有了电话方便多了，浩浩常常和田田通电话，原约星期天（二十七日）田田来吃饺子，她满口答应了，结果因和其它小孩去公园，所以再无空带她来。她昨天傍晚也来了电话，妈妈要她下次一定来。她要陶陶

陶今雁致陶也青手札

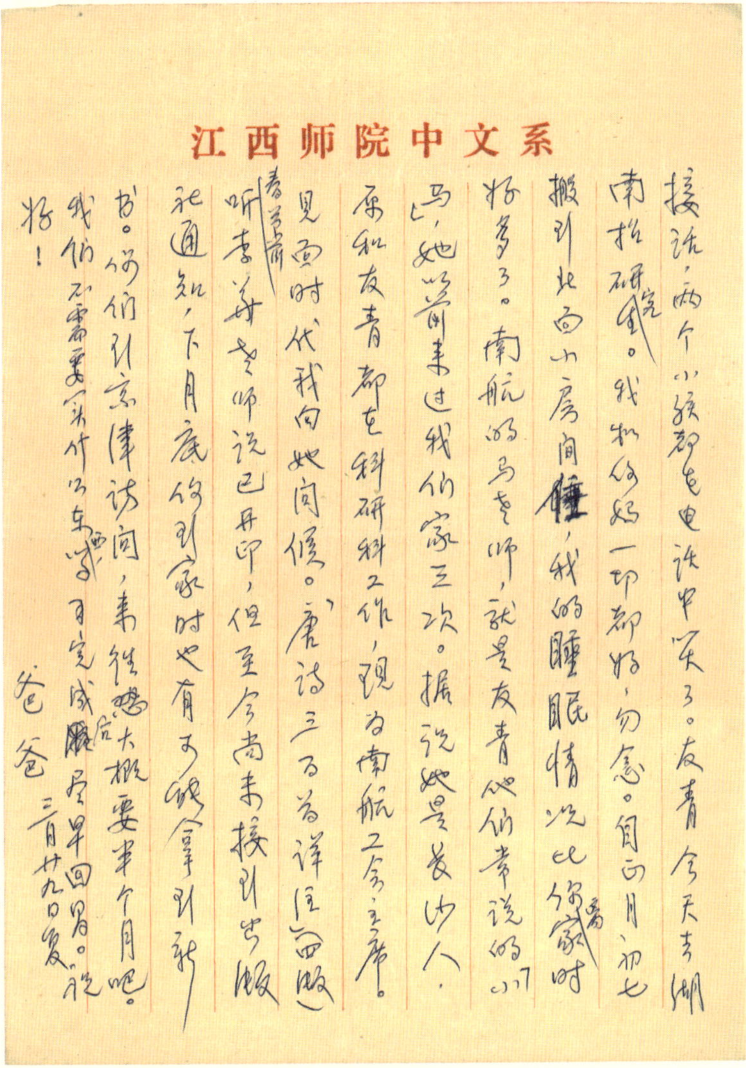

江西师院中文系

接话，两个小孩都在电话中笑了。友青今天去湖南指研究。我和你妈一切都好，勿念。自正月初七搬到北面小房间睡，我的睡眠情况比你离家时好多了。南航的马老师，就是友青他们常说的小马，她以前来过我们家三次。据说她是长沙人，原和友青都在科研科工作，现为南航工会主席。见面时代我向她问候。《唐诗三百首详注》（四版）春节前听李海老师说已开印，但至今尚未接到出版社通知，下月底你到家时也有可能拿到新书。你们到京津访问，来往大概要半个月吧。我们不需要买什么东西，完成后望早回家。祝好！

爸爸
三月廿九日夜

按 此信写于 1989 年，时值陶也青在上海学习。

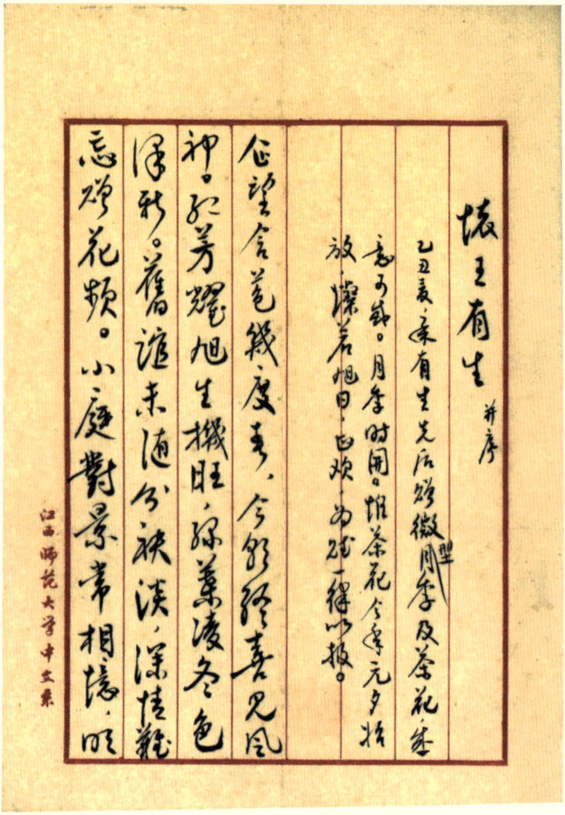
怀王有生 并序
乙丑夏，承有生先后赠微型月季及茶花，盛意可亲。月季时开，惟茶花今年元夕将放，灿若旭日，正欢，为诗一律以报。
企望含苞几度春，今朝终喜见风神。红芳耀旭生机旺，绿叶凌冬色泽新。旧谊未随分袂淡，深情难忘赠花频。小庭对景常相忆，明
江西师范大学中文系

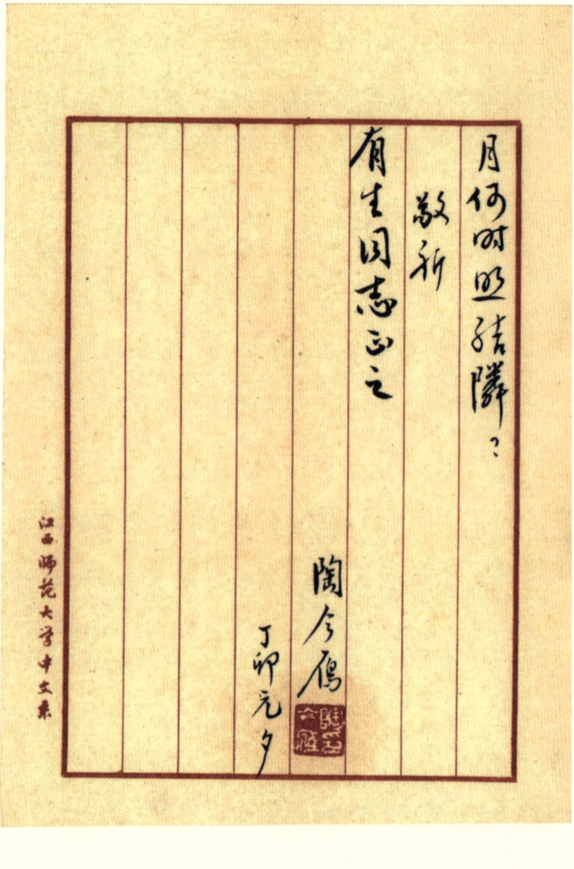
月何时照结邻。
敬祈
有生同志正之
陶今雁
丁卯元夕
江西师范大学中文系

陶今雁《怀王有生（并序）》

怀王有生（并序）

乙丑夏，承有生先后赠微型月季及茶花，盛意可感。月季时开，惟茶花今年元夕始放，灿若旭日，甚欢，为赋一律以报。

企望含苞几度春，今朝终喜见风神。红芳耀旭生机旺，绿叶凌冬色泽新。旧谊未随分袂淡，深情难忘赠花频。小庭对景常相忆，明月何时照结邻？

敬祈有生同志正之

按 此诗收录于《雪鸿集》，与原手稿略有调整，“见”调整为“睹”。

陶今雁《赠书画家万长哲先生》

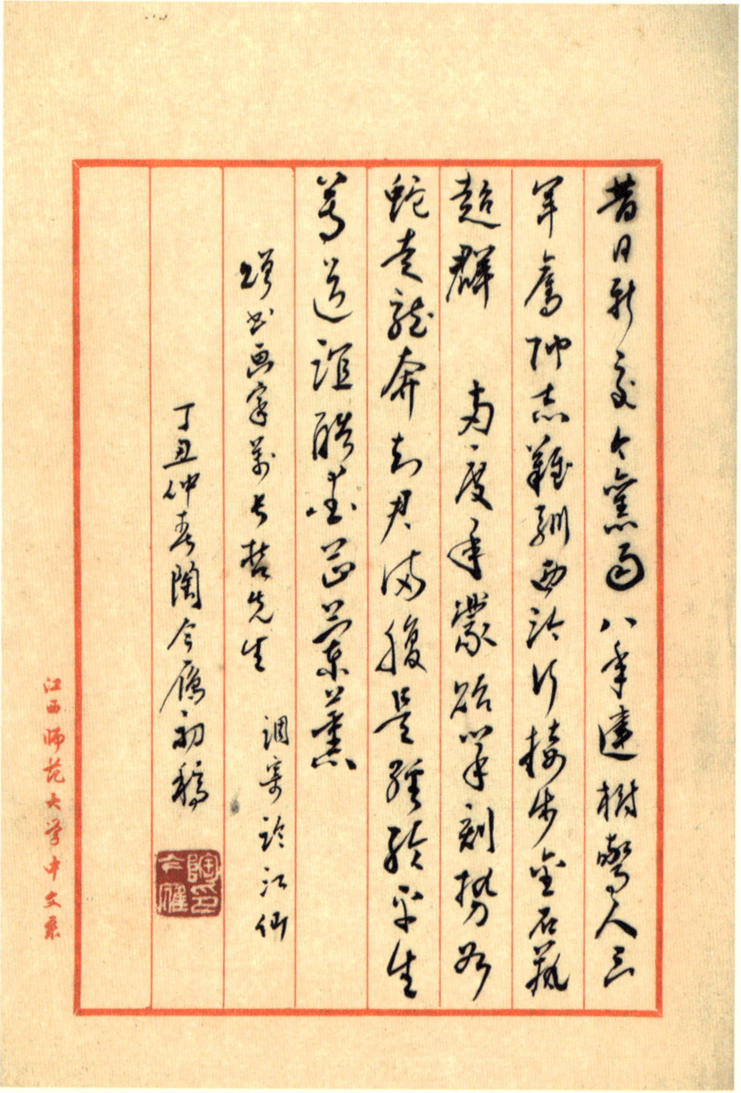

笺一

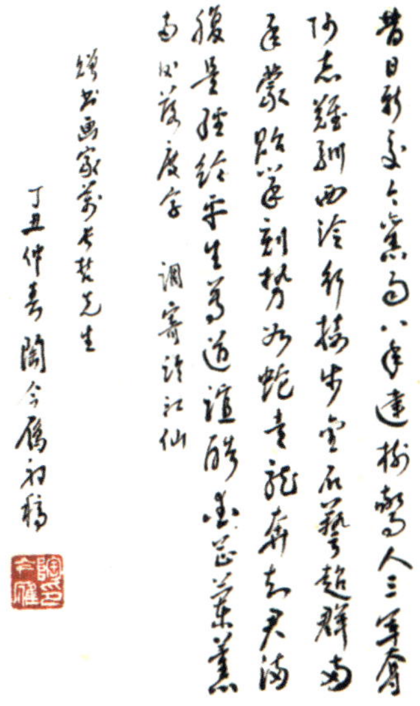

笺二

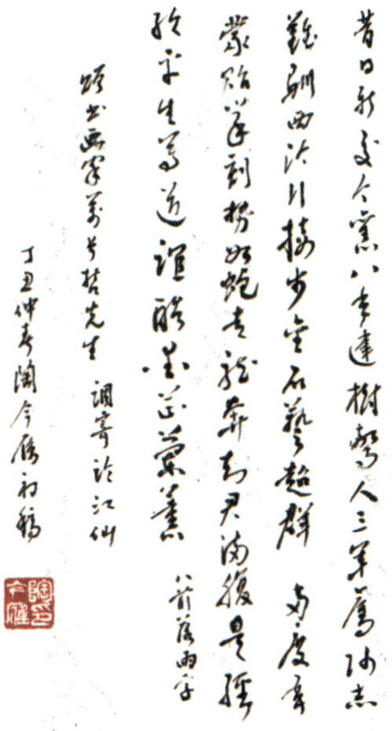

笺三

昔日新交今旧雨，八年建树惊人，三军夺帅志难驯。西泠行接步，金石艺超群。 两度承蒙贻篆刻，势如蛇走龙奔。知君满腹是经纶。平生尊道谊，酷爱芷兰薰。

赠书画家万长哲先生　调寄临江仙

丁丑仲春陶今雁初稿

按 1. 万长哲曾为陶今雁治印若干。笺一手稿收录于《秋雁集》封二图片，笺二、笺三为练习稿。2. 此诗收录于《秋雁集》，手稿中“旧雨”为“旧交”，写作时间为 1997 年 3 月 13 日。

陶今雁书法《七十七岁生日作》

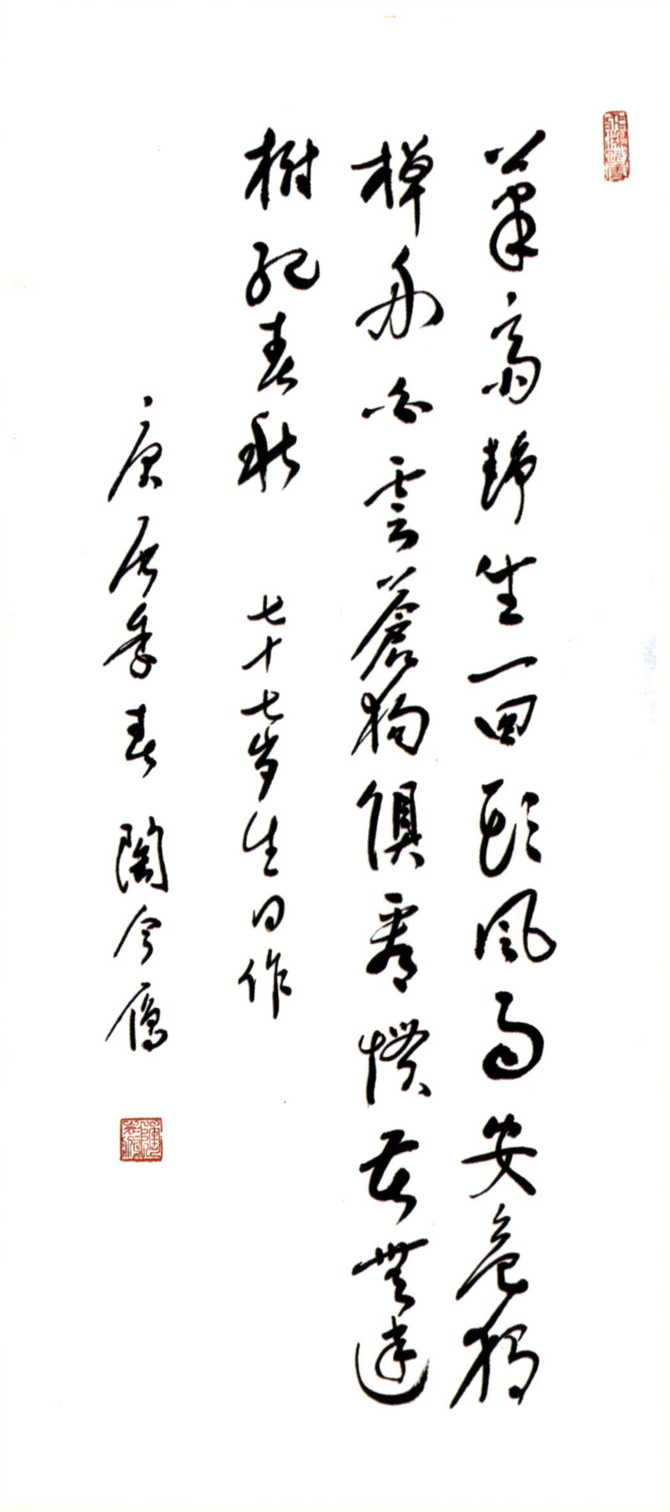

萧斋静坐一回头，风雨安危独棹舟。白云苍狗俱看惯，苦无建树纪春秋。七十七岁生日作

按 此诗作于 2000 年 4 月 9 日，收录于《寒梅集》，文字略有差异。

陶今雁书法《学无止境》

按 此作品是陶今雁赠送给孙女陶孟柯，作于 2001 年。

陶今雁书法《浪淘沙》

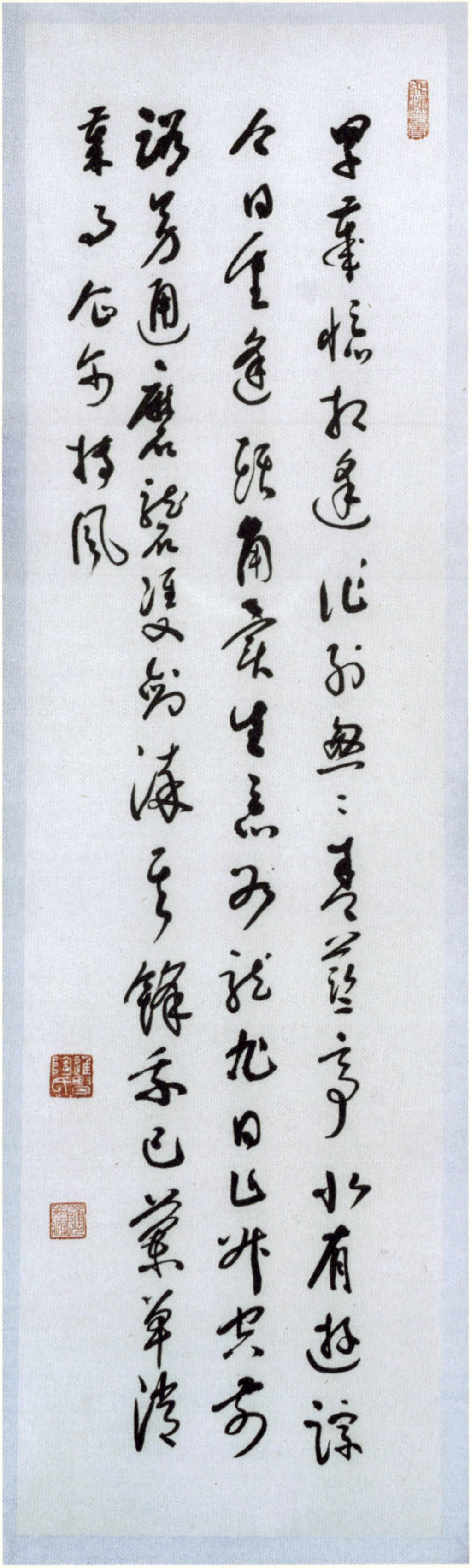

早岁忆相逢，作别匆匆。青蓝亭北有游踪。今日重逢头角异，生意如龙。旭日乍升空，前路旁通。磨砻双剑淬其锋。我已阑单消岁月，企尔抟风。

按 此诗是陶今雁 1994 年 5 月 31 日所作的《浪淘沙赠麻利民》，收录于《雪鸿集》。

陶今雁书陆游《示儿》

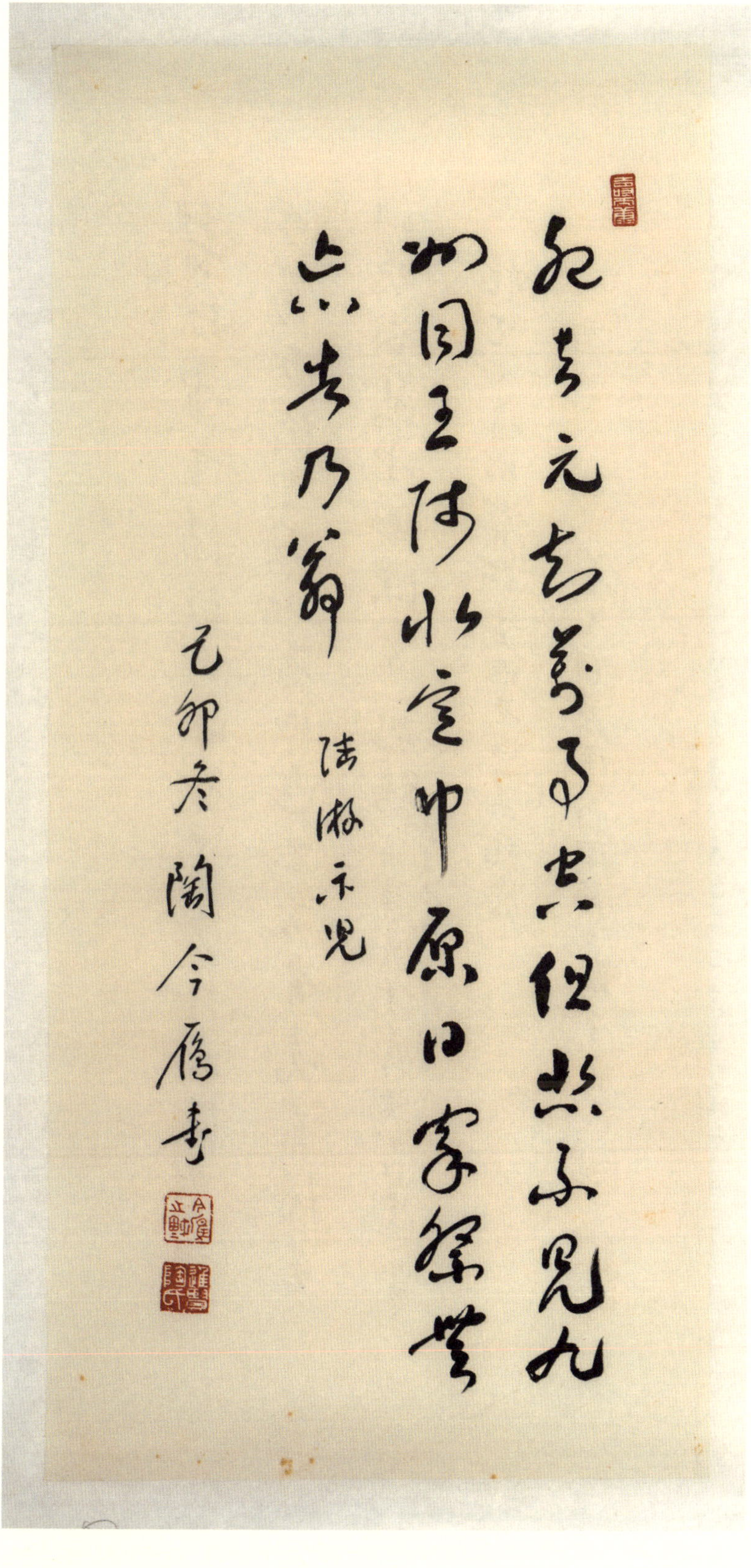

死去元知万事空，但悲不见九州同。
王师北定中原日，家祭无忘告乃翁。

陶今雁书辛弃疾词《菩萨蛮·书江西造口壁》

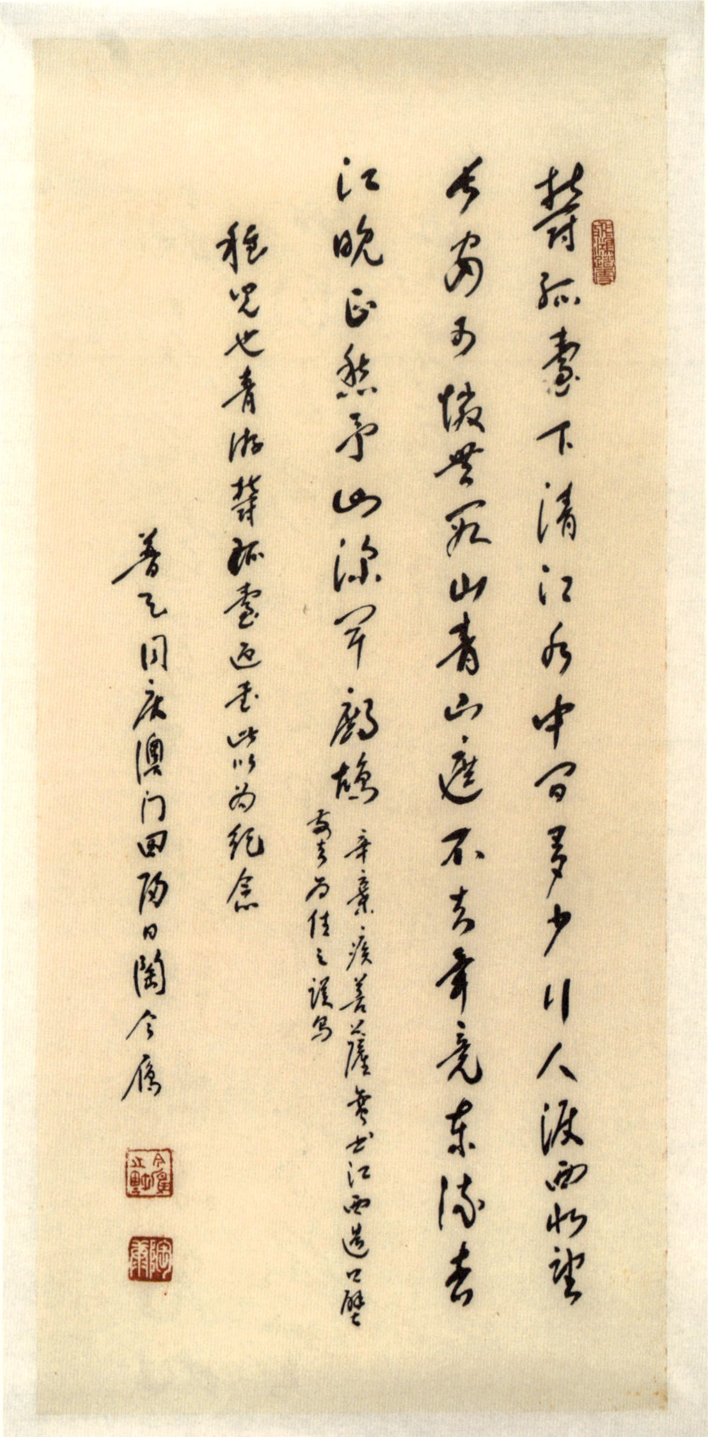

郁孤台下清江水，中间多少行人泪。西北望长安，可怜无数山。青山遮不住，毕竟东流去。江晚正愁余，山深闻鹧鸪。

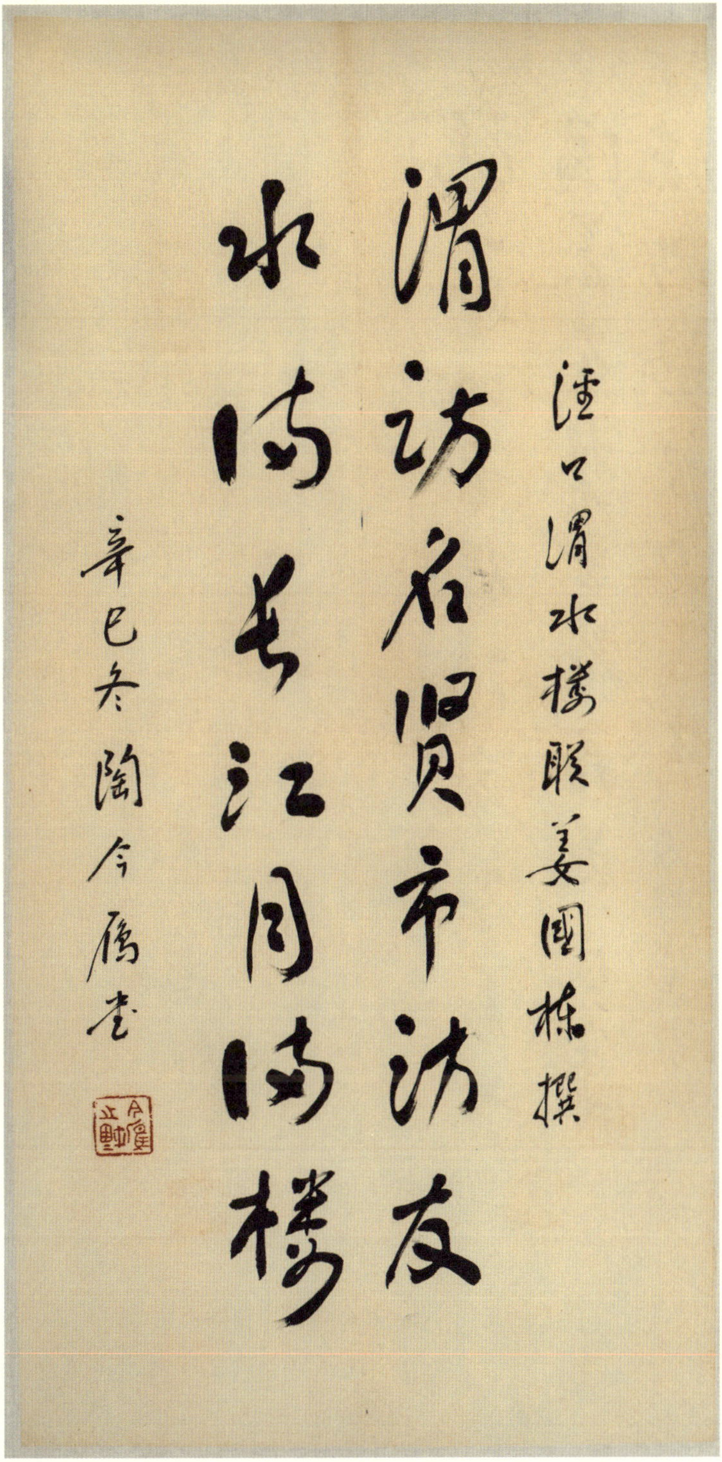
渭访名贤市访友
水满长江月满楼
辛巳冬 陶今雁书

陶今雁书《渭水楼对联》

渭访名贤市访友，水满长江月满楼。

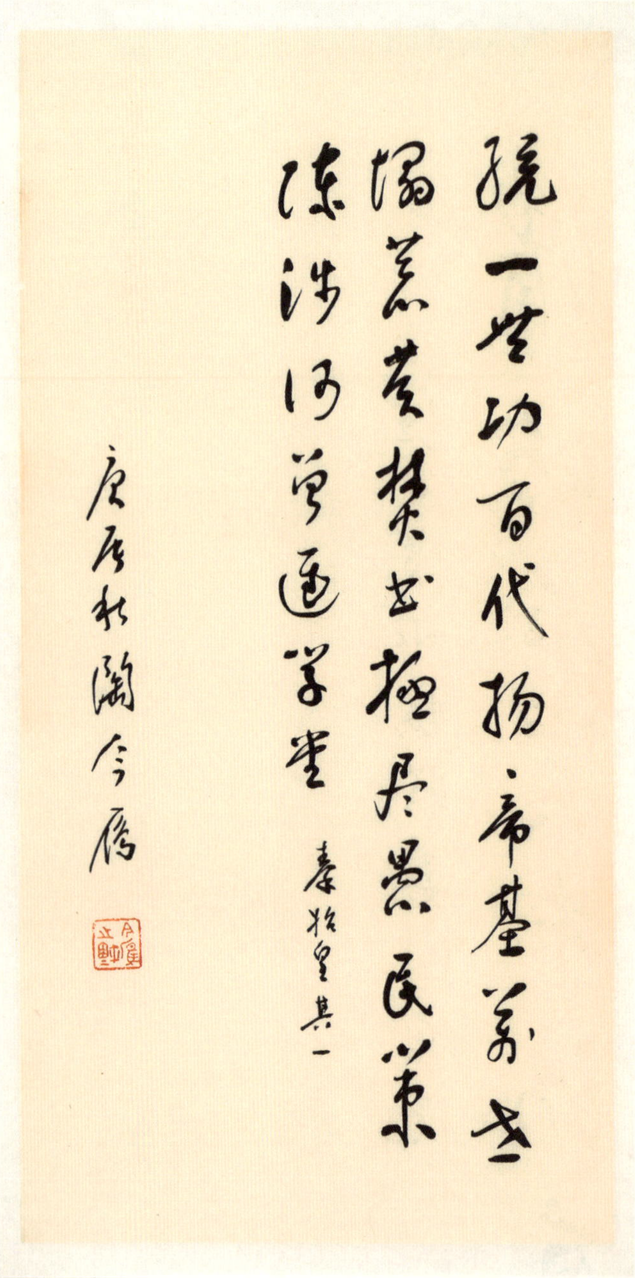

陶今雁书法《秦始皇其一》

统一丰功百代扬，帝基万世塌苍黄。
焚书极尽愚民策，陈涉何曾进学堂？

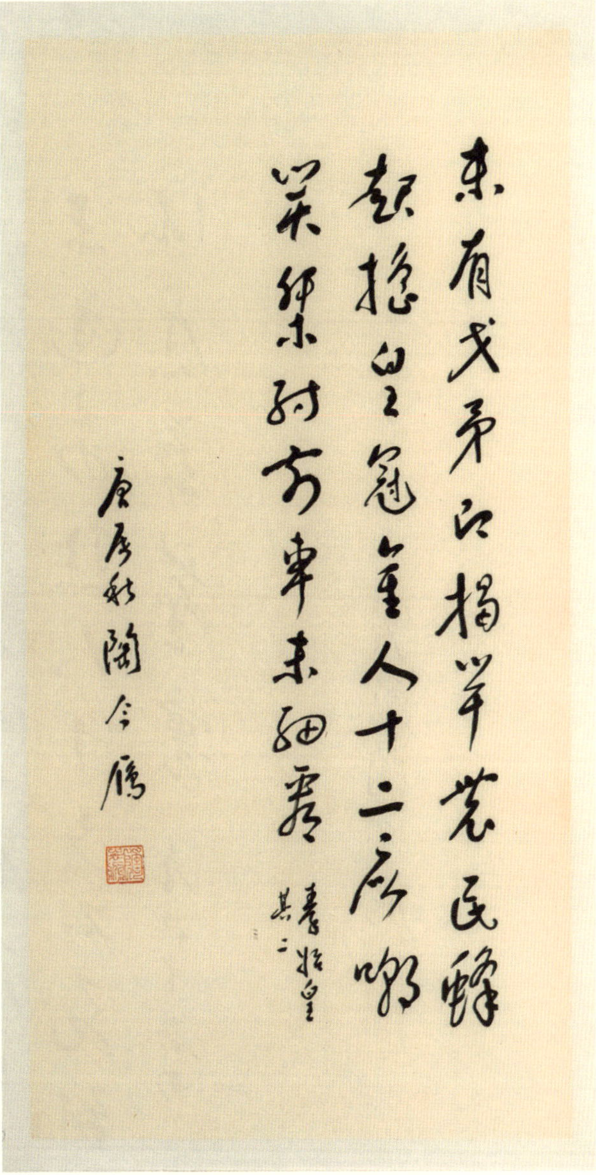

未有戈矛即揭竿，农民蜂起捣皇冠。金人十二应嘲笑，桀纣前车未细看。

按 此诗收录于《寒梅集》中，题为《秦始皇四首》。

陶今雁书法《秦始皇其四》

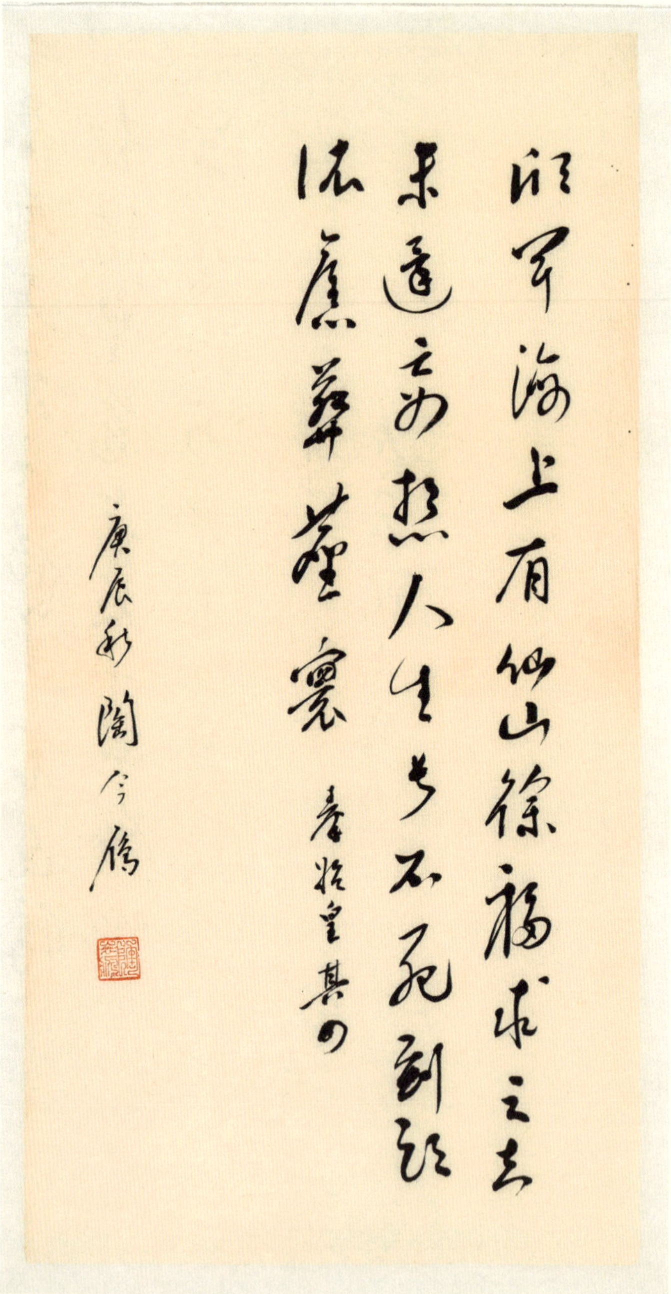

欣闻海上有仙山，徐福求之去未还。妄想人生长不死，到头依旧葬尘寰。

陶今雁书李白《黄鹤楼送孟浩然之广陵》

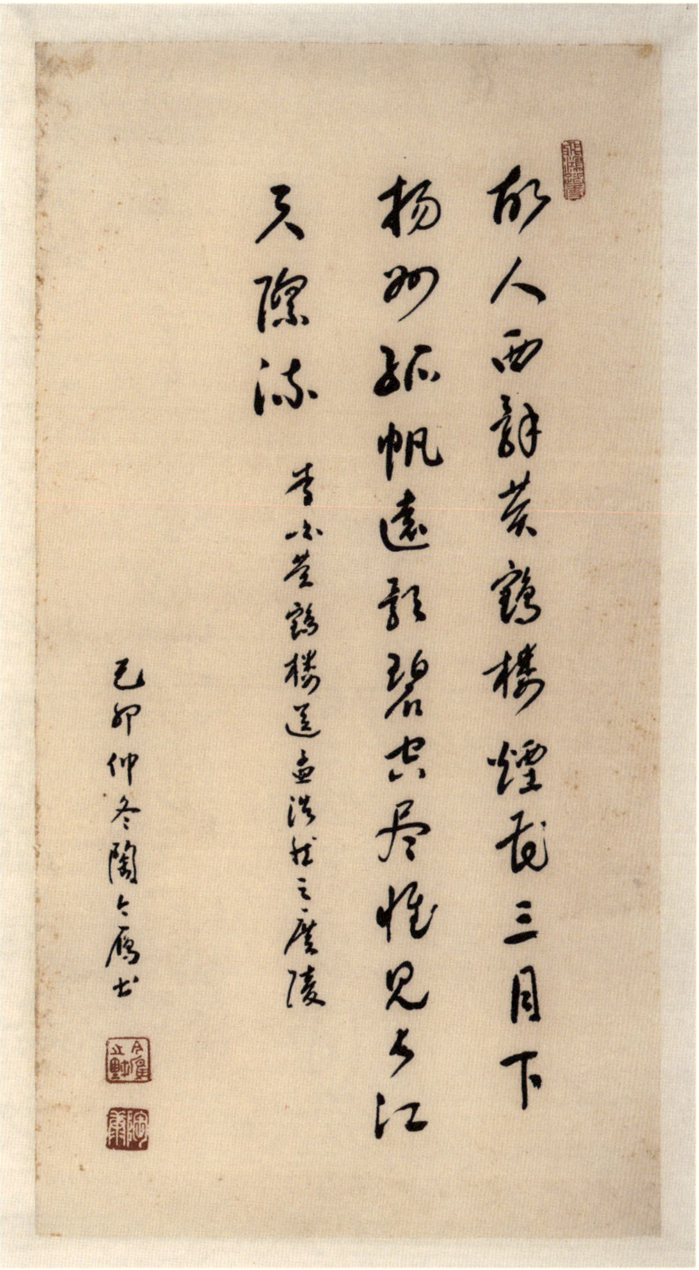

故人西辞黄鹤楼，烟花三月下扬州。
孤帆远影碧空尽，惟见长江天际流。

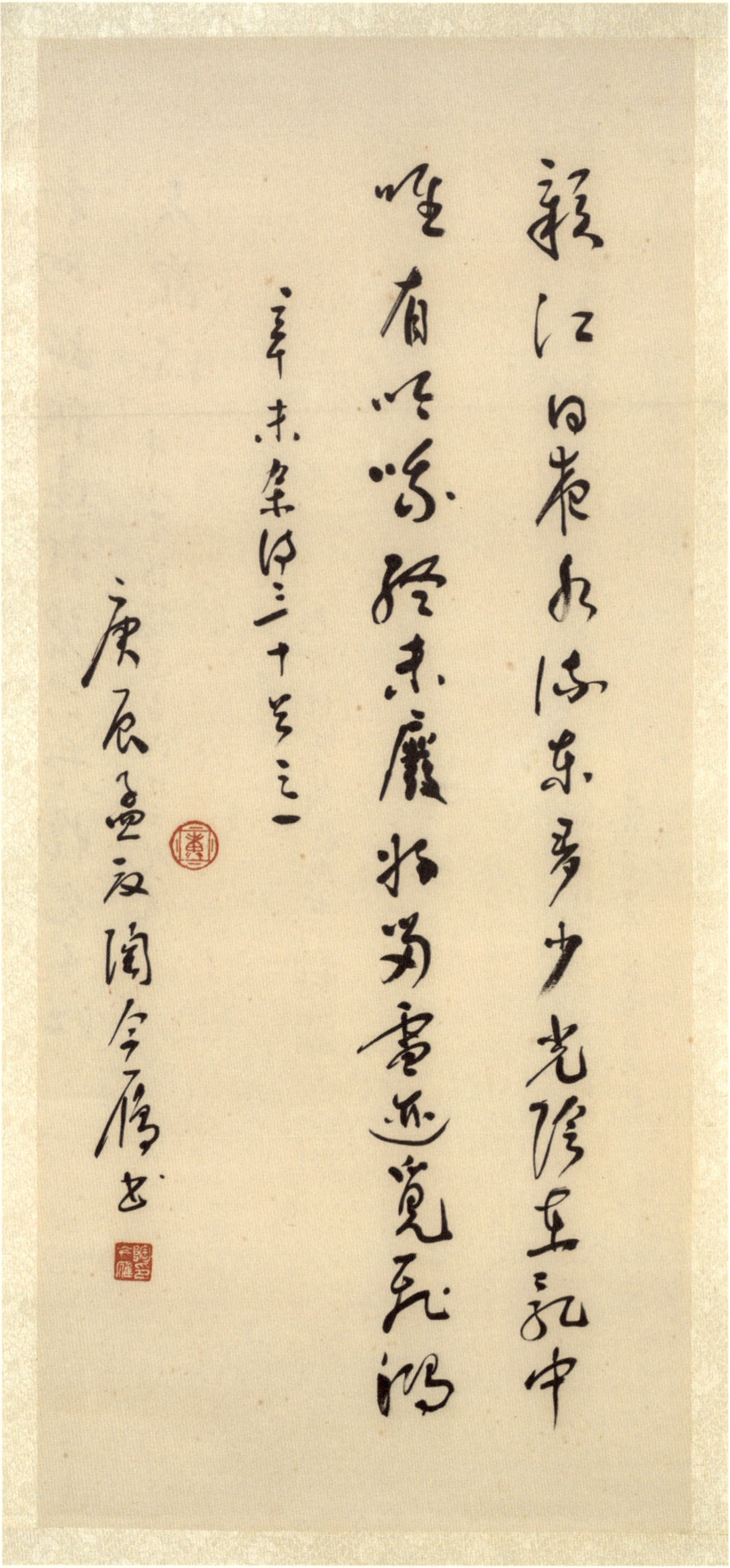

陶今雁书《辛未杂诗三十首》之一

按

此诗是陶今雁1991年所作《辛未杂诗三十首》之一。

赣江日夜水流东，多少光阴在乱中。
唯有吟哦终未废，好留雪迹觅飞鸿。

木铎之心

《唐诗三百首详注》出版前后记事

李春林

1979年，社会形势走向稳定，国家改革开放刚刚起步，文化生活百废待兴。那时，我还是个青年编辑，接受了责编一部注释《唐诗三百首》新书的任务。

我邀请了唐诗研究专家、教授陶今雁先生，请他负责这部书的编注工作，他欣然答应。第一次见到陶先生，从他心平气和的谈吐中，很快感受到了这位慈眉善目的老者，瘦骨嶙峋的身子里满腹丰富厚实的学识学问。

我们很快对书稿的体例和编写内容定了位，决定在一个"详"字上下功夫，把这部传统的《唐诗三百首》编成一部适合新时期读者阅读的、深入浅出、雅俗共赏

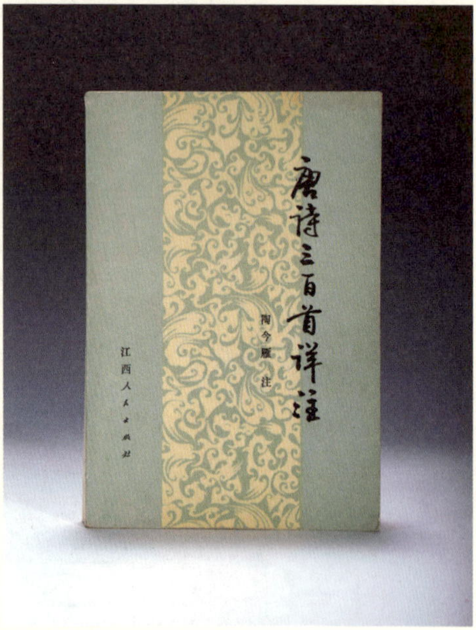

《唐诗三百首详注》1980年1月版

《唐诗三百首详注》1988年12月版

的古典新读物，定名为《唐诗三百首详注》。

正值书荒年代，《唐诗三百首详注》初版第一次印刷就是几万册。书店抢购一空，还要凭票购买，接着又加印到35万册，第二版就印至40余万册，且常印常新，供不应求，30年来已逾百万册。其时正规出版的注译《唐诗三百首》的版本，在全国各地，包括国家出版社和地方出版社，有好几个版本，唯独陶先生的《唐诗三百首详注》获得了全国图书出版享誉最高的金钥匙奖。后来还被评为全国优秀畅销书，这是难能可贵的。因为《唐诗三百首详注》别其一格，在“详注”上下了功夫，又附有旧体诗，特别是格律诗的写作基本常识。此书便雅俗共赏而让读者喜闻乐见。

我责编此书好有成就感的一件事是，在西安一次全国书展会上，上海一位书店女老板专门找到我，热情地握住我的手，说我责编的这部《唐诗三百首详注》救活了她一个书店，她好感谢我。后来她就盯着我的名字，凡是我责编的书，她都成批地订购，她侃笑我的名字好值钱，如果编八本这样的好书，出版社赚的钱就数也数不清了。因此，我曾自嘲，“为人做嫁衣裳”的责编的名字也有值钱的时候。

然而，比值钱更有价值的是，为责编这部书，我有缘跟作者陶今雁先生相认相识30年。他是进贤县人，我问过他是不是陶渊明的后裔，果然是。先生其人格学品也颇具五柳先生遗风，淡泊名利，与世无争，酷爱写诗，自作旧体诗词千余篇。我们谈得来，相互唱和，很快成了忘年交。有诗为证，陶先生1991年赠我一词《临江仙》，词曰：

文字因缘成旧雨，百花洲柳长青。
杜兰千里播芳馨。
乔迁湖畔后，相见益深情。

卅载编修勋业著，爽人夏夜风清。
凝神落笔意纵横。
百花洲景好，岁月正峥嵘。

我本是写新诗的，偶尔写点旧体诗并不成功。陶先生词中谬赞我的诗，就是新诗拙集《夏夜的风》。认识陶先生后，我才有胆量和自信也写些旧体诗词。不懂平仄就请教陶先生，错了声律，他帮我改正。

我们淡交如水，促膝谈诗，推字敲句，唱和诗作。想起来，确是人生一大乐事。如今，陶先生已驾鹤西去，再若题诗作对，落笔生情，诗有疑难更问谁？

前几日，出版社总编辑找到赋闲在家的我，要我再责编《唐诗三百首详注》的一个新版本，我又读了一遍这40余万字的旧著，睹物思人，便有了沉重的失落感，新版之事再也征求不到陶先生的意见了。逝者如斯，人去书在。陶今雁先生编著的《唐诗三百首详注》就一字不改，历史地定格于2009年春天这个版本了，再也得不到陶先生在内容上的修改了。为此，我以出版社编者的名义写了一篇《唐诗三百首详注》新版《编者后记》，兼以缅怀陶先生，全文如下：

《唐诗三百首详注》（百花洲文艺出版社出版）初版于1980年江西人民出版社，30年来连续五次再版，多次重印，累计印数已逾百万册。1990年荣获第四届全国图书金钥匙奖，1994年被评为全国优秀畅销书，广受读者欢迎。

本书作者陶今雁教授于2003年病故，近20年来，陶先生为本书的出版付出了不少心血，每一次再版、重印，他都不断地根据读者意见对本书进行修改、订正，哪怕一个标点的错误也不放过，使本书与时俱进，精益求精。

斯人已去，大书永存。他的这部优秀巨著，便是留给我们最好的纪念。十余年前，本书印书近百万册时，本书责编李春林曾回赠陶今雁先生诗一首，诗曰：

唐诗详注传寰海，雅俗争观十六年。
纸贵洪城书百万，雁凌紫塞路三千。
风清两袖峥嵘骨，笔下双锋锦绣篇。
局促人生原苦短，揉诗裁梦自陶然。

谨以此诗向陶先生表示深切怀念。

这次再出新版，以最近的2000年4月第五版内容为准。按本书著作权继承人的意见不作内容上的修改。前言和各版后记，均与全书内容有关，一律保留。只在版本、版面形式上创新。

本书经受历史考验，且在众多《唐诗三百首》同类书中获全国图书金钥匙奖，盖因其在一个“详”字上下了功夫。每首诗的“简介”“说明”“注释”，既通俗地解释诗中的词句，又深层次讲读诗作多元化的内涵真义，还有唐诗的研究成果和近体格律诗的写作常识。可谓雅俗共赏，可望传世。

2009年2月26日

宗杜诗学与《唐诗三百首详注》

王德保

蘅塘退士选编的《唐诗三百首》自乾隆二十九年（1764 年）刊行问世以来，200 多年风行海内，广为流传，“几至家置一篇”。由于此选本影响巨大，注本众多，不乏名家之作。我所见过注本就有清代陈婉俊的《唐诗三百首补注》、民国时期喻守真的《唐诗三百首详析》、新中国成立后金性尧先生的《唐诗三百首新注》，都是治学严谨、功底深厚的名家之作。比较而言，陶今雁先生的《唐诗三百首详注》（下文简称《详注》）后出转精，注释详尽，解说深入，曲尽其意，令人信服，有益于普及，有益于后学。

本人是陶先生的及门弟子，亲炙后学，我的硕士论文《杜甫夔州时期七律诗》就是在先生的悉心指导下完成的。在读研究生期间，先生为我们开了杜诗专题课，用的本子是仇兆鳌的《杜诗详注》。在侍坐聆教过程中，我感觉到先生最崇敬的诗人是诗圣杜甫，一生用功最深的是杜诗。《详注》一书的杰出成就，与先生宗杜诗学思想密不可分。下面尝试论之，求教于方家和同门师兄：

读书破万卷，精熟文选理。

陶先生是唐宋文学专家，是唐诗研究名家，尤其对杜诗研究造诣精深。他经常教导我们，学唐诗要从杜诗始。读通杜诗，学其他诗人就比较容易了。据我所知，先生对清代几个杜诗注本至为熟悉。比如仇注，还有清浦起龙的《读杜心解》、杨

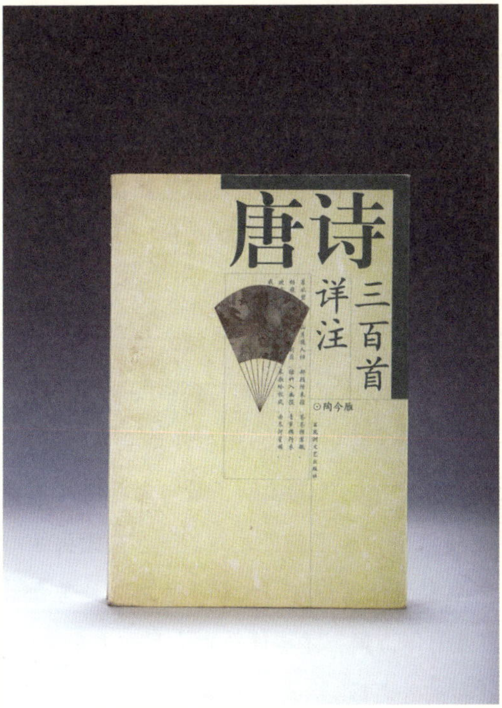

《唐诗三百首详注》1990 年 8 月版

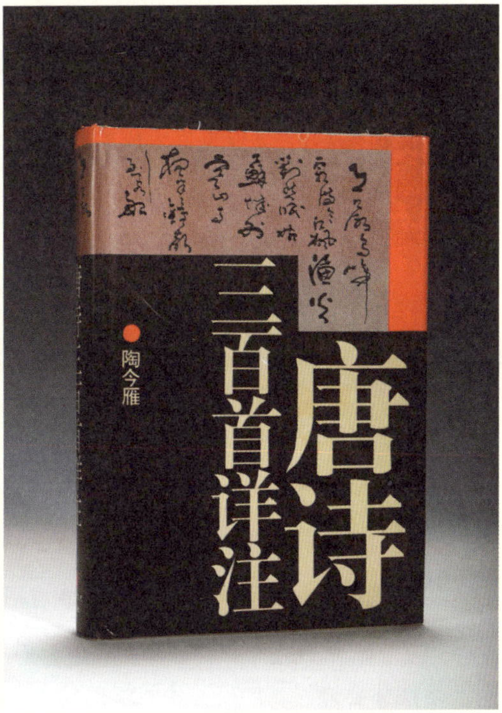

《唐诗三百首详注》1995 年 8 月版

用典富赡著称于世。这与杜甫的博学多闻、学识渊博相关。在杜甫时代，《文选》五臣注已风行一时，加上唐朝以诗赋取士，因此《文选》成为当时文士们的案头大书。他所说的“精熟文选理”，是指对《文选》一书内容十分熟悉，还有就是对其文学特点、典故出处和运用也烂熟于心。用典丰富、善于用典，是杜诗的重要特点，这一点对宋诗影响极大，使得以学问为诗成为文人诗的特征。

杜甫对宋代诗坛创作影响重大，当时即有“杜诗千家注”之称，自此以往，杜诗研究即成正统文学的主流。杜诗本身千汇万状，堂奥宏阔，陶先生所谓研究唐诗当从杜诗起，确为不二法门。陶先生基于对杜诗的深入研究，由此扩展至唐诗研究，不仅透彻地研究了杜诗和唐诗的注释体例，还十分熟悉历代典故和词语的出处，这伦的《杜诗镜铨》，先生用功甚深，令人敬佩。在唐代诗歌中，杜诗以学养深厚，一切都是《详注》取得巨大成就的基础。今天我们重读《详注》，注释详尽明了准确，达到古典文献整理的极高水准，这显示出先生深厚的学养和读书破万卷的勤奋治学精神。

文章千古事，甘苦寸心知。

陶先生不仅是一位杰出的唐诗研究学者，还是一位优秀的旧体诗人。我曾在一篇文章中写道："陶先生学杜诗，出版诗集三种，即《雪鸿集》《秋雁集》《寒梅集》。先生抬举我，《秋雁集》出版之际，嘱我作序，其中写道：'先生作诗至为辛勤，在艺术上精益求精，尤工七言律绝。其七律讲究章法，气韵流动，最与老杜在成都草堂所作诸诗相近。七绝亦是盛唐一路，宛转流丽，颇富韵外之致。'" 在先生身边求学期间，常鼓励我们多写旧体诗词。先生引用杜甫诗句"文章千古事，甘苦寸心知"，说明从事古典诗词研究者，只有学会创作诗词，才能体会古人写作之艰辛，才能体会诗词之妙处，才能解说其言外之意和韵外之致。

我们二位导师胡守仁教授和陶先生都是风格独具、功力深厚的诗词大家，在老先生的指导和鼓励下，同门师兄如段晓华教授和胡迎建研究员都是蜚声海内的诗词名家。

古人云：诗无达诂。对古典诗词的审美和解疏，颇显学术修养和审美意趣。严沧浪以禅喻诗，讲究顿悟。学诗如参禅，解诗亦如此。陶先生在《详注》解说唐诗，探赜寻幽，曲尽其意，而又不故作高深，简练质朴而又明晓易懂，达到一种很高的境界。比如，李商隐的《锦瑟》一诗，清代大诗人王士祯曾谓"一篇锦瑟解人难"，陶先生的解题说明："此诗主题向来有悼亡、恋爱、咏物、自伤等多种说法。按诗意是诗人自伤之词。这时诗人年近五十，追思华年虚度，功业无成，怀才不遇，壮志难伸，因此以锦瑟无端五十弦起兴，抒发其仕途坎坷，美人迟暮之感。"在注释中，疏解诗句，以此主题为红线，贯穿全诗，贴切中肯，力透纸背。如果仅仅依靠熟悉文献，引用旧注，注释唐诗，亦未尝不可，但是在理解古诗意趣方面，有时不免隔靴搔痒，难惬人意。陶渊明："此中有真意，欲辨已忘言。"读诗过程，常有此种"大言希声”、言不达意的感觉。陶先生的《详注》将三百余首名篇详注，真可谓尚友古人，探骊得珠，入乎其中，出乎其外。这与他崇尚杜诗、具有丰富的旧体诗创作经验密不可分。

老来渐于诗律细，语不惊人死不休。

陶先生一生好学，直至晚年仍然孜孜矻矻，手不释卷，堪为我们后学的楷模。严谨细致，一丝不苟，是先生的治学特点，《详注》很好体现了这一特点。首先，从《详注》本身来看，先生对文中的典故出处和词语来源，旁搜远绍，沿波溯源，引述广博。仍以《锦瑟》一诗为例，注释中探寻义山诗中的典故，先后引述《史记·封禅书》、《庄子·齐物论》、张华的《博物记》、王应麟的《困学纪闻》、高步瀛的《唐宋诗举要》。李义山的七律，受杜甫影响最深，是唐诗七律中的双璧，以用事富赡、诗意婉曲著称。元好问云：“望帝春心托杜鹃，佳人锦瑟怨华年。诗家总爱西昆好，独恨无人作郑笺。”即是言义山诗歌的难解。陶先生以其渊博的学识和严谨学风很好地疏解了这首寓意丰富且典故众多的名篇。

先生学问好，而且为人谦逊，是谦谦君子。《详注》在20世纪80年代风靡全国，当时每天都有全国各地的来信，先生开始是每信必回，后来因为实在太多，便选择部分回复。我记得有时候我帮先生取信，他告诉我特别看重那些指出问题提出商榷的信件，提到有一位颇有功力的老先生对《详注》予以很高的评价，同时也与陶先生信件往来讨论唐诗相关问题。先生胸襟开阔，尤其愿意就《详注》指出问题。蒙先生厚爱，惠赠三版《详注》，每次都见嘱多提意见，尤其是刊印中的鱼鲁豕亥之误。先生这种谦逊态度和严谨学风是《详注》高质量的保证。《详注》多次获得图书大奖，受到读者追捧，洵非偶然。

《详注》传世，藏之名山，斯为不朽，先生庶几乎！

“详”的魅力——评赣版书《唐诗三百首详注》

段晓华

清代孙洙编选的《唐诗三百首》是历代数以百计的唐诗选本中影响最大的一本书，自它问世后，就成为唐诗爱好者与研究者的案头必备之书。近年来，为它作注的书已经不少，但得到各层次读者普遍欢迎的，当是百花洲文艺出版社出版的《唐诗三百首详注》（作者陶今雁，下文简称《详注》）。短短数年内，《详注》连印三版，册数达百万，并获第四届全国图书金钥匙奖和第七批全国优秀畅销书（文艺奖）。没读过此书的人，闻风争购，读过此书的人，无不倾倒于它的独特魅力，其感受恰如行山阴道上，美不胜收。若是以简单字眼来概括，《详注》的魅力，恐怕

《唐诗三百首详注》2009 年 4 月版

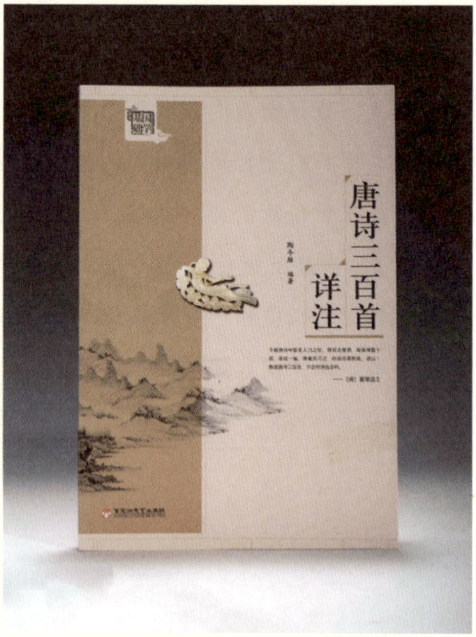

《唐诗三百首详注》2017 年 2 月版

《唐诗三百首详注》2020 年 7 月版

正在于这个“详”字。

所谓“详”，并非累赘啰唆的同义词，它由细致的分析与精到的论述糅合而来，在读者心中产生透彻通悟、尽兴畅情的效果。我们往往有这种经历：读一首古诗，难懂难通的地方查找各家注本都无说明，甚至《辞源》一类的工具书也帮不了忙；而一般的史实典故及词语倒是各家有注，且反复出注，不厌其繁与烦；有的还把古诗译成白话诗，诗意是明白了，但古诗音韵、结构、语汇的特殊美感却割舍掉了。

《详注》之“详”，正是避免了这些注释上的通病，对可查的词语、典故作简明扼要的注释，不重复出注，而于“三百首”中特别的语汇辞句多有详细精确的解析。比如，唐诗中大量出现的“空”字：“雪上空留马行处”“空见蒲桃入汉家”“不见玉颜空死处”，等等。注家大都略而不注，而读者又极易以现代语言习惯去理解，《详注》便多次出注，释为“只”，准确而醒目。又如“朱雀桥边野草花”的“花”，提示为动词，使读者领略到唐诗对仗的技巧。再有像“洛阳女儿对门居”的“对门”一词，“等是有家归未得”的“等是”一词，也许因其难解，各家多避而不注。《详注》却非常注意，力求妥当地注出，对初学者和研究者都不无裨益。记得一位学者说过：读古文古诗，困难在于看似平常而不出注的地方。《详注》作者显然是深知个中甘苦和三昧的。

按理说，一本书既要满足普通读者的需要，又要兼顾研究者的学术兴趣，实在是桩吃力不易讨好的事。《详注》却在二者之间架通了桥梁，行来稳妥自然，毫无生硬凿枘之嫌。细心些的读者不难发现，在说明柳宗元的《溪居》时，作者对溪名、方位及诗作年皆有交代，短短几行文字该包含了多少平日考证的心力。

《详注》之“详”，还表现在技高一筹的串讲与点评上。句子串讲着力于特别句式的意脉贯通，如《琵琶行》的“春江花朝秋月夜”一句，注即指出：秋月夜意谓“秋江月夜”，“江”字承上，“春江”省略，这样做，实际点出了“江水”一词在诗中的背景作用，把全篇贯穿起来了。有简才有详，挤去不必要的水分，补充新鲜的养料，内容这颗果子才能充实起来。白居易的名句“野火烧不尽，春风吹又生”，如今连小学生也会背诵了，可是很少有人知道，下句“偷”用了杜甫诗的成句；

刘禹锡的“旧时王谢堂前燕，飞入寻常百姓家”早已脍炙人口，又有谁看出，它与刘长卿的“沙鸟不知陵谷变，朝飞暮去弋阳溪”有异曲同工之妙？一经《详注》拈出，就给千百年来被人反复咀嚼过的诗句增添了新的品位，把读者领进了更为广阔的艺术审视天地。

附录《近体诗格律简介》，把原先散见于各篇的有关知识进行系统归纳；典故征引善于采取简洁生动的白话，为读者扫清第二重文字障碍，也都是《详注》细致周到的地方。

曾有海外朋友飞鸿索求《详注》，以为是难得的“三百首”注本。我们有理由相信，《详注》将有四版、五版的问世，使更多的读者欣赏到这株图书苑地的丽葩。

曾刊于《江西书讯》1991 年 10 月（第 6 期）

陶今雁《秋雁集》书影

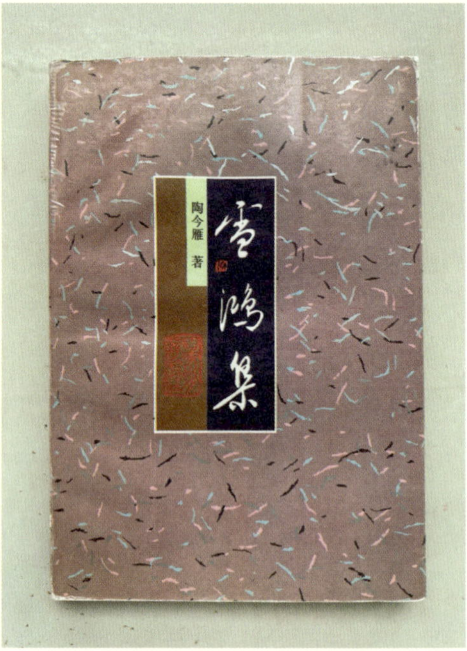

陶今雁《雪鸿集》书影

陶今雁主编《中国历代咏物诗辞典》书影

陶今雁《寒梅集》书影

详明恺切，精益求精
——陶今雁《唐诗三百首详注》读后感

胡迎建

中国的注释之学源远流长，汉代有毛苌、毛亨注《诗经》，还有一大批经学大师注《周礼》，注《尚书》，穷经皓首。由此形成训诂之学，解释字义，又称小学。注然后有疏，即解释句意，疏通。唐代又有学人为经作正义，用当时的语言解释句意与段落大意。宋代义理之学重发挥意义道理，但多在哲学、政治学方面的著作。

同时注诗兴起，并有“千家注杜”之说，从欧阳修的《六一诗话》开始兴起。许顗（yǐ）《彦周诗话》：“诗话者，辨句法，备古今，纪盛德，录异事，正讹误也。”点评兴起，始于刘辰翁。选诗兴起，如谢叠山选编的《千家诗》。明代人不大做学问，没有多少注释之名著传世。清代乾隆年间训诂大盛，号称汉学，注诗也蔚为大观，特别是杜诗，有钱谦益《钱注杜诗》、浦起龙《读杜心解》、杨伦《杜诗镜铨》、仇兆鳌《杜诗详注》，等等。

自从乾隆间蘅塘退士编出《唐诗三百首》之后，逐渐成为家喻户晓的诗词经典，但清至民国似没有什么注本。我曾有过一本民国时中华书局本《唐诗三百首》，是白文本。新中国成立之后迄今，影响较大的有上海古籍出版社的《金性尧注唐诗三百首》，较简单易读。喻守真的《唐诗三百首详析》我也翻过，但平心而论，我还是最爱读陶今雁先生的《唐诗三百首详注》，从第一版至现在的第八版，我有三种版本，陶先生生前多次修订，愈臻完善。我曾见过先生的一次修订本，或天头或地角，小字密密麻麻。我对陶先生的这一书最感亲切，且觉得最为详明。今天参加这一研讨会，往事浮现在眼前，翻开此书，重温如坐春风的感觉。陶先生本就是研究杜诗的专家，《唐诗三百首》共311首，在数量上以杜甫诗数量最多，有38首，王维诗有29首，李白诗27首，李商隐诗22首。展现陶老的深厚学养是《详注》，注、疏、正义三方面兼用，而每诗之后的说明又是类似义理与点评。而作者小传也是小评传。既通俗地注释诗的词句，又深层次解读作品的内涵真义，最便于读者研习。仿佛一位智者有条不紊为你讲解，那么亲切诚恳，慢条斯理，让你顿悟唐诗之妙，如行山阴道中。

从注诗中看出陶老的深厚学养。为何如此详细？通常有一句注两个词语甚至三四个词语，例如注张九龄的《感遇》：“徒言树桃李，此木岂无阴。”先注词语：

徒言：只说。

树桃李：种植桃树李树。

《韩诗外传》：“赵简子曰：‘树桃李，夏得阴其下，秋得食其实。’”“桃李”，这里暗喻李林甫、牛仙客之流。

此木：指“丹橘”。

阴：树荫。

再疏通句意：这两句说，人们只谈栽种桃李，难道种植丹橘就没有树荫供人们乘凉吗？这里暗示自己如能得到起用，还是可以为国家作出贡献的。

疏通两句意思。再言其寓意，寄托之意。

又如李颀《听安万善吹觱篥（bì lì）歌》诗的其中两句：“枯桑老柏寒飕飗（sōu liú），九雏鸣凤乱啾啾。”注七云：

飕飗风声。九雏鸣凤：许多小凤凰在鸣叫。九，极言其多，非确数。啾啾：象声词，这里指雏凤细小的叫声。这句化用《古乐府》“凤凰鸣啾啾，一母将（带着）九雏”之意。这两句说，觱篥声一会儿像寒风吹刮着枯桑和老柏，忽然又像雏凤在鸣叫。上一句是形容大声，下一句是形容细声。

这二句注文有130字，非常详尽，有词语解释，指出了出处。有句意的疏通。进而解释，一句是形容大声，一句是形容细声。

说明在“说明”里讲诗的章法布置，讲句法。如《唐诗三百首详注》第七版，王湾《北固山下》一诗的说明，先考证版本：

殷璠《河岳英灵集》题作《江南意》，首联作“南国多新意，东行伺早天”。末联作“从来观气象，惟向此中偏”。“阔”作“失”，“一”作“数”。

再解题：

次，停歇，住宿。这里指泊船。北固山在今江苏镇江市，北临长江，其势险固，因而得名。

再点评，分析其章法布置：

这首诗写诗人在北固山因冬末春初的旅途景色而触发的思乡之情。前三联写景，景中含情，末联抒情，情中有景。诗中写景由概括到具体，二、三联均由首联的“行舟绿水”四字生发开来，末联的“乡书”“洛阳”照应首联的“客路”，客路的精神贯串全诗。“海日生残夜，江春入旧年”是全诗的警句，也是历来传诵的名句，当时的宰相兼诗人张说大为赞赏并亲手写于政事堂，作为朝中文士和诗人的典范。殷璠也赞叹为“诗人已来，少有此句”。诗中“潮平两岸阔，风正一帆悬”写得明快雄丽，也是不可多得的佳句，它把长江下游潮涨江阔、波澜滚滚，扬帆东下的壮阔图景生动地描绘出来，给人一种“乘长风破万里浪”的豪迈感。

与其说是说明，更不如说是一篇华美的赏析短文。

再有陶先生的《唐诗三百首详注》也是在不断修订中，举一例，就如李颀《听安万善吹觱篥歌》“九雏鸣凤乱啾啾”。正文如此，在1988年版的注文，“雏”字误植为“雉”，但后来的版本订正了。同页的“万籁百泉相与秋”，在1988年的版本中，“籁”字误为“簌”字，注文未错。后来的版本也订正了。这些字都是极易出错，后出转精，版本越来越成为善本了。

从写诗中即从陶老大量的诗作中看出陶老的深厚学养。陶先生是著名诗人，尤近唐风。正如1997年胡守仁先生为《秋雁集》作的序中说：“陶君今雁为予门下士最工诗者，其所著《唐诗三百首详注》，今已五版，印数累至百万册，销行国外，以其工诗，于唐诗了解最精，故注释最为详审，人乐于购而诵之。今雁自作之诗，

2020年9月，江西人民出版社、知识出版社举办《唐诗三百首详注》研讨会

性灵巧铸。”德保兄也记叙当年受业时陶先生所说：“先生常谓研究唐诗宋词，要识古人创作甘苦，最好自己能创作旧体诗词。”又评论其诗风曰：“其七律讲究章法，气韵流动，最与老杜在成都草堂时所作诗相近。七绝亦是盛唐一路，宛转流丽，颇富韵外之致。集中有《读杜咏》七十首，是诗史中少有的鸿篇巨制。……组诗倾注了先生对大诗人杜甫的崇敬之情，感情极为充沛。凡有过旧诗创作经验的人都知道这种大题材，倘若没有深厚的功力和高超的技巧，绝难驾驭。”以上所论，十分到位。先生早年之作《对雪遣怀》《闻程氏沉水有感》，已有“愿拯小民身似芥”的担当精神。20世纪60年代初，陶今雁《夜过彭家桥有感》诗云：“何须冻馁梗胸怀，工罢桥头意快哉。十里荷风吹汗去，一湖灯火映潮来。”表露的是劳动锻炼之余的轻松之感。后一联意境开阔，既有唐韵，又有时代感。先生对胡守仁先生终生持敬仰之情谊，形诸咏叹，情辞并茂；但胡先生偏重于宋调，陶先生偏重于唐风。七绝又有王维之疏朗、王昌龄之空灵、杜牧之清丽。七律学杜少陵，至其“一生惯用狐狸术，九死难医嫉妒心。彩凤饮泉憎腐鼠，青蝇点粪败华琳”（《闻何君述陈君事有感》）；“从古蛾眉谗众女，于今假象掩真情。燃犀将领襟怀烈，补罅参谋智虑精”（《生日作》）又似有李义山之慨。

正因有创作体会为支撑，笺注唐诗，便能深得肯綮，能够注意分析首尾照应、句法变化与炼字之警句，乃至平仄如何拗救。如论杜甫《春宿左省》，有“脉络分明”“首句即点题”，结句“夜”字与首句“暮”字呼应；颔联是诗中警句；等等。

回想当年陶先生蔼然之容，训诲再三，要求我们每一星期要作一首，我辈每恨自己写不出好诗。记得我为纪念陶渊明写了一首长长的七古，只是叙述了陶渊明的生平。先生见了，以为应作七律，将内容限制在有限的五十六字篇幅中。又曾率诸门生至人民公园观菊展，限定每人一首七律交卷，其时真有“风乎舞雩，咏而归”之乐。

先生已矣，山高水长。

1954 年，武大中文系毕业同学合影，前排左二为陶今雁

菡萏情怀，诗家兴味
——怀念我的导师陶今雁先生

杜华平

近两年来，南昌正发生着几十年所没有的喜人变化，然而身边的师长却一个个驾鹤西去。唐满先、曾子鲁、余心乐等几位昔日给我很多教诲的良师走了，我的导师陶今雁先生又在2003年2月18日13时10分溘然长逝。先生长期疾病缠身，但他一直勇敢地与病魔较量，顽强而平静地活着。年前见到先生的时候，他还是跟从前一样的清瘦，跟从前一样的容光，一点没有大病的迹象，可是他竟在家人、在身边弟子毫无准备的情况下，在自己的床榻上平静安详地离开了我们。

先生在我本科的时候没有上过我们的课，但我知道他是中文系研究唐宋文学的教授，1980年就出版了《唐诗三百首详注》。我成为先生的弟子是很偶然的。记得1985年本科毕业前夕，我正醉心于《诗经》，把305篇仔仔细细地通读之后，又阅读了所能见到的所有《诗经》研究著作、学术论文，于是，竟雄心勃勃地决定报考复旦大学杜月村先生的硕士研究生。就在填报志愿的那几天，为了求稳，我临时改变，报考了母校。上天有意，让我有幸成为陶先生的弟子。

陶先生是中文系第一批硕士研究生导师，一直与胡守仁先生共同指导唐宋文学研究生。作为老一辈学者，他平日耽于吟咏，教学、研究和作诗填词是他平生的基本生活内容，从小养成，毕生坚持。做陶先生的及门弟子，第一是要作诗。记得我们入学不久，先生就写了一首五律给我们。那天，他兴致很高地来到我们在西区的平房宿舍，有滋有味地为我们讲解了诗意，然后，鼓励我们从熟悉平仄开始，逐渐学会作诗，真正做一个内行的古典文学学者。当时完全不懂平仄的我，听了这番教诲后，根本没敢应承。先生后来又多次把他的新作抄来给我们讲解，哪个字原先是怎么写，后来怎么改，非常认真地指导我们体会诗中三昧。那时，我虽然频频点头附和，却根本不明就里。还好，在先生的反复督促、耐心指导下，我终于写出了第一首诗，然后慢慢地明白了作诗是怎么回事。不过，作诗的成就感是没有的，卢延让们“吟安一个字，拈断数茎须”的感觉倒是非常真切。那时，学术界正在一股由年轻一辈学者掀起的反思与躁动中，方法论、系统论、结构主义、存在主义等一个又一个的新名词，一本又一本的译介著作，把我从故纸堆中、从陶先生的诗词内牵引出来，写诗几乎就仅仅是对先生的一种应付。事隔多年，当我在古典文学中耕耘了许久之后，当传统文化的价值再一次被世人认识的今天，我才完全体会到先生对古典诗词的那份情感。

在我印象中，先生的确是个古典诗人，他仿佛不是生活在当代，分明还停留在唐宋时代。他除了政治学习、业务学习，几乎不参加什么集体活动，不出席什么应酬场合，因为他不敢爬高楼，不能久坐，不堪车马颠簸。晚年，甚至出自己的院子也很少。1994 年 8 月的一天，他接到胡守仁先生给他的诗后，立即给住在学校南区的胡先生酬和说：“咫尺天涯历岁多，相思无奈罕来过。欲穿马路心先怯，何日欢然却晕魔。”先生是重情的，“扃扉似隐居”的生活并不是他所情愿，然而，他的人际交往却只能以诗词唱酬的方式进行。亲戚婚庆，他写诗相贺；朋友来看望，他以诗词相谢；学生来拜访，他以诗词相示；晚辈赠送点小礼物，他回报以诗词；相识或不相识的同行写信来了，他以诗词回复。印象最深的是，在 1986 年赴青岛参加一次学术会议返回时，我从海边带回了一个贝壳小品送给他作纪念，他收到后非常高兴。几天后，他就送来了一首《答华平赠青岛纪念小品》七律：

玲珑寸盒众生排，此物难能海上来。
紫蟹横沙虽有足，翠螺呷水岂无鳃。
嘉贻感激殷勤意，迟报宽容谫劣才。
不审杜郎青岛畔，登高几度望蓬莱。

我送给先生的只不过是一份微小的薄礼，可他竟那样珍视，并且通过这首诗对我寄予了多大的厚望！我一辈子也忘不了这份情感。

像古代诗人一样，先生热爱自然，荷、菊、梅是先生最爱。其中，荷花又寄托了他更多的感情，他魂牵梦萦的进贤老家是满湖荷花：“故国荷花媚，漫湖映日红。凉风送香气，朝夕沁脾中。”他心中的南昌青山湖也是荷风习习，而拥有两个湖的师大校园却一直没有种过莲荷，于是他向学校有关领导多次进言，希望我们的学校增添一点夏日的景致。去年年底，我去看望先生的时候，他又一次和我谈起这件事，要我向学校有关部门反映。是的，菡萏花香是先生一个美丽的梦，这是从古典时代带来的，从清真的词里、濂溪的文中，从释迦牟尼的莲座上走出的梦。我清楚地记得，1991 年 4 月春光正好的时候，他出门来到了青山湖畔，他的莲荷梦惊醒了，《庆春泽·青山湖》词云：

信步东郊，青山北望，湖光何处追寻？曾与良朋，彭桥几度凭临。难忘夏日荷花艳，拂清风、香气盈襟。看鱼群，蓦地浮游，蓦地潜沉。　　湖滨茂树蝉声唱，更黄莺织柳，白鹭围鳞。最喜黄昏，星蟾倒映波心。当年美景成陈迹，任垃圾、污染谁禁。怕重游，不见荷花，不见鱼群。

在追寻往日青山湖鱼鸟相欢、荷香阵阵的同时，先生还表达了对恶劣环境状况的痛心和忧虑。可以告慰先生的是，如今，南昌正逐渐变成一座花园城市，青山湖也改造一新，漫步在青山湖岸绿荫下，清新的自然气息可以让我们暂时离开都市的喧嚣，唤醒一份诗的心情。

愿菡萏情怀、诗家兴味永存世间。

该文作于 2003 年，刊于《江西师大报》

1960年，与江西师范学院中文系同事合影，后排右二为陶今雁

1965年，与家人合影，左二为陶今雁

陶本《详注》是学诗的最佳注本

梅仕灿

20世纪80年代，人们爱好文学近乎是一种时尚。当年，我是江西师范大学数学系1981级学生。虽然学数学，却也时常有学诗诵诗的念头，起初主要是读自由诗，如国外的普希金、叶赛宁、裴多菲诗作等，国内则主要有艾青、徐志摩和一些朦胧诗。

大概在大三大四的时候，我了解到本校中文系有一批古典文学名家，如胡守仁、陶今雁先生，并且陶先生还是进贤老乡，有《唐诗三百首详注》名世，这让我很感兴趣。大概在大四的时候，在师大东院的教师宿舍，我第一次拜访到陶先生，现在已记不清是谁引荐的了，只记得陶先生一口乡音，十分可亲，讲起诗章，精神益发矍铄，让我萌生了学习传统诗词的冲动。此后，陶老就像一尊偶像一直留在了我心里，他的《唐诗三百首详注》也成了我闲暇的读本。虽然工作一直很忙，但我心底对古典诗词的爱好从未泯灭。在与陶也青认识之后，我得以与陶老有更多近距离接触，或求教诗学知识，或询问诗教现状，或聆听吟诗心得等，陶老无不循循善诱，娓娓道来。譬如，陶老曾教导我说，诗作吟成后暂不要急着拿出去，可以先放一放，过三五天或有新的感悟；有的作品改完后，你再放一阵子，对它可能还会有新的认识。经过几番推敲后，诗作才会更完美。因为与陶老接触多了，我得以读到他不少作品，尤其是他惠赐于我的三首诗词，篇中愧蒙褒扬，感荷至今。1996年，陶老第一部作品集《雪鸿集》出版后，我专门写了一篇书评《恰似飞鸿踏雪泥——评陶今雁教授之〈雪鸿集〉》就教陶老，并在1997年的某期《江西诗词》刊发；陶老第二部作品集《秋雁集》付梓之际，我写过一首五绝为贺，诗曰：

天秋过雁阵，
慕者举头看。
故里陶夫子，
珠玑落玉盘。

在有幸拜见陶老之前，我已读过国内外一些诗家的自由诗，虽然只是蠡酌管窥，但我觉得那些自由体的诗歌与我们的唐诗宋词相比，终究创作的技术性不太高，艺术的精粹性也不太够，还是唐诗宋词这类国粹更能打动我。要学习唐诗，最可行的途径就是学习《唐诗三百首》，而陶先生的《唐诗三百首详注》则可以说是最佳读本了。

我曾在《恰似飞鸿踏雪泥》一文中顺带讲到："陶先生乃深孚众望之学界名人、诗坛高手。早年于武汉大学中文系毕业后，长期从事古典文学特别是唐诗宋词之研究与教学，历史文化知识储备富实，诗词鉴赏和创作别具手眼。所著《唐诗三百首详注》印行五版，册逾百万，为其他诗词选注本所未及。个中重要原因，在于其以学者之功底辅以诗人之手眼而为之，故注释详博赅洽，且妙探古人。"现在看来，24年前我写的这段文字，大抵讲明了陶本《详

1968 年，与江西师范学院中文系同事合影，第二排左一为陶今雁

注》一版复一版、版版终告罄的原因了。条理化概括起来并稍作解读，主要有五点：一是凭专业之学历，肇事业之根基；二是缘职业之履历，识读者之期冀；三是蓄名儒之功力，遂注释之赅洽；四是怀诗家之吟力，得古人之趣旨；五是赖行者之毅力，极版本之精善。

我当初学诗的主要读本，就是陶老的《详注》。到 1995 年第五版出来后，我对诗词也有了些浅薄的认识，于是几乎是字推句琢地把陶老惠贶的那个版本，从头到尾啃了一通。由于陶老《详注》中的作者简介和说明、注释详略得当、精妙渊明，我感到读陶本《详注》，能够有效提升读者对诗的综合修养，增强自己的创作能力，这好比学书临习碑帖一样，能够让书作去俗臻雅。

值得一提的是，20 世记 90 年代初，陶老还主编过《中国历代咏物诗辞典》。胡守仁先生序之曰："计包括三十类、三千余篇，篇篇有注，简要精当，部分作品，并有说明，亦分析中肯，要言不烦。读者得此，可省却许多精力，以视上述诸编（指俞琰《咏物诗选》、刘逸生《唐人咏物诗评注》、陈新璋《唐宋咏物诗赏鉴》），盖后出转精矣。"其实，胡老夫子所谓"简要精当""分析中肯，要言不烦""后出转精”，用在评价陶本《详注》上，也是十分恰当的。由于该《辞典》按类目选诗注诗，故有利于读者参悟在相同或相近题材下不同作者的作诗法门，值得爱好者学习借鉴。

虽然我非陶老及门，但陶老的道德学问、人品诗才，是则是效，令我由衷私淑。陶老就像是我心中的诗词灯塔，他的《详注》也一直是我的诗学教材，引领我彳亍而行。

2020 年 9 月 20 日

1978 年，陶今雁全家合影

陶今雁先生古典诗词创作给我们的启示

戴训超

近十几年来，古典诗词爱好者越来越多，古典诗社、诗刊、诗词学会如雨后春笋般不断涌现出来，继承并发扬好古典诗词这一悠久文化传统的呼声也日趋强烈。一时间，向来颇为寂寞的古典诗词创作大有形成壮观的势头；但冷静检视，“壮观”之中的杰作佳构似乎仍寥若晨星，显示不出古典诗词已在当代文学创作中发扬光大了。作为一个古典诗词的爱好者，我总觉得，如若不能以日渐增多的优秀作品的出现、以颇为可观的诗集词集的面世为根基，那表面上的热闹只能显示当代古典诗词创作的躁动不安和贫乏苍白；同样，如果没有当代诗词创作活动的深入展开，古典诗词的研究也将越来越难免有隔靴搔痒之感。带着这种认识，我读到了陶今雁先生的诗词结集《雪鸿集》。在默默的讽诵中，我逐渐体会到了陶先生一生追求所在，就是想通过教授弟子、注释评论、坚持创作三管齐下来传播古典诗词，为古典诗词创作在当代的延续乃至繁荣尽自己的一份心力，并以此来报答新中国的雨露之恩。为了表达我对陶今雁先生和与陶先生一样的前辈的敬仰之情，在这里我乐意把我拜诵过程中的点滴体会写出来，以求教于陶先生和大方之家。

一

任何一个人、任何一项事业的成功，都来自长期的艰苦奋斗、不懈努力，诗道亦然。古今中外那些堪称名家、流芳千古的诗人词家，莫不视诗词创作为自己生活乃至生命不可或缺的一部分，旦诵暮咏，乐而不疲。对诗词创作的这份痴情，与其说是诗人词家的兴趣爱好，不如说是他们对生命意义执着追求的一种表现。正因如此，诗词创作才能历经风风雨雨而终始不灭。

《雪鸿集》收入陶今雁先生经删汰之后的诗作678首和词作104首。创作始自1941年秋，终于1994年冬，历时50余年。在这长达半个世纪的岁月中，就陶先生的人生历程来说是曲折多变的，所谓“微生多阨”（《赠王春庭二首》）、“命途多舛”（《赠陶琳二首》）；就陶先生古典诗词的创作来说，则是日复一日，年复一年，从未中断过，所谓“解忧平昔耽吟什”（《偶书次韵陆游〈临安春雨初霁〉》）、“唯有吟哦终未废”（《杂诗三十首》其一）。

从陶先生的诗词中，我们了解到，新中国成立前，他时读时停，断断续续念过小学、中学和师范。由于家境困难，时事艰难，他辍过学，耕过田，从小学过艺，还在家园设私塾招收过弟子。《闲居杂咏二十首》其二十云：“辍耕复读已嫌迟，珍惜分阴再拜师。久处穷乡书籍少，消愁容我读唐诗。”《忆鼎昌叔七首》其五云：“斧凿如何伴我生，时逾五纪未忘情。从渠初学施铇锯，抗战艰难副力耕。”《杂诗十首》其二云：“初持粉笔度生涯，花屋悲欢数月家。信步松间题绝句，空留遗恨纪年华。”这些几十年后以回忆的笔调吟出的含愁藏恨之句，记载的正是陶先生青少年时代悲苦的生活和艰难的求学历程。新中国成立后，红日高照，百花争艳，春意无限。陶先生受雨露之惠，也迎来了一生中最灿烂的日子。他幸运地考入了自己梦寐以求的大学，并在诸多名师的指导下完成了学业。从武汉大学毕业后，他回到江西，任教于江西师院。“鄱阳湖南岸小农夫，半路翻生读死书。不是东方红似火，我能真识几之无。”（《答中文系诸同志三首》）从自身前后命运的变化中，陶先生深深体会到自己的前途是与国运紧紧连在一起的。为了报答党的培养，他以饱满的热情全身心地投入教书育人的事业中，就算是病卧床榻，心系的也依然是国家的前途与安危。谁也不曾料到，在心中发誓“征途永不昧丹心”（《山中卧病有怀四首》）的他在20世纪60年代末期因受摧残留下了难以治愈的脊伤和头昏症。这一顽症不仅给陶先生的工作、研究带来了很大的困难，给他的事业造成了巨大的损失，给他的生活带来诸多不便，更在他的心灵上投下了一道抹之不去、不招自来的浓重阴影。“十年虎口叹余年，愁病相煎怕远行。”（《次韵酬方元赏菊兼呈志瑗四首》）“大地秋先至，鄱南雁后来。卌年伤健翼，谁识子心哀。”（《大地》）“西辞黄鹤到青山，卅载蹉跎世路艰。”（《杂诗五首》）“浊世光阴常殗殜，清时志意复差池。年将耳顺无奇迹，难抑深秋楚客悲。”（《次韵书感答志瑗临别有赠二首》）…… 这些散见集中的诗句抒写的正是一个有所作为而又屡遭蹉跎的知识分子的心声。

可贵的是，尽管世变沧桑，命运多舛，陶先生从未动摇或减少对党的忠诚、对社会主义的坚定信念、对工作的满腔热情，也始终没有放弃古典诗词的创作。“赣江日夜水流东，多少光阴在乱中。唯有吟哦终未废，好留雪迹觅飞鸿。”（《杂诗三十首》其一），诗人要用诗词留下自己一生走过的艰难步履。“菱花怕对鬓丝多，惭愧人前七十过。学殖无如荒废尽，依然未改作诗魔。”（《修人师用予前和诗韵再惠珠玉，因次韵奉答二首》），作诗填词竟至于入“魔”，足见陶先生对古典诗词创作的一片痴情。

据陶先生《自序》中介绍，他最早是读私塾时在严师万运机先生的督导下学调平仄；继而上小学，在语文教员吴世英先生的熏陶润泽下开始学吟诗；自此以后，吟兴日浓，至老不衰。凄风苦雨的日子里，他用诗词来抒发自己的愁与恨；红日高挂的艳阳天，他用诗词来表达自己的喜和乐；面对旧社会，他用诗词发出自己愤怒的吼声；面对故园、恩师、朋友、弟子、同事乃至病友，他用诗词吐露沁人心脾的真情；菊花开了，他写诗赞美它的“铮铮傲骨”；梅花放了，他填词称誉它的“玉骨冰肌”……

1979 年，陶今雁在书房

1982 年，陶今雁在书房

的确，诗词创作已成为陶先生生活的一部分，已融进他的生命里，是他人生旅程中不可缺少的一位伴侣。陶先生不是专力作诗填词的人，但他对诗词创作的这份痴情，恐非时下一些专业诗人所能比拟。还是胡守仁先生概括得好：“陶今雁教授，先从予学，继为同事者逾四十年。其于诗词为之最早，嗜之最笃，与日俱进，愈后愈工。陈后山自谓‘此生精力尽于诗’，今雁亦然。”（《序一》）这是一种源于灵魂深处的精神追求，只要心不枯竭，就永远会从这方寸之地涌出灵章秀句。

二

我最早知道陶今雁先生的大名是在1981年购买到《唐诗三百首详注》时。后来的十多年中，我有幸不断拜读到先生的新旧佳作，甚至还曾手抄过一些作品用以砥砺自己的学习。比较全面读到陶先生的作品则是在《雪鸿集》出版之后。无论是以前零吟碎诵时，还是这次集中欣赏的过程中，我都有一种强烈的感受，即陶先生是一个热爱生活、爱国忧时的人，是一个有追求、有傲骨的人，是一个有慈爱之心、重人间真情的人。他以自己的信仰和努力，在时代的兴废和生活的波折中，锤炼出了自己足以立世的高尚人格。

陶今雁先生是一个执着人生、关心现实的诗人，集中所收的近800首诗词中，有关时事的作品占了大多数。从日寇入侵、南昌沦陷到抗日胜利；从内战重开到新中国成立；从抗美援朝胜利到苏修背信弃义；从三中全会的召开到农村改革、城市改革的相继展开；从学习焦裕禄到端正党风；乃至原子弹的研制成功，中国女排的一再夺冠……这50多年来发生的每一件关系天下兴亡、国家兴衰的大事，几乎都使诗人情不自禁。或为之愁肠百结，或为之心花怒放，一笑一颦，均出自心灵，系乎世情，从不作无病呻吟之态。

陶今雁先生诗词作品的第二个重要内容是抒写自己的人生追求和身世感慨，在直抒胸臆或比兴寄托中画出一个独具个性的诗人自我形象。陶先生“少小雄心万里赊”（《庚午除夕题辛未春联后作》），但在“魑魅阻途天惨淡，迷阳匝道地荒凉”的黑暗社会里，他“壮志难酬”，唯有面对大江惊涛“吁嗟”，独听琵琶雨声“搔首”，在忧愁幽思中等待晴天丽日，等待风清月明！（见《南昌岁暮》《感怀》《灯下听雨》等诗）当五星红旗飘满域中，东方红日照彻万里后，陶先生始终以一颗丹心，以一种知恩必报的情怀教授弟子，培育英才。就是在艰难困苦的日子里，他也依然不改初衷，《偶书》诗写道：“从来革命不偷生，苦学雄文胆力宏。留取丹心观世界，沐猴冠带可长行。”带着这颗“丹心”，怀抱这种坚定的信念，陶先生再次等来了“万紫映千红”的雪后春天！（见《元旦》）虽然身体状况不好，但他坚持工作，一边指导研究生，一边著书立说，总想把耽误的时间补回来。诗词创作从此也进入了一个丰收时期。陶先生做这些，不为名，不为利，为的是报答这个来之不易的升平时代。“邦家日后还须用，敢上鳣堂再解颐。”（《杖藜》）“天若假年当奋发，愿将新作答升平。”（《赠顾吴二记者》）退休之后的陶先生想得最多的依然是多做点工作来报答党和国家的雨露之恩。在陶先生诗词中表达出来的众多忧虑中，除忧国忧民外，担心自己于国于民无多少贡献恐怕是表现得较为充分的一种：“浩荡春光长沐浴，涓埃何日答休明。”（《戊午元日》）“垂白时清多雨露，微躯也盼化虬松。”（《酬陈振祥先生》）“十咏小园聊自遣，半官半隐愧明时。”（《头昏》）“逢昭代，幸头虽霜白，志复松青。六旬泛泛曾经。念未答涓埃心暗惊。”（《沁园春·雄伟昆仑》）“党恩如海，涓埃未答，何日能忘。”（《诉衷情》［当年无地不凄凉］）这种渴望奉献的意志常由于疾病缠身、人为干扰而受阻。于是在陶先生的诗词作品中，尤其是退休以后的作品中，就有了一些叹老嗟病之作，给本应朗健的诗风敷上了感伤色彩，添进了一份沉重之感。我想，这是陶先生没有料到但又不能不面对的凄然处境。我们从这种嗟叹中感受到的实际上仍然是他的忧国伤时之心。

陶先生为人谦和诚恳，有仁爱之心，乐于助人而怕给人添累，重情义而轻名利，内怀灵秀而不好张扬，尤以刚直高洁为一生立身处世之本。（见《忆故人舒杨》、《喜周作亿先生见过》等诗）最能看出陶先生品性的是集中为数不少的咏物诗词。以所咏对象看，这些诗词主要可分为两类：一类是咏鸟，如《闻零雁》《燕三首》《燕》《始闻雁声》《又闻雁声》《秋鸿》等；一类是咏花，尤其是梅花、菊花，如《咏梅二首》《红白梅合咏》《咏菊》《野菊》《咏月季》《茉莉》《赋水仙》等。从所咏的内容和运用的手法看，则是托物言志，取其性情特征而略其色貌，正如诗人自己在《咏物诗》一诗中所说：“前代求形似，唐人妙入神。少陵鹰马咏，千载独超伦。”且看几首咏鸟咏花的诗词：

燕

风似张弓雨似箭，远山无影近无踪。

坚强唯有冲天燕，展翅依然舞太空。

次韵刘邓二君见示咏菊四首（其一）

高洁天真厌靓妆，不趋炎热倚西皇。

年年经得秋霜冷，独处重岩暗自香。

赋水仙

岂肯浓妆媚上林？未将高寄托瑶琴。

千秋伏女凌波态，万古姮娥倚月心。

寂寞不求温日放，贞刚何惧冱寒侵。

性怜清水尤堪颂，愧我难为白雪吟。

采桑子·梅

春温不妒群芳艳，淡薄岩栖。玉骨冰肌，

花萼偏开大雪时。愿同松竹盟三友，共战寒威。

世誉花魁，破腊年年志不移。

很显然，在诗人笔下，无情无性之花鸟已变得有情有性，已完全人格化了，寄托的是诗人刚直的个性、不屈的斗志和高洁的心灵。基于同样的认识、感受，诗人对“一经风雨蕊全倾”的桃李，对“年年京洛动侯王”的娇艳牡丹没有好感。（见

《次韵酬方元赏菊呈志瑗四首》《美人蕉》《又赋水仙》等诗）。古人云，文如其人，的确如此！

除咏物诗词外，集中也有不少咏人的作品，其立意也多德才兼举，而以德为主，“廉吏褒扬贪吏贬，奸臣遗臭荩臣芳。”（《读少陵诗二首》），爱憎极为分明。如《夜读〈曼殊小丛书〉》《吊姚显微先生》《哀悼周总理》《哀悼朱委员长》《哀悼毛主席五首》《咏陶潜二首》《咏史可法》《满庭芳·缅怀先师刘永济教授》《满江红·咏焦裕禄》等。这种对先贤先烈品评中的显明倾向，见出的依然是诗人自己的爱国热忱、忧世情怀和不俗人格。

三

在新诗已成为诗歌创作的主要样式的现当代，要想在古典诗词创作上取得一些成就确非易事。作者不但要能耐得住寂寞，稳得住方寸，更要能自我营造出一种有利于古典诗词创作的氛围，开垦出一方足以自遣自娱且能动人娱人的诗词小天地。从陶今雁先生的诗词创作成就中，我觉得有许多方面值得古典诗词爱好者和创作者学习和借鉴。

首先，要热爱生活，关心现实，与时代同呼吸，和祖国共命运，以获取用之不尽的诗材乃至创作激情。真正的诗词创作从来就不是个人无聊时的呓语。不管诗人词家采用何种抒情达意的方式，也不管他所咏及的是国家大事还是个人琐事，是社会人事还是自然景观，诗词作品的价值取向都应该是指向现实人生的。陶今雁先生不但能在创作上自觉贴近现实，褒善贬恶，高扬时代精神，而且也在认识上一再揭示了诗运与国运、诗情与国情的密切关系。他在《有怀三首》中写道：“倘非中国乾坤换，哪有诗词赋再生！”《重得〈商园真迹〉有感二首》也云：“暗世诗情多愤慨。”可以说，从理论到实践，陶先生都继承了中华诗词关心现实、抒写人生的优良传统。陶先生曾对研究生说道：“子美忧民，稼轩爱国，愿与诸君好继承。”（《沁

1988 年，陶今雁夫妇和儿子陶也青夫妇

园春·少事农桑》）他是这样说的，也是这样做的。50 多年来，陶先生始终言传身教，为延续中华优良的诗词传统默默耕耘着。

其次，要转益多师，打下坚实的古典诗词创作的基础，为熟练地运用古典诗词表情达意，铺平道路。从陶先生的序文和诗词中，我们了解到他是在学习的过程中逐渐走上古典诗词创作道路并喜欢古典诗词创作的。就学习（包括后来的研究）而言，陶先生的视野是极为开阔的，仅集中提及、评及的就有《诗经》、《楚辞》、曹子建、陶渊明、王勃、张九龄、李白、杜甫、白居易、韩愈、柳宗元、晏殊、晏幾道、王安石、黄庭坚、陆游、辛弃疾等，其中尤以唐诗宋词用功最深，所得最多；发过论文，出版过《唐诗三百首详注》；给多届研究生主讲过杜诗、辛词，其学术造诣已博得同人的赞誉和弟子的钦敬。邓志瑗先生序末诗中吟及的“知君唐宋沉潜久”即指这方面而言。就创作而言，陶先生深知“风骚异采源泉远，唐宋奇葩雨露稠。”（《中国韵文学会成立喜赋》），故能博采众长，广取百家。或赏其高洁人格，或叹其忧世情怀，或学其谋篇布局，或取其清词丽句，而总以自己的情意融贯之，激活之。稍稍知道陶先生的读者恐怕都能感觉到，无论是就为人处世而言，还是从诗歌创作来说，陶先生受影响最大的当是杜甫。从诗歌关心现实的倾向到褒贬人物、判断是非的标准，从诗歌的章法句律到风格意境，陶先生都从杜诗中汲取了丰富的营养。词的创作，则似得益于稼轩最多。词境开阔，笔力雄健，文词清朗。“每读公诗慨以慷。”（《读少陵诗二首》）“每读稼轩句，浩气荡胸襟。”（《水调歌头·读稼轩词二首》）陶先生的这两句诗词，同样也可以借以表达我们读他的诗词时常有的感受。

再次，要有精益求精的艺术追求，不但要做到能够表达，而且要逐步做到善于表达，以自觉的艺术追求来达到艺术上的日趋完善的境界。陶先生向来不喜欢自我张扬，也怕别人吹捧自己，待人是这样，作诗填词也是这样。尽管他的诗词创作在

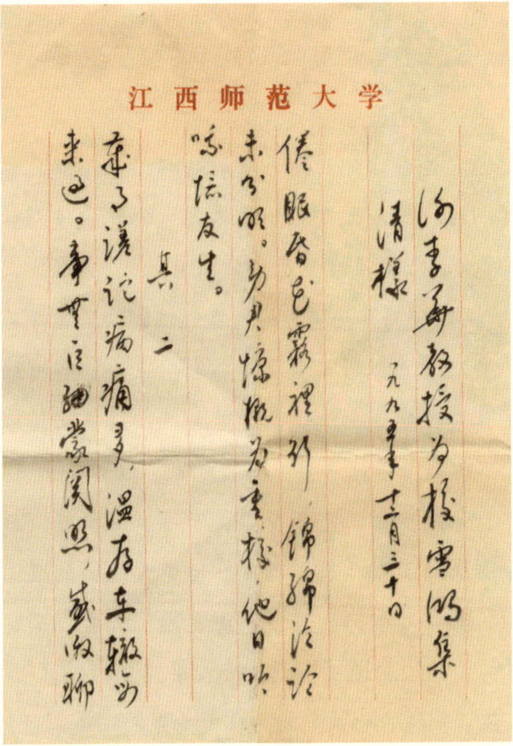

江西师范大学

谢李华教授为校雪鸿集

清样　一九九五年十二月三十日

倦眼昏花雾里行，锦编语语未分明。多君慷慨为重校，他日吟哦总友生。

其二

废了讴论病痛多，温存车辙两来过。事业已细蒙阅照，感激聊

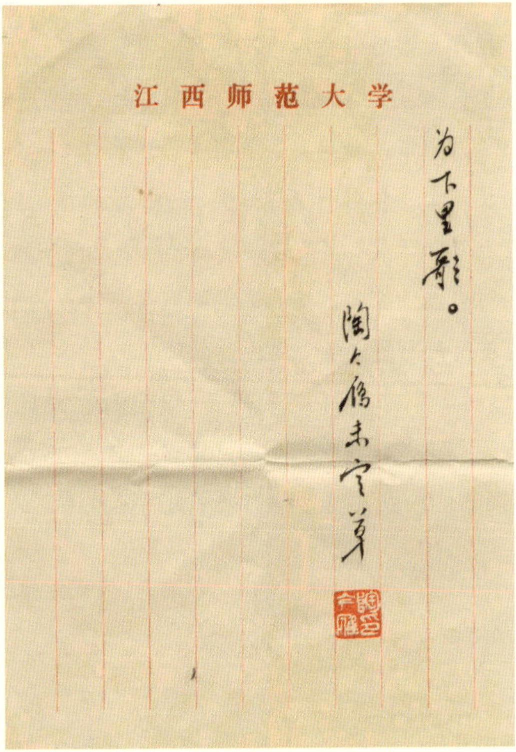

江西师范大学

为下里歌。

陶今雁未定草

陶今雁

陶今雁《谢李华教授为重校〈雪鸿集〉清样》

同行中已多有好评，但他总是谦虚地对待已有的收获，永不满足。所以，我们在他的诗词中只能读到这样的自评：或云“每渐动笔无奇思”（《赠樊伯南》），或云“吟诗卅载无诗法”（《次韵刘邓二君见示咏菊四首》），或云“久病耽诗语未工”（《酬陈振祥先生》）。但读过《雪鸿集》的读者恐怕都会同意胡守仁先生的意见：“其于诗词为之最早，嗜之最笃，与日俱进，愈后愈工。”（《序一》）细推其所“工”，我认为就诗艺言，表现在陶先生不逞才使能，对一切诗体都作尝试，而能依据自己的性情、所长（如精于格律，善于对仗等），选择律绝（主要是七言律绝）为主要表情达意的诗体。不断摸索，不断积累，宁可少而精些，不求多而全面。陶先生早期的诗感情真挚，属对工整，已见功力；但镕裁古诗的痕迹较为明显，思路似还不够开阔。越往后，其诗越伫兴而发，情溢笔端，或直抒胸臆，或借景抒情，均能起结有力，承转自如；章法严谨中不乏灵变，平实处时见匠心，对仗更为娴熟，更富变化。如集中以“杂”命题的一系列组诗即是如此，“凝神落笔意纵横”（《临江仙·赠李春林》）。过去、现实万事纷呈，升沉变迁悲喜交加，或沉郁，或朗健，大多浑然天成，没有早期作品锻炼镕裁后留下的痕迹了。为了适应新时代读者的新特点（如文言文阅读能力不强等），陶先生在创作中逐渐形成了这样一种语言特色：平实自然，清新雅洁，疏朗中带几分典重，质实中透出些许书卷气，少用典，不用僻典，力避艰深，大众化与个性化得到了较好的统一。就所填词而言，“工”则表现在能熟练地运用许多个调牌抒发丰富多样的情思，写景清而不秾，叙事明而有度，节奏谐和，词境朗健，时有佳什警句。这些成就的取得、特点的形成，无疑凝聚着陶先生几十年来探求诗艺所付出的许多心血。

最后，是重视朋友尤其是诗友之间的来往赠答，切磋交流，这既能活跃创作气氛，又能在对照中博采众长，补己之短。在陶先生的诗词作品中，和韵赠答之作为数不少，和赠的对象多为师长、同事、学生、挚友，他们当中有的是古诗词的创作者、学作者，有的是古诗词的爱好者、研究者。这种以诗会友的方式既能起到传播、发扬古诗词传统的作用，又能促进诗人自己的创作，因为和赠之作有特定的对象，有已定的诗律，要求作者必须具有很高的技能才能写好。创作这类诗词，无异于请了一位严师，能使自己在严格的训练中不断提高作诗填词的技艺。这一点，也许只有古典诗词创作者才能真实地体会到。

文章的最后，我们不能不称赞百花洲文艺出版社及编辑李春林先生为古代诗词传统的弘扬做了一件实实在在的好事，是他们的努力使我们更多的古典诗词爱好者看到了当代古典诗坛上空一只冲天飞鸿的矫健风姿！

1997 年 3 月底初稿
1997 年 5 月中旬定稿

1996 年，陶今雁一家在江西师大东区寓所

宝册“四时常艳”，铸就“名山事业”
——评陶今雁先生《唐诗三百首详注》

魏祖钦 詹艾斌

近日，陶今雁先生《唐诗三百首详注》（下文简称《详注》）第八版由江西人民出版社推出。陶今雁先生（1923—2003）是唐宋文学研究专家、诗人，曾任江西师范大学中文系教授、唐宋文学硕士研究生导师，历任江西诗词学

会顾问，长期从事中国古典文学教学、研究工作，工于诗词创作。陶先生的《详注》自1980年初版面市以来，深受读者欢迎，长期供不应求，经历了多次再版、重印，也斩获无数荣誉，如1990年荣获第四届全国图书金钥匙奖，1994年被评为全国优秀畅销书，累积销量早已超百万册。陶今雁先生曾写诗称赞窗外月季永葆艳姿、长盛不衰的品性，诗云："喜尔凌霜花又开，不分寒暑送春来。四时常艳诚堪赞，岂似浓桃半月颓？"表达了对"四时常艳"之美的赞叹。在漫长的岁月中，陶先生的《详注》在众多图书中脱颖而出、长盛不衰，用"常青藤"来形容毫不为过，借用陶先生自己的诗来形容也很贴切。

笔者第一次拜读《详注》是在1990年，那时只是觉得陶先生的注释很详细，原来不懂的诗，经过先生的语言点拨豁然开朗。后来在读硕和读博期间，导师也多次向我们推荐陶先生的书，称是不可多得的《唐诗三百首》的优秀注本。随着对唐诗认识的加深，越来越觉得陶今雁先生在普及唐诗、开悟初学、指示门径方面功莫大焉。

手捧犹有墨香的第八版新书，重读陶先生的注释，不禁百感交集：一方面，遗憾没有机缘向先生执经叩问；另一方面，庆幸先生留下了这部"常青藤"注本，能裨助后学学诗。在我看来，这个注本不但可以给初学者看，也适合给有文学基础且有志于唐诗研究的学子看。既能从中学会解诗方法，也可学到写诗技巧，还能领悟到研究唐诗的一些门径。注本特色明显，值得细读品味。

一、深入浅出，便于初学

《唐诗三百首》本身就是古代的一本童蒙教材，孙洙"专就唐诗中脍炙人口之作，择其尤要者”编成，以达到“俾童而习之，白首亦莫能废”的目的。此书编选精当，众体兼备、雅俗共赏，入选诗作易于记诵，艺术性高。所以，一经问世便“风行海内，几至家置一编”，吴小如先生在《读〈唐诗三百首〉》一文中给予这个选本很高的评价，称《唐诗三百首》是近二百年来流传最广的一部唐诗选集，很多人从小就把它当作启蒙读物。其影响之大远非其他唐诗选本可及，并认为“它确可作为一本初步研读唐诗用的标准入门书”（吴小如《读〈唐诗三百首〉》，《读书月刊》，1995 第 5 期第 5 页）。

《唐诗三百首》虽为童蒙教材，但由于语言变迁，现在的初学者不读注释，不经点拨，很难读懂所选诗作并领略其中之美。原来虽有很多注本，但多用古文，“一般只注字、词和典故的出处，至于它们在本诗或本句中的意义如何，则很少诠释”（陶今雁《唐诗三百首详注·说明》），没有古文基础的人读不懂。有感于此，陶先生把自己几十年读诗、学诗、作诗、教诗、研究诗的积累，投入到了注释《唐诗三百首》的工作中，希望帮助初学者打开唐诗的大门。他的《详注》在原诗后一般附作者简介（只在作者首次出现时附简介）、说明和注释三个部分，用白话文写成。全书重点在注释部分。注释中对每篇诗歌难懂的字、词、句都有较详细的解释，不少诗句还有译文或大意概括。陶今雁的注释简要生动，深入浅出，初学者很容易读明白。如对无名氏《杂诗》：“近寒食雨草萋萋，著麦苗风柳映堤。等是有家归未得，杜鹃休向耳边啼！”陶今雁的说明文字如下：“此诗写久客难归的愁思。寒食将近，风雨交加，景色凄迷，在异乡见此，不禁顿生怀乡之感。加之到处杜鹃啼血，声声凄苦，更是不忍耳闻。上半景中融情，下半情景难分。全诗贯穿‘每逢佳节倍思亲'之意，但以含蓄出之。”用浅显而生动的文字描述了诗中意境，阐释了诗意，同时还指示了诗歌的写作技巧。这样的注释对初学者很有帮助。综观陶今雁的《唐诗三百首详注》后的作者简介、说明与注释文字，往往深入浅出，切中肯綮。三部分文字又经常相互补充照应，共同为诠释诗歌服务，把诗意、构思、用典、艺术阐释得明明白白，清清楚楚，很能启发学诗者。

陶先生注释《唐诗三百首》的目的，就是帮助初学者读懂唐诗、喜欢唐诗。为此，陶先生的注本并不多烦琐的考证和艰深的索隐，而是把自己对唐诗的理解、解读与思考以明白平易的方式传达给读者，所以便于初学。

二、要言不烦，足可开悟

陶今雁先生是唐宋诗词研究专家，对历来诸家的唐诗评注解读了然于心，又熟悉前沿研究话题。既能作诗，深知作诗的机杼，又有出色的文字功底，善于表达。所以，他的注释，往往能够高屋建瓴地分析，要言不烦，寥寥数语就能指明关键，让人豁然明白。

例如，陶今雁先生对杜甫深有研究，早在20世纪70年代就发表了多篇有影响的研究杜甫的论文。他自己写过组诗《读杜杂咏七十首》，前五十八首有如一部杜甫的传记，以诗歌的形式歌咏杜甫生平的四个时期的重要经历和重要作品。最后十二首，总论杜甫的伟大人格和成就。姚品文先生称《读杜杂咏七十首》“则有似一篇洋洋洒洒的《杜甫评传》”。以组诗的形式评杜，是陶今雁先生的创新，可见其研究杜诗的深度和高度。有这样的研究基础，他在注释杜诗的时候，举重若轻，游刃有余。如他对杜甫名篇《佳人》的说明文字如下：“安史之乱中，惨遭家破人亡的人不计其数，诗中的空谷佳人并非托咏，但诗人也从中暗寓着自己的身世之感。五十多年后白居易在浔阳江头写的《琵琶行》与此同一作意，只不过是白在诗中有‘同是天涯沦落人，相逢何必曾相识’的明白表露罢了。诗中除首尾各二句外，‘自云’以下均为佳人自白。”对于《佳人》的意旨，学界争讼纷纷。仇兆鳌在《杜诗详注》中说：“按天宝乱后，当实有是人，故形容曲尽其情。旧谓托弃妇以比逐臣，伤新

1996 年，在江西师大东区书房书写

进猖狂、老成凋谢而作。恐悬空撰意，不能淋漓恺至如此。”（仇兆鳌《杜诗详注》）主张《佳人》不过是写实而已，没有什么寄托。陈沆在《诗比兴笺》则说：“放臣弃妇，自古同情。守志贞居，君子所托。”认为杜甫此诗深有寄托。也有学者认为，此诗因所见有感，亦带自寓意。在对此篇的说明中，陶先生没有做烦琐的研究观点罗列，而是直接给出了自己的解读，并和白居易的《琵琶行》作比较。这种说明很便于初学。他的注释不仅仅是就诗论诗，而是把杜诗和白诗进行纵向比较，很能启发初学者。确实，《琵琶行》有商人妇的自白，《佳人》也有大篇自白。两篇皆因所遇而触发了身世之感，这种比较很有意义，也很有道理。陶今雁先生的《详注》善于启迪初学，正是其书深受读者欢迎的重要原因。

他的说明文字有很多见解独到的议论文字，大都语言不多，却很精当。如他对王维《终南别业》说明文字：“全诗围绕‘好道’二字写作者隐居终南超然物外的闲适情趣。‘晚家南山陲’正为‘好道’计。他独来独往，随遇而安，欲行则行，欲止则止，玩水观云，极为自得。‘行到水穷处，坐看云起时’真是化工之笔，诗味、理趣兼而有之。”诠释准确，语言生动，引人入胜。陶先生《详注》类似的诠释有很多，这样的精要注释能够使学习者茅塞顿开，兴趣大增。

三、指示门径，可资深研

陶今雁先生的《详注》虽是普及读物，但学术性也很强。陶先生以研究态度做唐诗普及工作，他对此书底本的选择、篇目次序的安排、题目的厘定与考辨、作者的简介、重版的修改，体现出一个学术研究者的审慎严谨的治学态度、谦虚的学者品格、独到的学术见解、精益求精的学术追求，这些都是治学的门径。

书中对作者的介绍，简繁得当。《详注》的作者简介部分，能够体现出作者各自在唐诗发展史上的地位。陶先生的作者简介颇具学术史的眼光，不但能概述作者的生平事迹，又能提纲挈领地介绍其主要文学特色与贡献。若把所有诗人的介绍汇集在一起，就成了一篇简明唐代诗歌史纲，对于学诗者深入的研究学习有指导作用。

陶先生对注释底本的选择是很有讲究的，对篇目的篇次题目处理也很谨慎。全书的编目次序、作者署名大都按四藤吟社主人的刊本编订，但又有所改动。凡改动处，都作文字说明和考辨。如白居易的《草》按《白香山集》做《赋得古原草送别》，作者做了考辨说明。少数篇目分作者作了变动，如原题杜秋娘的《金缕衣》，依《全唐诗》改为无名氏。有些篇目，虽然没改，但加以考辨，指出错误。如对于韦庄《金陵图》一诗的题目，作者进行了详细的考辨，指出在《全唐诗》中，韦庄的《金陵图》为“谁谓伤心画不成”云云，《台城》则是蘅塘退士《唐诗三百首》题为《金陵图》的内容；然后考察了相关文献，指出，后出的《唐诗别裁》中《金陵图》的内容与蘅塘退士内容相同；唐朝韦縠《才调集》卷三选的韦庄《台城》内容正是蘅塘退士所题《金陵图》的内容；因《才调集》先出，故推断《金陵图》当为《台城》之误。这种考辨显示出了注者的学术水平。其他做多题者，则用“一题为”或“某书题为”，予以说明，以备考。他对诗歌作者与作品名字的考订，显示出学者严谨的治学态度。

从陶今雁先生的注本中，可以领略到学诗、研究的门径。陶今雁先生在柳中庸绝句《征人怨》说明中指出这首诗四句全对，这在《唐诗三百首》所选七绝中仅此一篇。又指出这种对法早已有之，杜甫七律《阁夜》就是它的典范。这可见陶今雁先生做学问的细心。他在常建《破山寺后禅院》解读中，提示读者可与王维《过香积寺》合读；在岑参《走马川行奉送封大夫出师西征》后的说明中，说“岑参又有《献封大夫破播仙凯歌六首》和《灭胡曲》等诗，可以参看”。这都为读者指明了学诗的门径，显示了作者广阔的研究视野，绝非那些论诗必此诗的研究者所可比。

陶先生生前，《详注》经过五次了重版，每次重版，他都听取各方面意见，对注释作进一步修改补充和完善。他对此书的反复修改，显示出他的精益求精的治学态度。陶先生第二版增加了很多诗篇的说明文字和一些作者生平的最新研究成果，并在《再版后记》回应读者关于诗人先后次序安排的疑问。陶先生谦虚地说：“这本书在内容上有不少的补充和改进，但为水平所限，难免尚有错误之处，希望能在广大读者指正下继续修订。”三版增加了《近体诗格律简介》以满足读者的学习需求，《三版后记》中说：“此书虽两次再版，仍难免有谬误和不当之处，恳请读者批评教正。”四版附上《今雁诗草》。《四版后记》中说：“近数年来，有不少读者建

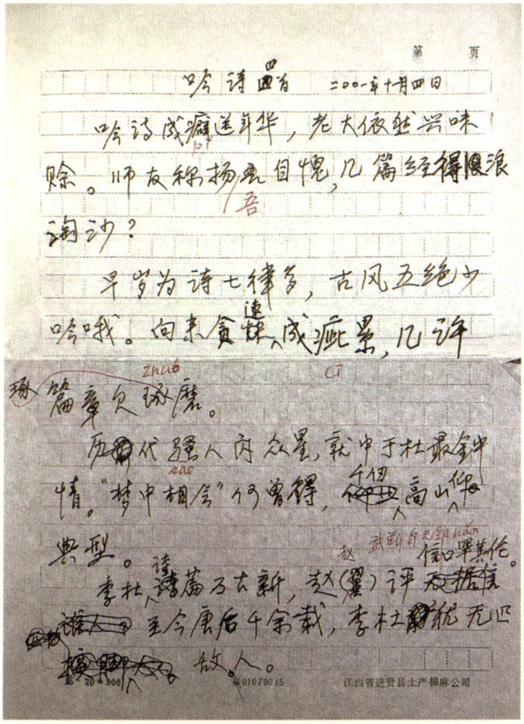

陶今雁《吟诗四首》手稿

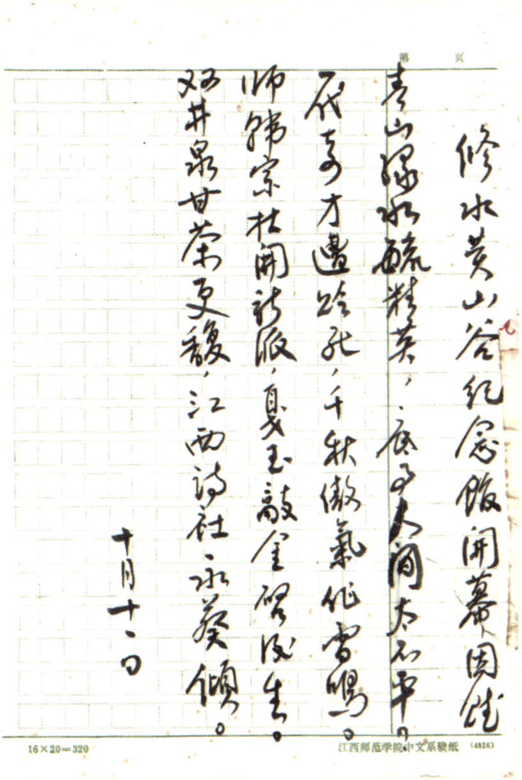

陶今雁《修水黄庭坚纪念馆开幕因赋》诗稿

议作者，将其因读唐诗三百首后而作之诗词附于本书之后……与喜读唐诗三百首而有志于吟咏之青年朋友共勉焉。”五版对个别诗作了更为详细的说明。《五版后记》中说：“拙作问世十六年来，不断得到责任编辑李春林编审的热情支持和广大读者的厚爱与鼓励，使之得以一版再版，修订漏误，特在此表示衷心的感谢！”陶今雁先生生前对《详注》的增删补充完善，根据读者意见对书进行修订，连一个标点都不放过，展示了其精益求精的治学追求。而他在历次出版后记的说明，体现出了一个学者的谦虚谨慎的品格。这些也是值得后学学习的。

陶今雁先生堪称人师，享有崇高声望，但做人谦虚谨慎，其曾为自己注释《唐诗三百诗》一事写了一首诗：“名山事业望何曾，学浅才疏岂自矜。详注唐诗三百首，只缘心在最底层。”其实，先生过谦了。先生用研究的态度、一流学者的学养，做中国唐诗的普及推广工作，游刃有余，于唐诗启蒙、入门，学诗、赏诗，功莫大焉。经过40年的大浪淘沙，《唐诗三百首详注》显示出了经典的永恒魅力。其风行40年，长盛不衰，也成就了陶今雁先生的名山事业。近日，再读先生新版书和其诗集，对先生更加崇拜，理解也更为深入了，谨以此诗作结：“详注唐诗三百篇，先生卓识共书传。汇征典要足开悟，直指关枢堪破禅。能浅而深衔世誉，驭轻就熟迈时贤。风行卌载天酬志，教遂名山事业焉。”借此表达对陶今雁先生的尊敬与缅怀，并对其传承、创新中华优秀传统文化以及为江西师范大学中国语言文学学科声誉提升做出的持久努力深致谢意！

1998 年，潘忠庭、陶今雁（左二）在江西师大校园

谈陶今雁先生的教书育人

江西师范大学中文系1985级古籍整理专业研究生

几年之前，随着《唐诗三百首详注》一书的一再重版，我们对陶今雁先生就有了一种敬佩之感，受业先生门下之后，他那平易近人的特点又让我们对他有了较多的了解。现在，我们就自己所见所知谈些认识。

作为学者，先生学识渊博，治学严谨。《唐诗三百首详注》就是一个很好的明证。这本书出版后，读者评价既利于初学，又具有较高的学术水平。就是在平常的求教中，我们也时时能感受到这一点。每问一个问题，他总是旁征博引、贯穿古今地进行讲解，为你提供解题的线索，很少就事论事，但又不是漫无边际。从《诗三百》到现代前辈的诗词，他记得很多，而且往往有自己独特的体会，精当的见解。对于前人的注解，他很尊重，但决不迷信，敢于提出自己的看法，如对邓广铭先生《稼轩词编年笺注》的补正和讲课中对《杜诗详注》的纠谬，颇见功底。先生不但博闻强识，勤于治学，善于治学，踏实研究，还喜好旧体诗的创作。先生常对我们说：自己也会作点诗，才能更好地体会古人写诗的甘苦，领悟其诗的妙处。先生的诗晓畅易懂，诗律严格，对仗工整，时见佳句。正如他的为人，既平易，又含蓄有致，深得杜诗风味。因为内行，懂得门道，所以说起诗来，往往能一语中的，抓住诗的要旨，疏通诗的脉络，剖析清诗中的难点。听他说诗讲课，常能得到一种解惑之后如释重负般的快意。先生常教我们要踏踏实实地做学问，不要徒务虚名。他自己既勤于耕耘，又慎于下笔。对于把握不定的问题，从不武断，不急于下结论。即使提出自己的看法，也反复言明“这仅仅是自己的看法，不是定论”。对于自己的论著，先生也是博采众长，参以己见，反复琢磨、修改。在学术研究上，从不自尊自大，总是谦听读者的意见，不断纠正自己的漏误。

作为导师，先生的讲课也是颇具特色的。先生强调兼采众长，强调独立思考，强调在学习中发现问题，然后带着问题到课堂进行自由而又具有一定目的的讨论。这样，既调动了每个同学的思考积极性，又把学习研究落到实处，不流于形式。课堂上，每位同学都要发言，谈自己的读书心得。先生自己既是组织者，又是参加者。他讲自己的体会、见解，但从不把自己的观点强加于人，总是谦逊地申明“不一定对，提出来和大家讨论”。在先生的精心组织、指导下，我们讨论得很热烈。许多自己学习中难解或解释不清的问题，通过讨论，即使没有得到满意的答案，也打开了解题的思路，受到了启发。在讲课中，先生很少一开头就把“谜底”公布，总是引导我们发现问题，打开我们的思路，而后让我们先讲自己的理解。先生以为说对了的，他在自己的讲解中一般不再重复，而把自己的不同见解端出来供大家学习时参考。先生讲课，还很注意古为今用，注意在教书的同时也教人。如对杜甫的忧国忧民的精神，先生就特别强调。因为即使在今天，这种精神仍需发扬光大。先生的讲课，还有一个为一般人所没有的特点，就是学以致用。讲杜诗时，先生除了对诗本身进行多方挖掘外，还结合自己的创作及学生的习作进行讲解，用杜诗的典范之作指导我们如何构思，如何起承转合，如何合平仄格律。总之，先生的讲课和他的研究一样，落到实处，从不漫无目的地高谈阔论。

先生致力于唐宋文学的研究。唐宋文学是以诗词的登峰造极而响名于后世的。为了更好地研究这一时期的文学，了解作家创作的甘苦，继承唐诗宋词这一优秀的文化遗产，先生十分强调旧体诗词的创作。他不仅自己身体力行，创作了大量旧体诗词，而且耐心地搀扶我们上路。对于我们的习作，哪怕写得毫无诗意，先生也还是不厌其烦地指导我们修改。有时是个别辅导，有时是集体讲解。应该指出的是，这些辅导、讲解大多是在先生的业余时间进行的。有时为了指导好一篇习作的修改，先生要花上好几个小时的劳动。在指导中，先生总是及时地表扬我们的每一点进步，同时，也毫不客气地指出习作中存在的不足和错误，并帮助纠正，在纠正中阐述作诗之道。在指导中，先生还十分注意因材施教。我们八个人，水平不一。有的已经上路，有的尚未起步。先生根据我们的水平对我们提出了不同的要求：上了路的精益求精；未上路的催其起步。先生那教人写诗的热心肠，那扶植幼苗成长的强烈责任心，确实令我们感动不已，甚至产生了愧对先生培养的负疚心情。在先生的悉心指导下，我们都先后迈出了自己的第一步，虽然走得很难，但毕竟有了开始。如果说我们在学步中有所前进的话，与先生苦口婆心的教导是分不开的，在我们走过的每一个脚印中，都洒下了先生的点点汗水。

先生为人襟怀坦白，光明磊落。他总是热情、谦逊、和蔼地对待同志和自己的学生。和他接触，聆听他的教诲，你常会被他的热心诚意所感染，你心中会自然而然地产生一股力量，一股向上的力量。在这样的导师指导下，不好好学习，你会感到无地自容。和他接触，你会感到生活应有的温馨，你会变得更其纯洁。“桃李不言，下自成蹊”，我们以为先生是拥有这种力量的。先生不但以忘我的精神感染着我们，还常常教我们如何做人。无论是课堂，还是平时，先生都十分关心我们的进步，常鼓励我们积极创造条件，向党组织靠拢。在先生的帮助下，有的同学向党组织递交了“入党申请书”。先生还不时地过问我们的生活细节，问寒问暖。而学生对他的点滴敬意，他总是一再表示感谢，从不认为是理所当然的。“投我以木瓜，报之以琼琚”，先生待人就是这样的。

最后，还应提及二点，首先，就是这一切都是先生在身体状况不佳的情况下做到的。其次，我们虽然和先生相处一年了，但先生很谦虚，很少谈及自己以往的经历，因此，很多东西我们不得而知。另外据说，陶先生对外地的求学者也一视同仁，热心地给以帮助和指导，从不虑及内外之分。

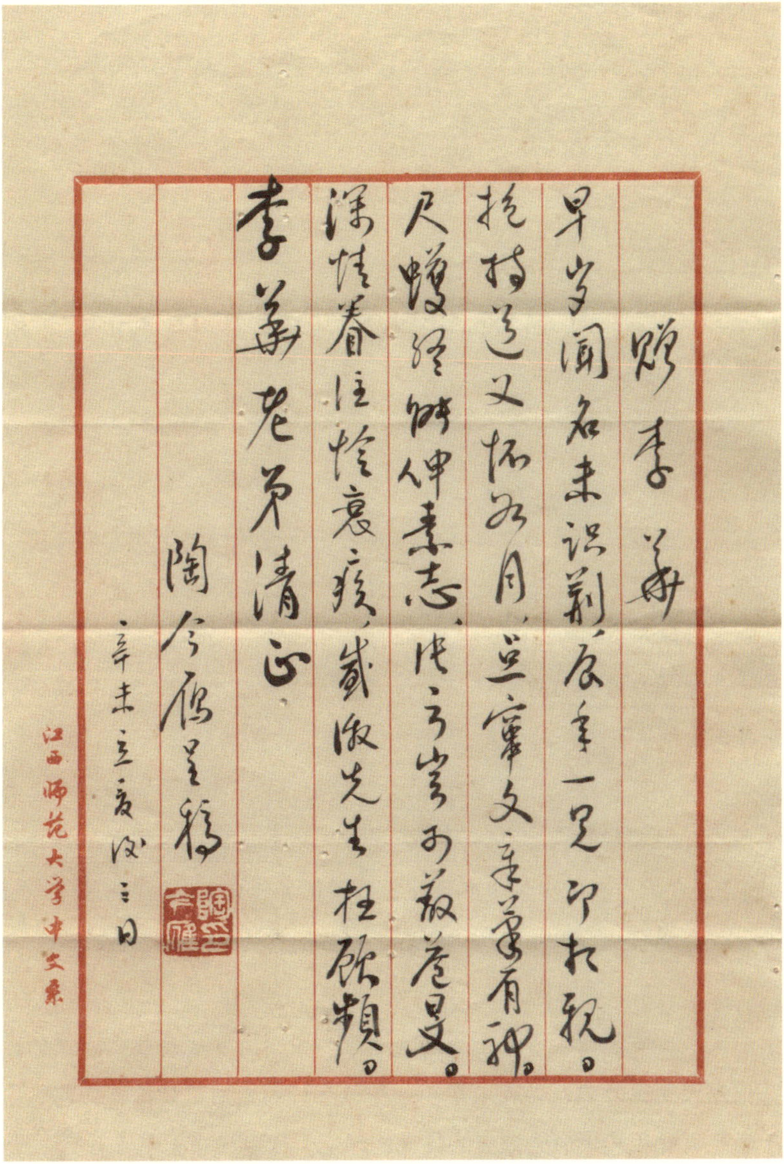
赠李华

早岁闻名未识荆，辰年一见即相亲。
抱持道义怀如月，点窜文章笔有神。
尺蠖经纶伸素志，北方学子敬苍旻。
深情眷注怜衰疾，感激先生枉顾频。

李华老弟清正

陶今雁呈稿

辛未立夏后三日

陶今雁《赠李华》诗稿

艺术宫殿的“导游”

——访《唐诗三百首详注》作者陶今雁

黄洪涛

观赏自然名胜希望有益友导游，欣赏艺术奇秀又何尝不期冀有良师“导游”？今天，我向你介绍的，正是一位引导人们游览艺术宫殿的“导游”——江西师范大学中文系教授陶今雁。

陶今雁是《唐诗三百首详注》的作者。《唐诗三百首》是人们喜闻乐见的一本唐诗选集，为清人孙洙所编，囊括了许多脍炙人口的名篇佳什，几百年来广为流传，几至家喻户晓；但长期以来却没有人为它详细评注，致使今天的许多读者阅读和欣赏发生困难。为了帮助读者克服困难，引导他们在唐诗艺术宫殿里搜奇探胜，觅幽发微，陶今雁在担任唐宋文学研究生繁重教学任务的余暇，抱病体弱躯，查厚卷典籍，旁征博引，含英咀华，重新评注《唐诗三百首》。

评注诗歌，从某种意义上说，是一种艺术的再创作，评注者只有自己心有体会，然后发乎文字，才能使读者意有所通。在这方面，陶今雁是呕心沥血的。对三百首唐诗，他每天朝夕吟咏，昼夜求索，细细体会诗篇，揣摩诗心；由此，他对许多诗篇关于思想内容和艺术形式方面的特色的评注，详尽精当，新人耳目。

古诗中词语的理解直接影响到对诗意、诗境的理解。在这方面，陶今雁更是反复推敲，辗转印证，表现出一个学者严谨的治学态度和慎重的务实精神。张泌《杂诗》云：“等是有家归未得？杜鹃休向耳边啼！”为了考证诗中的“等是”一词，陶今

陶今雁

雁遍及旁搜，广采博取，终于证明“等是”即“底是”，犹言为何。一词意通，全诗自明。类似的例子，在书中俯拾即是。正因为《唐诗三百首详注》是一本融博瞻之学与精审之识于一体、语言浅显而内容丰富的著作，因而出版后深受读者欢迎，在1980年初出版不到4年的时间内就重印5次，发行50多万册。全国各地的许多读者来信称赞这本书是“为向往神游唐诗艺术宫殿的人们提供的一份极好的‘解说词”导游图’”。远居美国的侨胞方民希也从太平洋彼岸遥寄书信，溢美道：“近日翻阅大著《唐诗三百首详注》

内的琵琶行、锦瑟及清平调三首，先生所下注释甚是详明，不禁拍案叫好！……使读书有拨云雾见肖天之乐！”最近由专家集体创作出版的《唐诗鉴赏辞典》把《唐诗三百首详注》列为学习唐诗的参考资料；有些大专院校还把这本书作为学习唐诗的必读书籍。

“看似平淡最奇崛，成如容易却艰辛。”评注唐诗是一项极其艰苦的工作，可陶今雁为什么能孜孜不倦乐此不疲呢？这主要是感情的因素在起作用。我国素有“诗国”之誉，唐诗更是我国诗歌史上最辉煌灿烂的一页，赢得了历代人们经久不衰的赞誉。今天，从国内到国外，存在一股“唐诗热”，吟诵、欣赏唐诗，是人们的一种高雅的艺术享受。陶今雁一生与唐诗结下不解之缘，更有一种深厚的感情。作为一个唐诗教学和研究工作者，他觉得有一种不容辞的责任感，要把诗的妙处说出来，使广大读者于吟哦诵咏之间受到潜移默化的教育，生起热爱祖国优秀文化的感情。可以说，正是出于一种爱的感情，才使得他乐此不疲，著出这本好书来的。

曾刊于《南昌晚报》

1984年9月5日

缅怀陶公今雁师

吴晟

今年是陶今雁先生诞辰一百周年。自1986年成为先生的弟子以来，先生和蔼可亲、仁爱慈祥的音容笑貌就深深地镌刻在我的记忆之中，在37年的沧桑岁月里，他时时闪现在我眼前，抚慰着我，激励着我，鞭策着我，催我奋发，勉我上进，导我前行。

1986年，我报考江西师范大学中国古代文学专业唐宋文学方向研究生，英语只考了48分，距国家50分的分数线还差2分。陶先生得知后，与胡守仁先生商量，建议破格录取我，理由有三：一是，我属中文系教师；二是，考生中总分只有我一个人上线；三是，我的学士学位论文是《试论梦窗词的构思艺术》。胡先生同意后，立马向学校研究生处递交了破格录取我的报告。据研究生处说，中国古代文学专业的英语分数线后来降至了45分。这样，我就顺理成章地被录取为唐宋文学方向的硕士研究生了。

我这一届研究生，胡守仁先生开设了韩愈散文研究、韩愈诗歌研究、黄庭坚诗歌研究三门课程，陶先生开设了杜甫诗歌研究、辛弃疾词研究两门课程。在授课之前，陶先生指定了李白的五首诗歌，布置我对诗词进行注释，要求按朱东润先生主编《中国历代文学作品选》的体例，包括解题、注释两个部分。我原以为此作业简单，殊料李白此五首诗是一般的选本未选之作，没有现成的资料可参考。于是，我通读了中华书局1979年版的清人王琦辑注的《李太白全集》。因为小孩刚出生，杂务比

陶今雁夫妇

较多，断断续续差不多花费了一个多月的时间才完成。陶先生仔细批改后，在充分肯定了我的劳动成果的同时，也指出了其中的若干问题，然后一一予以修正，并说明修正的原因；进而跟我谈了训诂学在中国古代文学研究中的重要性。后来，我选修了邓志瑗先生的《训诂学》课，作业《古典文学译注本正误》刊载在《江西教育学院学报》（综合版）1989 年第 3 期上。

在讲授《杜甫诗歌研究》一课时，陶先生先给我选出篇目，是用钢笔抄写，书写灵动漂亮（毛笔字更佳）。陶先生要求我预习。陶先生讲解作品非常细致入微，多有独到见解，以杜甫《自京赴奉先县咏怀五百字》为例，我整理了一下听课笔记：

陶今雁夫妇在江西师大显微亭

唐玄宗天宝十四载（755）冬十一月，安史之乱爆发前夕，杜甫由长安赴奉先（今陕西省蒲城县），探望寄居在那里的家属。此诗作于到家之后，是他长安十年政治生活的总结。它集中反映了天宝末年的社会矛盾，是安史之乱前社会政治的缩影。

当时政治腐败表现在：

1. 唐玄宗穷兵黩武，大力开边，财政空虚。

2. 重用奸相、宦官、藩臣，养痈遗患。

3. 溺于女色。

4. 幻想成仙。

当时各种矛盾激化：

1. 阶级矛盾。统治者与远戍卒、失业徒等的矛盾；“彤庭所分帛，本自寒女出”“朱门酒肉臭，路有冻死骨”。

2. 统治阶级内部矛盾。“劝客驼蹄羹”意味着一批人才被排挤出朝廷。

3. 民族矛盾。“群冰从西下，极目高崒兀。疑是崆峒来，恐触天柱折。”诸句已预感国家将遭受一场空前的灾难——安史之乱一触即发。

4. 杜甫与杨国忠、“同学翁”的矛盾以及杜甫政治理想与唐玄宗腐败统治的矛盾。

艺术特点：

1. 对比、衬托和象征手法。

（1）“杜陵有布衣”与“赐宴皆长缨”对比。

（2）“蝼蚁辈”“卫霍室”与杜甫对比。

（3）杜甫与巢父、许由对比。

（4）“劝客驼蹄羹”与“幼子饿已卒”对比。

（5）“衣带断”与“貂鼠裘”对比。

（6）“寒女”“远戍卒”“失业徒”与“幼子”对比。

（7）杜甫的政治理想与腐败政治对比。

（8）“蝼蚁辈”“大鲸”“阴峥嵘”“群冰从西下，极目高崒兀。疑是崆峒来，恐触天柱折”则为象征手法。

2. 剪材与结构。

（1）全诗三层均以“忧”作结，如“放歌破愁绝”“惆怅难再述”“忧端齐终南”。全诗五百字叙“自京赴奉先县”只用了几个字，诗歌以咏怀为中心。

（2）构思严密。第一层“窃比稷与契”，希望唐玄宗回到尧舜之治。本层中心是“穷年忧黎元”，后两层都是“忧黎元”的具体化。第一层用议论阐述，后两层用具体形象表现。“黎元”“寒女”“远戍卒”“失业徒”照应。第二层“幼子卒”从“路有冻死骨”而来，写自己儿子的死为衬托忧国忧民。

3. 风格沉郁顿挫。

杜甫《进雕赋表》自谓："至于沉郁顿挫、随时敏捷，而扬雄、枚皋之流，庶可企及也。"因此学术界以"沉郁顿挫"来概括杜甫诗歌的主导风格。关于杜甫诗歌沉郁顿挫风格的解释，学术界可谓见仁见智。

沉郁：情感沉痛、深沉；思想深刻等。

顿挫：陶先生解释为一进一退的表达方式，极顿挫之致。

试以此诗第一层为例："杜陵有布衣，老大意转拙。许身一何愚，窃比稷与契。居然成濩落，白首甘契阔。盖棺事则已，此志常觊豁。穷年忧黎元，叹息肠内热。取笑同学翁，浩歌弥激烈。非无江海志，潇洒送日月。生逢尧舜君，不忍便永诀。当今廊庙具，构厦岂云缺。葵藿倾太阳，物性固莫夺。顾惟蝼蚁辈，但自求其穴；胡为慕大鲸，辄拟偃溟渤。以兹悟生理，独耻事干谒。兀兀遂至今，忍为尘埃没。终愧巢与由，未能易其节。沈饮聊自适，放歌颇愁绝。"谓我只是杜陵一介贫民（退），年愈老而愈拙于奉迎（进）。私自比作舜时的贤臣稷与契（进），这一对自己的期许多么不明智啊（退）。这一期许竟然落空（退），但欲实现做贤臣的愿望，即使老了也心甘情愿为之勤恳劳苦（进）。我这一辈子没有官职，可以盖棺定论了（退），但自比稷与契的用世之志常常希望能够得到实现（进）。我一年到头为百姓忧虑，为他们的处境叹息而心中焦灼不安（进）。同辈时人取笑我好高骛远（退），我不是没有隐居江湖、潇洒度岁月的向往（退），但生逢玄宗这样的尧舜之君，我弃他而去于心不忍（进）。如今朝廷人才济济，担负国家重任不缺乏栋梁之臣（退）。我不在其位也要谋其政，犹如向日葵朝着太阳，是出于本性，谁也改变不了（进）。看那些干谒为事、营求利禄的小人，只知道经营自己的安乐窝（退）。为何像我这样要追慕大鲸呢，时常打算遨游于大海之中（比喻舒展抱负、做出一番事业，进）。以此我懂得了生活的道理，那就是以巴结权贵为耻辱（进）。为此我之所以劳苦至今（退），不甘心没世无闻啊（进）。我有愧于避世隐居的巢父和许由（退），因为我不能改变做稷与契贤臣的志向（进）。我沉缅纵饮姑且排遣内心的苦闷（退），放声歌唱要破除极度的忧愁（进）。

陶今雁夫妇在江西师大校园合影

陶今雁及其夫人巴怡元、长子陶友青、次子陶也青

我认为，陶先生对杜诗“沉郁顿挫”风格的解释精准到位，见解独特。又如，陶先生讲授辛弃疾《水龙吟·登建康赏心亭》一词：“落日楼头，断鸿声里。江南游子。把吴钩看了，阑干拍遍，无人会、登临意。”不仅指出结构上“落日楼头，断鸿声里……”当为倒装结构，逆挽之笔，为了加强感染力，还认为“断鸿”是象征性意象，指中原父老。煞拍“倩何人唤取，红巾翠袖，揾英雄泪？”“文革”时期不少注本都歪曲辛弃疾在国难当头之际，还想着“红巾翠袖”——美色，指责辛弃疾为“醇酒美人”。陶先生严肃地批评了这一观点，也说明了这一观点是那个特殊年代造成的，进而指出“红巾翠袖”在此代表志同道合者。我认为这一解读深得辛词之本意，因为联系作者生平经历，他是一位“归正”者，得不到南宋当权者的信任；加上他北伐抗金、收复中原、统一祖国的主张与朝廷以皇帝为代表的妥协投降派相抵牾，所以统治者惧怕他在群众中建立威信，频繁地调动他，其他主战派也纷纷遭到排挤打击，故而辛弃疾感到十分孤独无助。如此再来理解此词便迎刃而解：得不到被发落“隔离”的志同道合者的惺惺相惜，“长使英雄泪满襟”啊！陶先生对作品的解读，考据、义理、辞章兼顾的治学方法，让我一辈子受用无穷。顺便提一下，相较婉约派作品，陶先生更喜欢豪放派作品，从这里可窥他性格的一斑——柔中藏刚。

陶先生在生活上对我的关怀可谓无微不至。我大学毕业后分配到江西师范大学中文系，安排在学校的“贫民窟”——红石房，两人共一间20多平方米的住房。两年后，同住的本系教师搬出去了，我的孩子就要出生了，无奈之下，只有强行独占了这间房。据说学校总务处又安排了一位中文系教师进来。为此，这位同事多次向学校和中文系反映，要求搬进来。虽然未果，但我心中一直惴惴不安。爱人在向塘铁路中学上班，来回乘坐火车通勤。孩子出生后，没有厨房，只得在走廊用煤油炉做饭，黑灯瞎火，有时邻居下班回来，推个单车，将锅灶撞翻个七零八落。后来在住处几百米的后面分得一小间厨房，又因下厨宿舍未关房门，时常被人盗走手表、衣物等。陶先生对此十分关心，几次来我住处看望我，还送来他亲自栽种的丝瓜等蔬菜。陶先生"文革"中被红卫兵残酷殴打过，留下了头晕目眩的后遗症——"平时行路，如不经意，常有倾倒之虞"（见《寒梅集·作者传略》），所以他一般不参加人多聚集的活动。可知他来我住处要走一二十分钟的路程是要冒着很大风险的。应江西教育出版社之约，请陶先生担任主编，编著一部《中国历代咏物诗辞典》。当时，我正在陶先生门下攻读研究生，他分配了一些篇目范围，安排我撰稿。一是训练我为古诗作注的能力，陶先生这一教学方法一直嘉惠我以后的学术研究，如我的全国高校古籍整理研究工作委员会项目成果、38万字的《明人笔记中的戏曲史料》（江西人民出版社2007年版），就是其中的科研成果之一。陶先生也为我增加了一些经济收入，补贴家用。陶先生对弟子的关爱之情，使我铭记在心。

陶先生为研究生讲授"杜甫诗歌研究""辛弃疾词研究"两门课程，他老人家不仅对杜诗辛词钻研颇深，创作上也颇得杜诗辛词之神韵。陶先生一生在诗词创作上耕耘不辍，先后结集出版了《雪鸿集》（百花洲文艺出版社1996年版）、《秋雁集》（北京教育出版社1998年版）、《寒梅集》（大众文艺出版社2004年版）。重温这三本诗词集，陶先生以诗代答我的作品有几首，《答水根吴晟钟东赠书》（1986年11月13日）："穷年寂历卧蜗庐，难到城中买好书。沈氏词情净若练，程师文思灿于珠。韵编考异非闲事，美学传香有正途。何以报之青玉案，深惭多病似相如。"当时，我偕同陈水根、钟东购得程千帆《古诗考索》（上海古籍出版社1984年版）、沈祖棻《沈祖棻诗词集》（江苏古籍出版社1994年版），去拜访陶先生并以此二书赠之。先生便以此诗答

陶今雁及其夫人巴怡元

1980 年，陶今雁及其夫人巴怡元、长子陶友青、次子陶也青在南昌八一广场

谢，诗中表达了先生对恩师程千帆和师母沈祖棻的敬仰之情及其学问的高度评价。作为弟子，我们三人深受教育。

《吴晟以赴粤评韩诗见示因次其韵》（1986 年 12 月 21 日）：“胜利归来动我衷，南行万里吊韩公。前贤乖遇今贤惜，一代雄文百代宗。秦岭吟诗憎弊政，长安上表见英风。无缘亲赴潮州会，听子传经兴不穷。”1986 年 12 月，我陪同胡守仁先生赴汕头参加首届国际韩愈学术研讨会。回来后，我向陶先生汇报了会议的概况，并写了一首评韩愈诗歌的习作，请先生斧正，这首诗即先生的酬答之作。诗中表达了对“文起八代之衰，而道济天下之溺；忠犯人主之怒，而勇夺三军之帅”韩愈的崇敬之情。关于此诗有一小插曲，陶先生以此诗示修人师，胡先生指出末联“传经”用得不妥，认为弟子向老师汇报会议概况用“传经”颠倒了师生关系；但陶先生坚持己见，并对我解释说，这里的“传经”谓传达会议精神之意。从这一细节可以看出，陶先生在此是将弟子置于平等的地位来对待的。

《赠吴晟》（1996 年 3 月 1 日）：“辞别章门忽二秋，大开怀抱豁双眸。羊城自昔才人聚，吴子于今壮志酬。学海珠璠凭拾取，南溟风物任遨游。新春雪虐冰凝地，捧读佳音暖白头。”1993 年 9 月，我调到广州师范学院中文系任教。1996 年春季，我在职攻读中山大学中国古代文学博士学位，写信向陶先生汇报，先生很快以此诗作答，勉励我在才人聚集的羊城，遨游风物，拾珠学海。先生德高望重的导师风范，高山仰止；对弟子的殷切期望之情，溢于言表。

《重读吴晟钟东丙子冬接〈雪鸿集〉后来书》（1997 年 3 月 30 日）：“别来数载隔音容，往日阴霾去似风。二妙攻坚冯搏虎，三年茹苦剑飞龙。闲居湖畔收鱼网，杂忆生涯愧雪鸿。却喜诸生成博士，王吴先后接卢钟。”胡守仁先生、陶今雁先生一共招收了四届硕士研究生，同时为“古籍整理研究生班”授课。这些弟子毕业后，师兄卢盛江考取了南开大学中国古代文学专业博士研究生，师从罗宗强先生治中国古代文论，钟东学棣调到广州师范学院中文系任教，王春庭师兄调到漳州师范学院中文系任教，我的调动如上所述。这些弟子先后离开江西师范大学，无疑在两位先生心中激起了涟漪，二老既为弟子的进取感到欣慰，又为弟子的远离依依不舍，这是多么深厚动人的师生之情啊！

最后，我小诗一首《缅怀陶公今雁师》来寄托对陶先生的缅怀之思：

陶公廿载付长眠，托体山阿返自然。
两袖清风甘陋巷，一生气节类先贤。
诗承子美传神韵，词绍稼轩逐管弦。
独秀白莲湖上举，青蓝亭畔浴婵娟。

癸卯年五月于广州

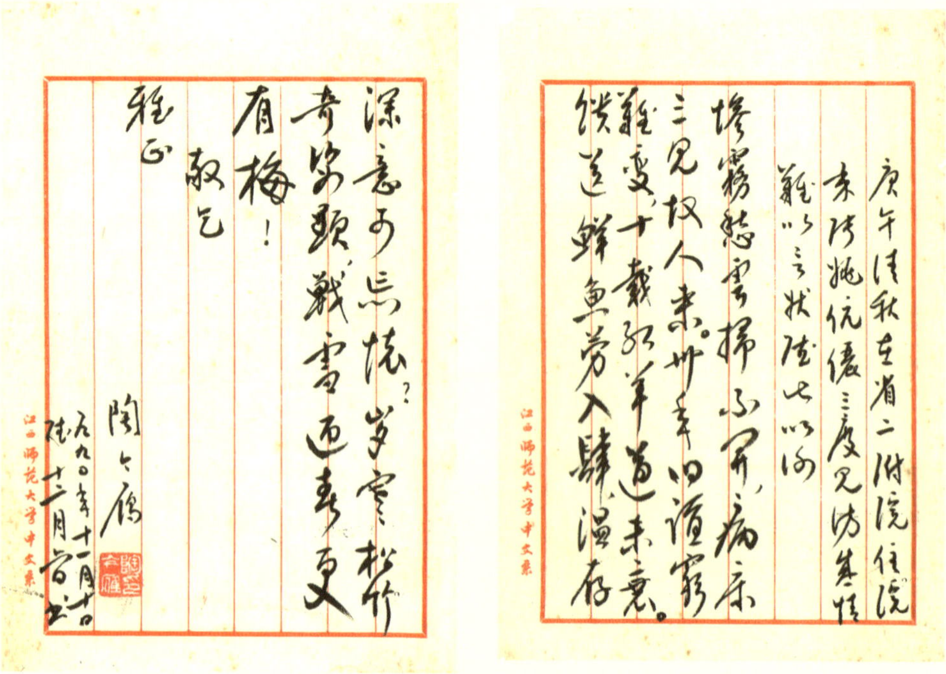

陶今雁《赠张姚夫妇诗》

回忆陶今雁先生

钟 东

回想南昌求学的日子，已经过去了 40 多年。当时正是改革开放、经济大发展的时期，同学们的样子，如冬天过完春天来到的花草树木，日益朗润和靓丽起来了。本科的班上只有很少几位同学奢华，大多数同学一直保持着质朴的样子，从大学本科到毕业，穿着都还是纯白、蓝灰、纯黑的普通衣服。其中两位后来一起同我读上了唐宋文学暨古籍整理专业的研究生，就是戴训超和杜华平二位学兄；两位的博学和勤勉，我是自愧不如的。

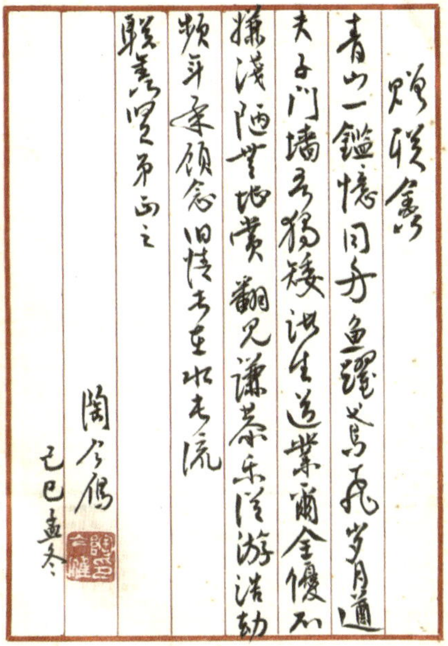

陶今雁《赠联鑫》诗稿

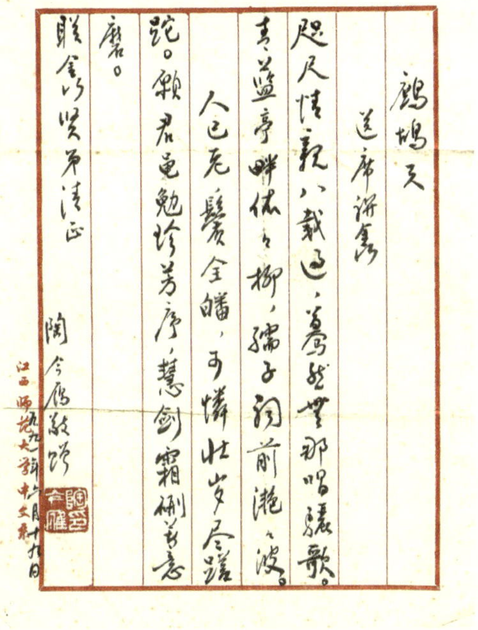

陶今雁《鹧鸪天 · 送席联鑫》诗

研究生期间的老师，当时有胡守仁、邓志瑗、余心乐、陶今雁、朱安群几位先生。陶今雁先生是先生群中最为瘦弱的一位，他患有神经衰弱，时常为头晕所苦，出行也不能乘车，只能在附近走走。陶先生平时跟我们说话都是轻声细语的，好像力气不太够似的。陶先生从来都是衣着非常整洁的，眼睛也从来是炯炯有神的。印象之中，他不仅额头光洁，而且整个人都泛着知识分子的光亮。

硕士入学面试的时候，陶先生和余心乐先生问我写过什么。我回答说，本科时候也学着写了小说和新诗。他们说，研究生时候就别写这些了，可以写写旧体诗以及古文。

陶先生担任我们的“杜甫研究”课。先生不仅教我们读诗，而且还教我们作诗。记得在南昌念书多年，第一次去人民公园，还是陶先生带去的。那是研究生学习期间第二年的深秋，人民公园有菊展，陶先生带着我们去赏菊并且赋诗，还勉励我们作诗吟菊。当时同行的还有梅俊道学长、训超和华平两兄。陶先生让我们都写赏菊诗。好像华平最为快才，梅老师与训超也都写了出来。我的吟句写得很没有自信，完全不敢呈示给先生。时间久了，我也不记得当时写了什么句子。当时，先生的诗作收入在他的《雪鸿集》中，题为《丙寅岁与俊道华平钟东训超赴人民公园观菊展二首》，诗中有句“难得师生结伴游”，这是我一生难忘的。现在重读先生当时的两首诗，都是立意高远，吟菊而欣喜祖国繁荣昌盛、文明传承。第一首“应欣禹甸换山河”和第二首“好留风骨与神州”，都将花光与山河相联系、将清操与神州相联系，实为爱国主题，读来令人意畅神遥。

除了去公园赏菊赋诗之外，陶先生还带我们去江西诗社雅集。耳濡目染，受先生的影响，我虽然天然鲁钝，即便不会作却也能够吟。我的赏菊诗尽管没有敢呈给先生，但是写诗这件事情，最终还是在陶先生的鼓励下开始了。虽然当时并没有写得像样的作品，但是跟随先生的课程“杜甫研究”，也逐渐找到了一些写诗的诀窍。几十年至今，诗这件事，对于我来说，读、作和与人商量，从来没有停过。这一切都是从陶先生的教导开始的。

值得一提的是，先生在给我们上课的时候，开列了杜甫研究的书目，其中两种在体例上是迥然不同的。一是仇兆鳌的《杜诗详注》，其体例是编年体的，可借此研求杜甫写诗的心路历程；二是浦起龙的《读杜心解》，其体例是分体的，特别适合我们这些刚刚学习写诗的人去当诗帖来模仿。我自己在本科时候研读过《王右丞集》，于是把杜、王二家作比照地学习，从而也得到些许消息。以至于到岭南之后，有的长者一眼看出我写诗是学唐诗的。大概就是杜、王二家还是读了一些，也临摹过一些的缘故。其中杜诗，无疑是受陶先生之教。

回忆陶先生，我觉得有几句话要说一说，即要全面了解先生，他同时是教授、学者、诗人、书家。

对陶先生的理解，今人多以诗人论先生，先生其实更像学者。先生的诗词精妙，是根植于诗学而放射出的光芒。首先是陶先生继承了屈原、杜甫、辛弃疾等古代优秀文学家的爱国主义精神。先生在论屈原作品的时候说：“洋溢着坚持正义追求光明的强烈感情，显示着反抗奸邪刚强不屈的战斗意志。”“修身洁行，坚持真理，决不因环境越来越恶劣而变心从俗：山可移，海可塞，诗人为国为民而战斗的精神却永不可动摇。”（陶今雁论文《漫谈屈原的〈涉江〉》）陶先生的身上一直有屈原那种修身洁行、坚持正义的精神。我记忆中的先生身形弱小，而精神则高大且坚毅。读先生的诗，固然可征，而读先生回忆往事的文字，更是可见先生从来刚正不阿，有屈原的风骨（《寒梅集》之《作者传略》）。屈原这种爱国、刚正、独立、修洁，已经化为陶先生的人格精神。

再者，陶先生对于杜甫的研究有着独到的见解，认为杜甫既是“忧国忧民”也是“爱国爱民”的诗人。在先生看来，杜甫诗歌创作的主线都是出于他的“奉儒守官”这个职分决定的。陶先生认为，对于国家命运与人民生活的关注，是杜甫诗歌的基调。对于杜甫入岳州以后诗，先生给予“忧国忧民，死而后已”的评价，而对于杜甫留下的文学遗产，特别强调其爱国爱民的进步意义。先生识断精绝，既不同意新时期有些人拔高杜甫的人民性，也反对“文革”时期对杜甫的贬低，更反对把杜甫歪曲为法家人物。先生对于杜甫研究的论文以及他在给我们开设的“杜甫研究”课程中，都表达了他那种历史唯物主义和阶级分析的观点。这让我们对杜甫有一个准确的定位。此处特别值得强调的是，先生经历过20世纪国家的内忧外患，杜甫的忧国爱民思想深入到了先生的精神血液，从而寄寓在他的诗作吟篇。例如，先生在1945年秋写的《闻日贼已降喜赋三首》（见陶今雁《雪鸿集》第10页）就特别能传达出陶先生的精神，其诗歌情感与杜甫的《闻官兵收河南河北》真是一脉相承的。可见，先生的诗作乃是根植于他对于文学历史的考察，亦即基于他的诗学，具有深厚的学识为其后盾。

陶先生的学问，或许在今天比论文数量的时代看来，人们容易误以为没有什么特别可以称道的。有一种传统治书的学问，即古籍的注释，这是当今大多数的学人以为容易而不屑为之的。其实，古书注释最考人真才，更有赖实学的，这在中山大学陈永正先生《诗注要义》中论述最为精详。陶先生《唐诗三百首详注》的征文考献、注词释句的功夫，早已为学界充分肯定。我还是要谈一下对陶先生的这部详注之书

江西师范大学师范教育博物馆陶今雁陈列室

意义的个人理解，概括起来有三点比较重要。一是功在补阙。《唐诗三百首》自清人蘅塘退士孙洙选编之后，有道光二十四年陈婉俊和民国三十七年喻守真注本最为流行。陈氏注保留旧学形式，有作者、音释、字词、典故等，有益于今天学者研究之参考；而喻氏注则重点放在作意与作法，以及各类诗的体性之说明，于诗注未甚重视；陶今雁先生的详注，正是有意在前人的基础上更进一步，着眼点在于初学唐诗的学人，可以说，“详注”本身就是对这本流传既久的唐诗选本在学术上的巨大推进。二是指向初学。如果说陈氏注以仍旧之旁批为守成，那么他的补注则是用史书补注历史事实以为创新；如果说喻守真以仍旧注为继承，则其对诗意诗法、音韵格律的说明是其创新；比较起来，陶先生从作者定位的角度来设计“详注”，从而做出一本专门扫除初学唐诗的人可能遇到的“拦路虎”，这本身就是为这个选本提供了更新价值。三是整理文献。陶先生做《唐诗三百首详注》，文本上并非守旧或盲从，换言之，是每一首都重新做过校勘工作的，或者在题目，或者在字句，都是择优而从。比如王维《渭城曲》在“说明”（相当于解题）部分，先生指出诗题异名、古籍收录、声诗谱曲，唐人传唱的名、录、改、传四个文献的活态情况。可见，用今天的标准，可以得出陶先生《唐诗三百首详注》有严谨、求实、创新的学术贡献。当下的古籍整理有一个时新的名词叫“深度整理”，似乎相对应的是影印古籍；但是，我认为，真正的深度整理是陶今雁先生对古籍的“详注”。

再者，在我看来，诗注的另一层意味是一般的所谓学者、教授也不会的，这就是诗的注释必有待于善于作诗的人。举个例子，王维的《渭城曲》，这首短诗，类属乐府，今人讲课，每每不得其诗的真正韵味，因为讲者本人并不是诗人。陶先生的注释，除注明地理位置，“更进”一词的含义之外，特别在“说明”部分指出：“此诗前二句写景，点出送行地点及时令；后二句言情，向行者劝酒，并点明行者赴地在阳关以西。诗以景衬情，景切情真，道出了千万离人的共同心声。其感染力之强，前人已推为绝唱。”先生对于诗法、诗意、情景的交融和诗的艺术魅力、写人人心中有而人人笔下无的境界，这一层只有诗人才知。岂非刘勰在《文心雕龙》中所说的那样：“知音其难哉！音实难知，知实难逢，逢其知音，千载其一乎！”也就是说，只有诗人才有资格注诗，才是古代诗人的知音——注者是诗词作手，这是古代诗词注释的先决条件。

陶先生对于注释诗词还有非常珍贵的经验，懂得作者遣词造语的典故化用，从而能准确地征引出典。先生对于邓广铭先生的《稼轩词编年笺注》一书，曾经有几篇文章发表，对某些注释提出了商榷。从中可以证明，先生是诗词作手，所以才能发现这些问题，才懂得诗词如何准确注释。我们在学习的时候，不难注意到以下几个方面。首先是对于典故出处的看法，先生更加全面而准确，比如辛词《水调歌头》“西北洗胡沙”句，邓注只引杜甫诗“安得壮士挽天河，净洗甲兵长不用”，陶先生认为还当补引杜诗“遥拱北辰缠寇盗，欲倾东海洗乾坤”更全面。在引杜诗两例之外，先生进而还指出，辛词同时还化用了他同代词人张元干“欲挽天河，一洗中原膏血”。从杜到张看起来是旧典与新典，但实际上，陶先生看到“洗甲兵”从杜甫至张元干再到辛稼轩，在文学典故的历史层次上实际上形成了祖、父、孙的关系。只有陶先生作为深谙诗词要义的学者兼作家，才能注出这种意味。这种绵密和深微的诗词意蕴，若非文史兼通实在无从下手。这是中国学问辞章之学的历史传统，放大了，就是陈寅恪先生诗史互证的学问，这学问可化为《元白诗笺证稿》，也可以化为《柳如是别传》。陶先生另外两篇与邓广铭先生商榷的文章，分别讨论征引作注与词句脱化的问题，这些问题都是实学，没有架空的理论可以凭借，完全是博学深思的学问，没有积学也是无从下手的。所以，从《唐诗三百首详注》到与《稼轩词编年笺注》的商榷，都见出陶先生不仅是诗人，而且是真正的学者。

先生的学问如此精湛，诗词创作又如此精妙，却可惜跟从先生学习的时间到1990年10月就因时间与地域隔断了。因为工作，我南下到了广州。先生对我的离去，也是有些颇有些不舍的，但他更多的是对我的前途加以鼓励，他写给我的诗用了庄子的“图南”“遨游”的典故，希望我有大志向、有大成绩。其作于我调离南昌当年庚午孟冬的诗曰：“豫章别后意重重，独步青山访旧踪。杨柳婆娑临曲水，菊花熠耀立寒风。辛勤问道君心壮，勉强传经我力穷。遥想图南愿终遂，遨游广宇豁襟胸。”每读此诗，深感先生厚意殷殷，先生的静影怀远正与我之独立仰思互为呼应，再读之，则见先生慧光照路修远迢遥，而令我时常有任重道远之感。

回忆之中，我还记得先生的许多细节。先生除了是学者、诗人、教师之外，还是有真才实学的书法高手，先生的小行草出晋入唐，除了二王的笔法字法，也独得唐人孙过庭的神意。先生的字一看就知道是在临帖时相当刻苦养成的深厚的功力，这就像大厦的筑基，非常牢固。其次，先生以研究积累的学问、以写诗激发的才情，滋养其书法，所以先生的书法味之永远有味，观之而百看不厌，这是功夫与才情兼而得之的书法妙品所具有的独特魅力。

先生平时言语，常带进贤口音，起初我还有些不适应，但是越听就越亲切。因为是先生独特的声音，在师辈中，唯一有这种带抚州方言腔调的声音，几十年回响在记忆之中，是那样的深刻、熟悉和温馨。时至今天，时空无尽，而謦欬犹然在耳。

先生因为患病常年头晕，所以偶尔微有急躁。我离开南昌临行的时候，先生正在住院。当时与先生依依不舍，我的确彷徨了好些时候，连华平和益民的送行晚宴都迟到了。那天下午，我一人在他身边，从热水瓶给他斟水喝，他总觉得太烫。他这种担心烫嘴和对身体的忧虑，在面容上显出了细微的表情。这表情至今如在眼前，但随着年月推移，我看人经事已多，渐能深刻体会当时先生作为住院病人的心情。我深深觉得，先生的细微表情之中，有着20世纪国家内忧外患，给一个学者留下的时代磨难之心灵创伤。

诚国家永远承平，人民永远安乐，像陶先生这样的学者，永远有更好的条件安心于望学术。

2023年7月7日于广州海珠区中山大学南校区康乐园郁文堂

陶今雁及其次子陶也青、孙女陶孟轲

陶今雁与研究生
在南昌八一广场观菊展

陶今雁在南昌人民公园观菊展

陶今雁在江西师大寓所

我与陶今雁先生的诗词唱和

李春林

我责编陶今雁先生编著的《唐诗三百首详注》，从20世纪70年代初版到2009年第八版，作者和责编两人相处几十年，成了难能可贵的忘年交。在编辑《唐诗三百首详注》的过程中，我向陶先生学到了许多唐诗和旧体诗方面的知识。除此之外，陶先生还很认真地教我掌握了旧体诗词的写作基本常识，使我更有自信创作旧体诗词。其间，我们用旧体诗词相互唱和，他先后赠送了我三篇旧体诗词。

1991年，陶先生赠我一首词《临江仙》，词曰：

文字因缘成旧雨，百花洲柳长青。
杜兰千里播芳馨。乔迁湖畔后，相见益深情。
卅载编修勋业著，爽人夏夜风清（其诗集有《夏夜的风》等集刊行）。
凝神落笔意纵横。百花洲（百花洲文艺出版社）景好，岁月正峥嵘。

我回赠一首七律《赠陶今雁先生》，诗曰：

唐诗详注传寰海，雅俗争观十六年。
纸贵洪城书百万，雁凌紫塞路三千。
风清两袖峥嵘骨，笔下双锋锦绣篇。

局促人生原苦短，採诗裁梦自陶然。

（局促人生，一作今古人生）

后来，陶先生把他自己创作的旧体诗稿《雪鸿集》送给我看。看后，我为他申报选题，拟正式出版此诗集。陶先生非常高兴，1995年新春，又给我赠送《浪淘沙·赠李春林编审》一首，词曰：

交谊问由来，十六春秋，相逢相识气相求。
松竹经冬不改，更有梅道。
《下里》唱难收，赖子绸缪，终生铭感在心头。
每读《鹤鸣》攻玉句，景仰前修。

读罢赠词，一句“终生铭感在心头”，让我热泪盈眶，深感先生情义深重，真情跃然纸上，似有不少话要说。我专门向他请教《鹤鸣》攻玉句的典故由来，他详细地为我讲解了《诗经》中《小雅·鹤鸣》一诗，让我懂得，鹤鸣九皋，声震四野，高入云霄，他山之石，可以攻玉，暗喻社会贤才应该得到应有的重用。

回到家里，想到鹤鸣，我抑不住情绪，写了一首诗《七律·望江》，准备回送给陶先生，诗曰：

赣水空蒙浮淡烟，鹤鸣皋野向长天。
孤舟蓑笠钓翁影，一曲他山攻玉篇。
岩磊岸墙若破梦，水深骇浪是鱼渊。
如流岁月匆匆去，拾石余枚错砚田。

可能是自觉诗未写好，我始终未将此诗送陶先生，压在箱底，秘不示人。

这年年底，陶先生的《雪鸿集》已排出清样，我即送一份给先生过目。读过清样，陶先生又写一首《七律·看〈雪鸿集〉清样赠李春林编审》，诗曰：

艰难曲折愿终谐，清样躬亲为送来。
喜我诗词成合集，感君情谊动吟怀。
园中金粟芬芳发，庭外霜葩次第排。
阳月花光相映媚，似迎鸿爪笑颜开。

再后来，陶先生年事已高，我们就未再唱和诗词了。2003 年，陶先生驾鹤西去，我抄写了《赠陶今雁先生》一诗，作为悼念诗，在陶先生追悼会的灵台前，跪拜献上。

2023 年 3 月

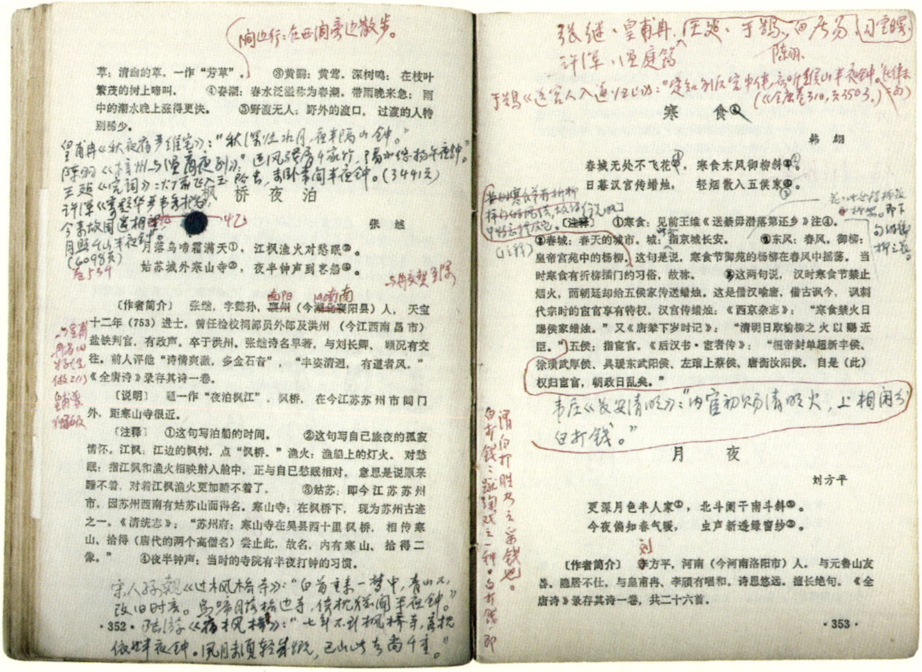

草：清幽的草，一作"芳草"。 ③黄鹂：黄莺。深树鸣：在枝叶繁茂的树上啼叫。 ④春潮：春水泛滥称为春潮。带雨晚来急：雨中的潮水晚上涨得更快。 ⑤野渡无人：野外的渡口，过渡的人特别稀少。

枫桥夜泊

张继

月落乌啼霜满天①，江枫渔火对愁眠②。
姑苏城外寒山寺③，夜半钟声到客船④。

〔作者简介〕 张继，字懿孙，襄州（今湖北襄阳县）人，天宝十二年（753）进士，曾任检校祠部员外郎及洪州（今江西南昌市）盐铁判官，有政声，卒于洪州。张继诗名早著，与刘长卿、顾况有交往。前人评他"诗情爽激，多金石音"，"丰姿清迥，有道者风。"《全唐诗》录存其诗一卷。

〔说明〕 题一作"夜泊枫江"。枫桥，在今江苏苏州市阊门外，距寒山寺很近。

〔注释〕 ①这句写泊船的时间。 ②这句写自己旅夜的孤寂情怀。江枫：江边的枫树，点"枫桥。"渔火：渔船上的灯火。对愁眠：指江枫和渔火相映射入舱中，正与自己愁眠相对，意思是说原来睡不着，对着江枫渔火更加睡不着了。 ③姑苏：即今江苏苏州市，因苏州西南有姑苏山而得名。寒山寺：在枫桥下，现为苏州古迹之一。《清统志》："苏州府：寒山寺在吴县西十里枫桥，相传寒山、拾得（唐代的两个高僧名）尝止此，故名，内有寒山、拾得二像。" ④夜半钟声：当时的寺院有半夜打钟的习惯。

·352·

寒食

韩翃

春城无处不飞花①，寒食东风御柳斜②。
日暮汉宫传蜡烛，轻烟散入五侯家③。

〔注释〕 ①寒食：见前王维《送綦毋潜落第还乡》注④。 ②春城：春天的城市，城：指京城长安。 ③东风：春风。御柳：皇帝宫苑中的杨柳。这句是说，寒食节御苑的杨柳在春风中摇荡。当时寒食有折柳插门的习俗，故称。 ③这两句说，汉时寒食节禁止烟火，而朝廷却给五侯家传送蜡烛。这是借汉喻唐，借古讽今，讽刺代宗时的宦官享有特权。汉宫传蜡烛：《西京杂志》："寒食禁火日赐侯家蜡烛。"又《唐辇下岁时记》："清明日取榆柳之火以赐近臣。"五侯：指宦官。《后汉书·宦者传》："桓帝封单超新丰侯、徐璜武厚侯、具瑗东武阳侯、左琯上蔡侯、唐衡汝阳侯，自是（此）权归宦官，朝政日乱矣。"

月夜

刘方平

更深月色半人家①，北斗阑干南斗斜②。
今夜偏知春气暖，虫声新透绿窗纱③。

〔作者简介〕 李方平，河南（今河南洛阳市）人。与元鲁山友善。隐居不仕，与皇甫冉、李颀有唱和，诗思悠远，擅长绝句。《全唐诗》录存其诗一卷，共二十六首。

·353·

陶今雁重视读者反馈，对《唐诗三百首详注》进行勘校修订

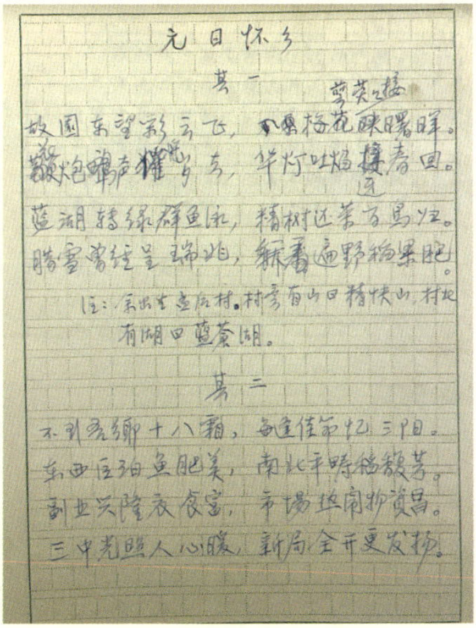

元日怀乡

其一

其二

陶今雁《元日怀乡》手稿

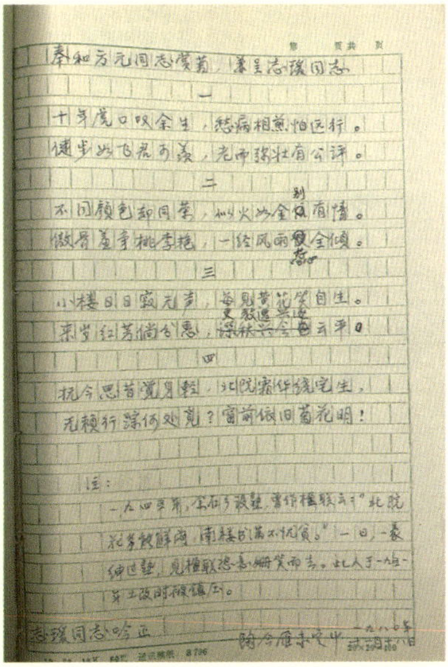

陶今雁诗词手稿

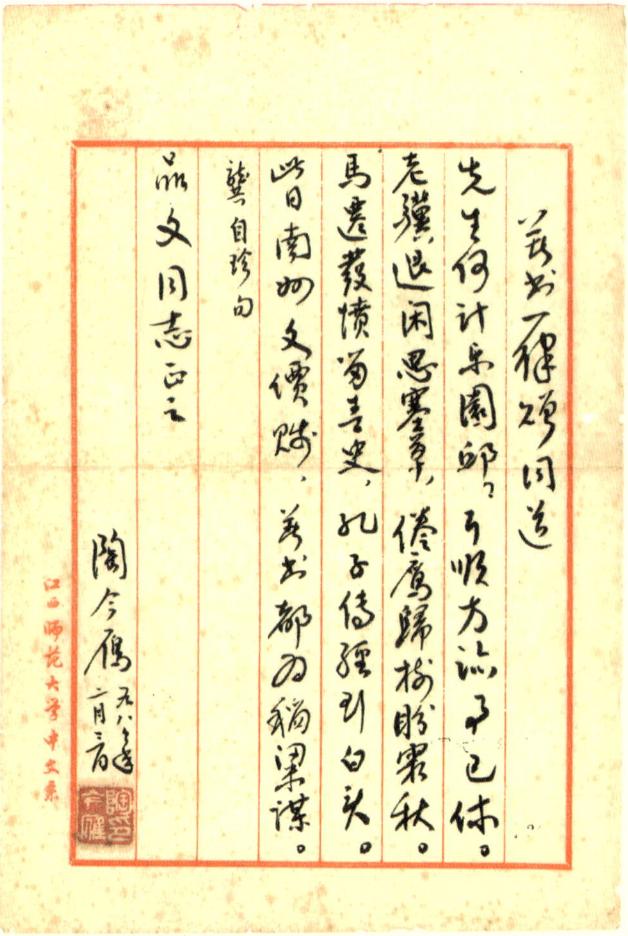

著书一律赠同道

先生何计乐园邱？可收方论尔已休。老骥退闲思塞草，倦鹰归树盼寒秋。马迁发愤留青史，孔子传经到白头。此日南州文价贱，著书都为稻粱谋。

龚自珍句

鼎文同志正之

陶今雁 二月三日

陶今雁

江西师范大学中文系

陶今雁《著书一律赠同道》

茶烟日色：陶今雁先生的《唐诗三百首详注》

陈政

庐山陋宅。窗外，松风阵阵，云雾缥缈；室内是铺天盖地的蝉——当然还是窗外传进来的。案头放着陶今雁先生编著的、还飘着淡淡墨香的《唐诗三百首详注》一书，脑子里立即冒出一句："看日色茶烟，雁走雁还。"完全记不清楚在哪里看来的，抑或是听来的。

陶今雁先生 2003 年就离开了我们，雁走了。

但他的这本《唐诗三百首详注》，却如同"日色茶烟"，时时回来，与我们不断相见。

这本书 1980 年初版，40 余年间多次再版、重印，至 2012 年，销量超百万册。

陶今雁先生因为这本书，真的是"不输于山河、不败于岁月"啊。

江西虽是文化大省，但总是鲜见"畅销书"作家或人文学者的，陶今雁先生无疑树立了样板。

我查了一下，古汉语中似乎没有"茶烟日色"这个词，印象里好像是台湾的林清玄先生最先使用，慢慢地，大陆这边也用了。

茶烟日色是用来形容山里人家悠悠慢时光的，简约，隽永，迢递，充满山野凡间之气。

《唐诗三百首详注》这本书在我眼中，便是这样的茶烟日色时光。

今雁先生非常谦虚，他在此书 1980 年初版的时候，写了一个"说明"，道："《唐诗三百首》为清代孙洙所编，几百年来广为流传，是一部很有影响的唐诗选集。尽管其中对隐逸之类的诗选得较多，但全书选诗范围广阔，入选的诗大都具有代表性，是唐诗中富于艺术特色的优秀之作。”

首先肯定孙洙选编的《唐诗三百首》，又指出其特点所在和存在的不足，为自己的“详注”找到了充分理由。

又说：“书中原来只有孙洙的旁批，后为陈婉俊所补注。补注内容丰富，在历史上起过积极作用。但因‘补注’是用古文写的，又一般只注字、词和典故的出处，至于它们在本诗或本句中的意义如何，则很少诠释，使没有古文基础的人读后不甚了了。”

把拓展的路线标出，“详注”便生了根，立了足。

陶先生还说：“几十年前喻守真著的《唐诗三百首详析》是用白话写的，对陈注是一大进步，但其重点是放在诗的‘作法’上，有关字、词的注释寥寥无几，也不便于初学。”

层层递进，目标非常明确了——

“为节省篇幅，其他流行注本就不一一列举了。为了减少初学的困难，我们在各家注释的基础上重新评注了这部唐诗选集。”

很感动：不用“自序”用“说明；在充分肯定前人的基础上谈不足；分明是一人所为，却用“我们”说事；语言平实，逻辑鲜明，指向敦实，美美与共。

一派中国传统知识分子风范，十足的茶烟日色。而今再找陶今雁先生这样的知识分子，越来越难了。

读陶今雁先生的《唐诗三百首详注》，我们仿佛读到了一介古代书生，一个夹带着梅花气息的书生，他倔强纯粹却又安静无争，他风云激荡却又云淡风轻。

妥妥地走在薄暮时分的书山路上。

那时，山路上有苔藓，有些滑，不小心会摔跤。

人们总爱说江西是“文章节义之邦”，殊不知，此邦正由类似陶今雁先生这样的学人组成。

花了多少力气，才顿显那么多唐朝才子的来龙去脉？用了多少脑浆，方窥得无数诗者墨客的台前幕后？

我知道，唐朝是中国诗歌“火山喷发”期，万首太多，没时间看，也记不住；百首太少，翻翻就没了。

三百首，恰好！

于是，姜钦云先生慧眼独具，为他的先生推波助澜。

这样的学生，才算好学生。

君不见走马川行雪海边，数典忘祖者不乏其人。

《唐诗三百首详注》，表面上不动声色，内心深处翻江倒海。

茶烟日色。

为江西师范大学出了一批陶今雁这样的先生点赞。

武汉大学中文系同学潘忠庭、陶今雁、郭锡良、高蹈（左起）

综述

腹有诗书气自华
——陶今雁遗墨整理及研究

江西从唐宋以后一直有独特的文学传统，在其地域中的书院文化、诗词文化、商业文化等是江右文化的一张名片。进入近现代，随着新文学、同光体、“学衡派”等不断交织，在江西大地上形成了不同文学力量，旧体诗、白话文等不同形式诗作。不同诗派的出现影响和丰富了江西现当代文学创作题材和形式，涌现了一批学人；他们在江西大地上默默耕耘，只有诗词和铅字诗集成为他们最佳的注解。[①]江西师范大学中文系教授陶今雁就是恪守旧体诗创作、深耕唐宋文学的学者。

陶今雁（1923—2003），江西进贤人。武汉大学中文系毕业，江西师范大学中文系教授，中共党员。参与发起江西诗社，中华诗词学会会员、滕王阁楹联学会名誉会长。长期从事中国古典文学教学、研究工作，唐宋文学研究专家、唐宋文学硕士研究生导师。先后发表研究李白、杜甫、辛弃疾等研究文章。1980 年出版《唐诗三百首详注》一书，至今发行至第八版，发行量超百万册。出版诗词集《雪鸿集》《秋雁集》《寒梅集》，主编《中国历代咏物诗辞典》等。

① 沈卫威．“学衡派”谱系：历史与叙事 [M]. 南京：南京大学出版社，2015.

2023年是陶今雁诞辰100周年。为了弘扬传统文化和师德师风，光师大文脉，仰先贤品德，启后学智慧，开新时学风，让“知师大、懂师大、爱师大、为师大、强师大”成为师大人的思想自觉和行动自觉，举办陶今雁诞辰100周年系列纪念活动。纪念活动主要围绕“一展”“一书”“一会”进行，即举办《木铎之心——陶今雁百年诞辰师友手札展》，出版《木铎之心——陶今雁师友手札集》，举行“德音孔昭——陶今雁百年诞辰学术研讨会”。这些活动的举办集中呈现陶今雁以诗书为伴的一生，展现其深耕传统文化的先生风范。

在关注陶今雁诗词成就的同时，笔者发现其书法成就鲜为人知。笔者在整理研究陶今雁相关资料时，识读了大量陶今雁的手迹，这些手迹时间跨度近60年。明珠蒙尘，拭去尘土终将放出光泽，整体而言，陶先生书法温润如玉，深受传统文化影响，是典型的文人书写，极具书卷气。

陶今雁在私塾启蒙时，对于汉字书法就有了初步的认知，加之长期的读书笔记都是以笔墨纸砚为工具，以小楷为主，奠定了其书法的基本功。晚年涉猎碑帖较多，最中意的是草书，对于孙过庭的《书谱》临池不辍。唐代书法以楷书最具代表，但

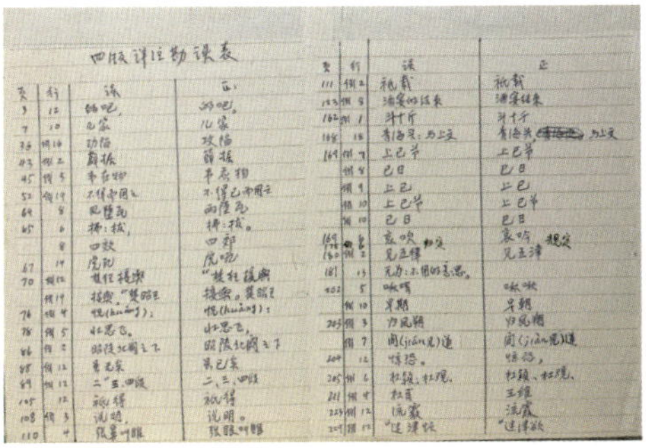

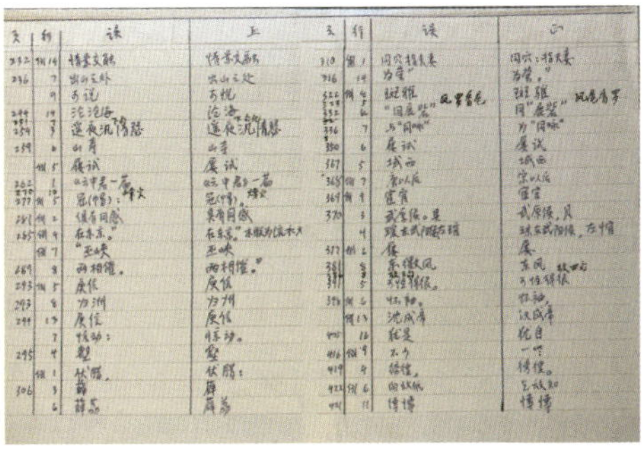

草书也是后世一座难以逾越的高峰，孙过庭的《书谱》即是一本极佳的书法临本，更是一篇绝佳的书法理论，在书法史上占有重要地位。陶今雁在临习《书谱》时对草法、笔法、章法进行吸收，并应用在日常的诗稿、信札书写中。其后，又对于右任草书进行了广收博取，曾在其诗文提及“忆摹于帖（《于右任大字帖》），字秀而刚”[②]。每每挥毫，草书成为其不可或缺的日常缩影，其诗《草书》就是记录了他练习草书的侧影：

“草书少慕却无行，老去何能此道精？但配吟诗三易稿，每观孙谱又心倾。”[③]

陶今雁作为一名大学教授，一生都在和诗词打交道，所留下的手稿信息量极大。许多学者把陶先生留下的手札誉为“文化舍利子”，希望不断挖掘、研究和传承。

② 陶今雁．寒梅集 [M]. 北京：大众文艺出版社，2004.

③ 陶今雁．雪鸿集 [M]. 南昌：百花洲文艺出版社，1996.

通过对遗墨研究的深入考察，笔者更是肃然起敬，认为陶今雁不仅是一位唐宋文学专家，其诗词功底深厚，治学严谨，更是一个善长草书的文人书家。其书法功底深厚，草法严谨，用笔圆熟；不论是手札、条幅、斗方皆为其自作诗词。诗言志，书扬善。从内容到形式，遗墨诗书相得益彰，气息高古，格调清雅，氤氲着文人风范和风骨。通过遗墨整理，可以为我们研究近代江西诗坛文化名人书写提供思路，探索其审美价值找到一个重要的切入口。

陶今雁遗墨保存完好，这首先得益于本人生前的敝帚自珍，加上其哲嗣的文化意识，使其手稿得以相对完整的留存并可继续研究。此前，大部分手稿已被陶今雁哲嗣无偿捐赠给江西师大师范教育博物馆收藏，为了此次活动，又借出扫描、拍照、识读。陶今雁手稿从大体上可以分为信札、诗词手稿、书法、书稿、笔记、讲义等；既有毛笔也有硬笔，内容丰富，形式多样，均为作者自然书写，无矫揉造作。

陶今雁遗墨内容丰富，类型多样。有黄焯、程千帆、胡国瑞、胡守仁、邓志瑗等人交流和诗词酬唱手札；有陶博吾、康庄、程维道、孙刚、李春林、毛国典、梅仕灿等书家书写陶诗墨迹；有陶今雁个人抄录自作诗、草书草法等书法佳作。陶今雁对个人诗词和文章敝帚自珍，大多装订成册，留下了各个年代自作诗稿、个人自传、草拟联帖、友朋唱和诗词等手稿；其学术研究手稿和讲义草稿琳琅满目，有关于邓广铭《稼轩词编年笺注》一书商榷、杜甫诗文研究、相关文章评语等文章手稿，早年讲解《毛主席诗词》《诗词格律》等课程讲义。更为难得的是，陶今雁还保留了首版《唐诗三百首详注》的勘误表，那一份份字迹工整的表格述说作为一代学人的严谨态度，更是此书风行 40 年最好的佐证。

陶今雁遗墨除了上面所述的类型，还有一些笔记、序言、文章评价意见、文献摘要等。遗墨分门别类，字字斟酌，从这些遗墨可以看出陶今雁的日常读书教书、诗词学问、治学精神等。陶今雁遗墨整理内容可以分为自作诗稿整理、手札整理等，主要是还原时代背景、写作意图、交游等。在整理遗墨内容上包含释文、编者按、酬唱诗文、交游等，把同一题材、同一事件串联在一起，以便阅读，同时呈现其日常师友的诗书风采，生活细节和文人之间的君子之风。

陶今雁遗墨具有较高学术价值。首先遗墨内容之多，涉及不同年代，不同人物，不同事件，大至家国天下事，教书育人，小至渔樵耕读，天伦之乐。原汁原味地记录了时代变迁，沧海桑田的飞鸿踏雪，真实反映了一代知识分子忧国忧民的心路历程。特别可贵的是有一些和友人唱和诗词是首次公布，是友人之间酬唱和真情交流的一个缩影。研究陶今雁遗墨可以作为研究近现代江西高校学者诗词和个人思想的一个范式。陶今雁遗墨学术价值和研究方向可以从以下方面进行叙述:

1. 以陶今雁遗墨中的酬唱诗文为线索，作为研究现当代江西诗坛文化现象的典型代表。江西自古以来文风鼎盛，诗家辈出，宋有江西诗派，明代更是在朝廷上形成以江西籍官员为代表的士大夫阶层。书院文化一直是江西软实力的代表，更是独树一帜，有力地促进了本土文化。陶今雁生活的年代，跨越了抗日战争、解放战争、新中国等不同时期，在他们这一代知识分子身上有着诸多的时代烙印。诗以言志，诗词及文字的书写表达是他们一生的精神寄托。

陶今雁遗墨中，胡守仁、刘方元、邓志瑗等人的手札和酬唱诗作较多，在某些方面也形成了以他们为代表的江西省内高校诗人交流群体。他们以诗为媒介，与赣南诗社的周作亿、江西师大的康庄、江西人民出版社的李春林、远在国外的方民希等人，还有陶今雁所指导的每个研究生。他们相互交流，酬唱诗作。那些诗作和手札可以反映当时学者们之间对诗词创作的态度、内心世界、生活状况等，整体有利于从侧面研究江西诗坛文化现象。

2. 以陶今雁与诗友的酬唱和交流为中心，继续研究古典诗词文化的现代化的表现。陶今雁遗墨中占比较大的是和友人的酬唱作品，如胡守仁、刘方元、邓志瑗等。

这些遗墨是手札、诗文酬唱二者相结合。诗文酬唱，是过去诗人用诗词进行互相赠答唱和的形式。在陶今雁遗墨中，和胡守仁的酬唱诗词占比较大，他们二人亦师亦友，不断在诗词唱和作品中体现精神追求、诗词主张、处事日常等。

陶今雁不仅与师友深入交流，与其他诗词学者如吴小铁、吴柏森、熊柏畦等人以诗词传情、文章、手札交流，探讨学问，共同进益，读来君子之情溢于纸间。更让人惊叹的是，陶今雁与《唐诗三百首详注》一书的读者交流至深，结为深厚的友谊。如远在美国的华人方民希、在福建的孙星群等人，他们与陶今雁讨论诗词、请教问题、诗词唱和，留下了一段作者与读者交流的佳话。可以说，研究陶今雁遗墨可以为我们找到当时文人如何用诗词表达自我的情感，也为我们当下的文化交往提供一个不同生发点。

3. 陶今雁诗词和《唐诗三百首详注》当再深入研究。陶今雁影响力最大的书籍是《唐诗三百首详注》，其书在1980年一经出版，引起国内出版界和诗坛的轰动，更引发了对传统诗词文化的再回归。

《唐诗三百首详注》出版意义是值得我们深究的，景德镇学院的吴远征曾做了一项统计：在世界读书日曾经让学生选出影响人生的十本书，《唐诗三百首详注》赫然在列，其书亦是图书馆借阅率最高的图书之一。一纸风行40年，“其书长销不衰是典型意义的出版现象，值得深入研究”（周文语）。当时为了出版这本书，陶今雁在“详”字上下足了功夫，一直深入研究，认真思考，竭力考证。且在出版发行后一版一版校对错别字，使其臻于完善，留下了大量的校对手稿。其书是陶今雁对学术价值、治学态度、为人品行最好的体现。“值得新闻界从书籍的历史责任和书者的人格品行上落墨，与泛滥成灾的伪书市场与拜金主义形成鲜明对比。”（胡啸语）

陶今雁习诗后，一生吟诵不断，其诗题材广泛，其诗清新雅致。“……宗唐人，尤精杜诗”[4]，“诸体皆精，尤工七言律诗”[5]。陶今雁对诗词创作思想、方法、主张等值得我们再深入研究。陶今雁与师友们交流的信札中，有学术交流、诗词创作、文学讨论等不同内容，这些都是一笔宝贵的文化财富，值得我们再挖掘。

4. 陶今雁遗墨可以拾遗相关诗作。笔者在整理过程中发现有些是没有著录在本人诗集中，比如胡守仁和陶今雁的多篇唱和诗作。胡守仁有诗集《劫后集》《拜山集》《拜山续集》等诗集，但笔者在检录胡、陶二人酬唱诗词中发现只有一小部分诗收录在诗集中。陶今雁有诗集《雪鸿集》《秋雁集》《寒梅集》，在他这三本诗中有一部分诗是和胡守仁酬唱诗，如《奉酬修人师》《修人师再惠珠玉原韵奉酬二首》。陶今雁遗墨中有关与胡守仁唱和诗词年代跨越 80 年代、90 年代、00 年代不等，内容深切，叙事与抒情并重，值得我们再研究。

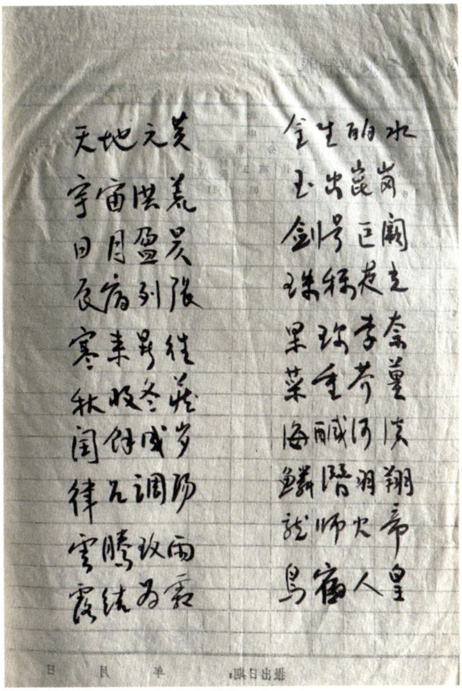

陶今雁遗墨中，胡守仁诗词是最多的，还发现有一些学者的诗词稿件，如刘方元、王德保、梅仕灿等人。通过手札整理，他们有些诗作也是没有选入其个人诗集中。有时在交流时，把遗墨中的一些诗稿发给本人，总有许多惊叹。可以说，整个研究过程其实“是一次文化拾遗”。

5. 陶今雁遗墨是研究文人书写的一个切入点，可以为近现代文人书写提供一个参考。陶今雁遗墨中的手迹大多是诗词手稿和手札，有硬笔和毛笔书写的，

④ 陶今雁 . 秋雁集 [M]. 北京：北京教育出版社，1998.
⑤ 陶今雁 . 秋雁集 [M]. 北京：北京教育出版社，1998.

所用的纸张大多是八行笺。遗墨包含陶今雁本人手书，还是一些是来信、诗词唱和、书法等，类型多样，总之各领风骚。

近观陶今雁手迹，从内向外散发着一种文人学者气息。陶今雁以唐宋诗词为主要研究对象，但一生笔耕不辍，诗与书法的结合堪称典范。陶今雁既不是专业的书法家，也不是画家，但他的书法有着作为一名诗人学者的特有气息——文人气。这一点和传统文人画相似。文人画作为一种士大夫阶层特有的一个画种，画中包含大量的诗词、绘画、印学修养。文人书法和文人画都是由文人学者积极推动与参与，他们的书画作品呈现出文人审美，气息平和，书卷味浓厚；⑥下笔具有文人的洒脱，不求笔画的相似，只求书卷气息的高度相合。正如苏轼《书黄子思诗集后》中主张的那般：

“予尝论书，以谓钟、王之迹，萧散简远，妙在笔画之外。”⑦

陶今雁诗词手稿中的行草草法精熟，而且还有一些条幅、对联、斗方等稍大些的字留存于世，大多是陶今雁晚年自娱或赠予亲友的作品，与其自作诗稿作品不同。字径稍大，大字用笔精熟老辣，章法和墨法上任其自然；起笔和收笔稍有停顿，有唐楷的笔法，结体上借鉴了二王一脉书风，不做刻意安排。字中透出一股从容淡定和文人般的哲思，进入了“通会之际，人书俱老”⑧的境界。

“书，如也，如其学，如其才，如其志。总之，曰如其人而已。贤哲之书温醇，俊雄之书沈毅，畸士之书历落，才子之书秀颖。”⑨

手捧陶今雁的手迹，一股清气沁人心脾，给人以清新之感，“秀颖”二字道出了陶今雁书风特征。宋人提出“书无意于佳乃佳”⑩，这诠释陶今雁书法再适合不过了。陶今雁无意于书法，却在每日草拟诗稿、抄自作诗词、赠友人书法时，总能

⑥ 吴晓明编著．民国画论精选 [J]. 杭州：西泠印社出版社，2013.
⑦ 华东师范大学古籍整理研究室选编．历代书法论文选 [M]. 上海：上海书画出版社，2014.
⑧ 唐・孙过庭．书概 [M]. 上海：上海书画出版社，2011.
⑨ 历代书法论文选 [M]. 上海：上海书画出版社，2014.
⑩ 甘中流．中国书法批评史 [M]. 北京：人民美术出版社，2016.

把那份从容、静气、淡泊、平和的书卷气融于其中。陶今雁深厚的诗词学养滋养了他的笔端，浸润着他作为文人的书写，特别是其晚年的草书，如他生前在江西师大校园青蓝湖畔漫步，显微亭畔凝思那般：安静、从容。

陶今雁遗墨整理工作是一个长期的工作，只是一个个案，以陶今雁遗墨为基础为后续的相关研究奠定扎实的基础，但通过这个个案研究可以带动江西诗词研究、古籍整理、唐宋文学研究等不同领域。陶今雁遗墨整理是基础和起点，充分挖掘陶今雁治学精神、研究方法，相信可以在文学研究领域做得更好。

笔者之前是学习美术和美术史的，只是凭借着研究生整理黄秋园题跋的方法研究陶今雁遗墨。整理过程中，深深地被陶今雁先生的文学素养、学者风范所折服，老一辈知识分子的深厚的学养让人叹服。这些正是我们现在所缺乏的。现在回想起第一次接触到陶今雁遗墨时的场景，当时陶也青和蔼地对我说：“你先整理一下，看看有什么发现，可以写点文章出来。”每当在灯下认真翻阅手稿、校对、释读之时，总能浮想起陶今雁在昏暗的书桌前伏案工作的场景。也许是冥冥之中有许多指引，每当遇到识读进展不大，诗文串读不顺时，偶然一翻《雪鸿集》或《秋雁集》，总能找到我想要的诗词和答案，那份惊喜犹如从天而降。

陶今雁正是这样一位古典学者，当我们百年回望他时，那些发黄的遗墨总能为我们述说他的所思所想，留给我们后人去做更多的理解。逝者已去，唯留诗词。最后，用陶今雁先生的一首诗阐述内心的感受：

“赣江日夜水流东，多少光阴在乱中。唯有吟哦终未废，好留雪痕觅飞鸿。”⑪

后学曾庆万

岁在癸卯六月上浣

⑪ 陶今雁．雪鸿集 [M]. 南昌：百花洲文艺出版社，1996.

后记

2023年是我父亲陶今雁诞辰100周年，逝世20周年。

这些年，恰遇百年巨变，又逢庚子大疫，坎坷崎岖，适临近花甲，唯诚惶诚恐，加上封城禁足，百无聊赖。其间，江西师范大学师范教育博物馆筹建，梁洪生教授告诉我，拟为我父亲专辟一室纪念，恢复其生前工作学习生活原貌，既有利于先生遗物保存，更有益于师道传承，何乐而不为，我自然义不容辞。于是开始系统整理父亲遗物，好在大部分家具、书籍尚存，尤其是其生前已归类的大量诗友唱和手札、著书、讲课手稿等，我再次分门别类后，无偿捐赠给师范教育博物馆。这项工作断断续续，用时近三年，好些手稿手札第一次读到，边整理边学习。我父亲一生好诗，诗言志，其家国情怀，日常琐事皆以诗词呈现，专心读其诗集《雪鸿集》《秋雁集》《寒梅集》。回忆其生前言传身教的生活点滴，了解其教育教学事迹，睹物思人，触景生情。我父亲自20世纪50年代初武汉大学中文系毕业后，就一直在江西师大工作生活50年。蜡炬成灰，以木铎之心躬耕教坛，桃李不言，下自成蹊。这也深深地影响了我们兄弟俩后面的职业生涯选择，在我们家，两代六人，均从事教育工作。

对我个人来说，这是一次重新认识父亲，深度解读父亲的过程，对他人来说，又何尝不是一位老教师捧着一颗心来，不带半根草去，传道授业解惑的观照。

2023年春，疫情霾散，数好友重聚，商议为我父亲百年诞辰做点事情，搞点活动，为纪念，为传承，为弘道。建了一个“陶今雁先生百年诞辰纪念”群，便于交流沟通，群里汇聚教育、文化、新闻、出版等各界精英，行业翘楚，学术大咖，多为我父亲弟子及好友，好些已年逾古稀。相识皆因缘重，相聚更由情浓。我们每日在群里发布一帧手稿及释读，大家欣赏之余都精心校审，各抒己见，常为小到一个标点符号和繁体字书法写法，大到一个典故出处考据和历史背景而咬文嚼字，清气满满，情思绵绵。“这不仅是对一位杰出教授和文史专家、诗家、书法家的怀想和纪念，也是对今雁先生所代表的，他们那一代优秀知识分子，那些读书人种子的礼敬。”（周文语）诸位诗友为陶今雁诗学之弘扬下了不少功夫，更为此书编辑提供精准学术支持。同时还在活动宣传策划、书籍编排装帧、生平年谱考证等方面提出中肯意见建议，许多老师撰写或修订了纪念文章，他们用精美的文字诠释我父亲的“木铎之心”和“德音孔昭”。“我感觉这是一个古雅高洁的讲堂，让人学到不少纯粹的知识；这是一个温馨的文化沙龙，让人欢喜而且宁静。特别是陶今雁先生和李春林先生的书信往还诗作唱和，让我深受教育。作者和编辑之间的这种默契与亲密，蕴含着人性的真善美的温情和文化（知识）的力量，光彩夺目，感人至深。这种现象过去并不鲜见，现在很稀罕，将来可能会绝迹，真正‘与时消没’。这是值得珍惜和传扬的文化佳话，堪称文化舍利子”（周文语），“在人人都爱炫富的时代，这个群却在炫学，学术、学识、学养”（黄洪涛语）。

十分感谢江西省人民政府原副省长孙刚题写书名，中国文艺评论家协会副主席、江西省文联主席叶青作序，中国文化产业促进会副会长、中国楹联馆第一馆长梅仕灿悉心指导，中国书法家协会副主席、江西省书法家协会主席毛国典题词，李春林教授、杜华平教授拨冗对全书进行了一丝不苟的审校。詹艾斌教授和苏敉教授为学术研讨会和手札展览倾注大量心血。感谢王德保教授、段晓华教授、胡迎建教授、胡啸教授、钟东教授、吴晟教授等学者、师友的帮助。

同时，十分感谢南昌工学院董事长王斌、李渡酒业总经理汤向阳对传统文化事业的支持。

陶也青

癸卯中秋于雁鸣斋

陶今雁青年、中年、晚年时期

陶今雁年谱简编

1923 年

4 月 9 日（阴历二月二十四），生于江西省进贤县三阳孟后村。原名康，字今雁，后以字行。世代务农，家境贫困，父亲识字不多。兄弟三人，长兄陶棠，喜好诗词和文学，受其影响最大。

1928 年

五岁，入私塾读书。

1933 年

父亲病逝，家境愈贫。

1934 年

辍学在家种地。

1939 年

辍耕复学，入上房中心小学就读。同年农历二月，南昌沦陷，学校停课，回家继续务农。

1940 年

就读于抚州南城河东中学。

1941 年

初春，再回上房中心小学补习，受国文老师吴世英先生影响，开始学习诗词，经常向吴世英先生借书阅读。后在《寒梅集》自序中感恩吴世英先生教授之情。

1942 年

在家学习，作有《九日忆滕王阁》等诗。

1944 年

生活贫困，唯有寄情于诗，常读《十八家诗钞》等经典著作。作有《石痕村书怀》《石痕村苦雨》等，借诗抒情，忧国忧民之情跃然纸上。

秋天，考入饶州芝阳师范高师。秋天作《秋夜》一诗，是现存陶诗中较早一首，收录于《雪鸿集》。

冬初，无力缴学费而离校。在学校结识国文教员朱輶先生，并得以指正诗词。

1945 年

在孟后村设私塾，每日读书、写字、作诗，以教书糊口度日。抗战胜利后，作有《闻日贼已降喜赋三首》《红白梅合咏》等诗。

1946 年

春季，任教北湖小学，有诗作《重装〈辞海〉有感》《别北湖二首》等诗留忆。

夏季，友人从泰和返南昌，闻姚名达抗日事迹，为抗日捐躯教授第一人，有感而作《吊姚显微先生》诗一首为纪。后有多首诗述其事，感其精神。

1947 年

短暂任教于三阳小学，有诗《芳草》《偶书》等。

1948 年

入南昌绪远中学读书学习。

1949 年

入南昌建成中学读书学习。5 月 22 日，南昌解放，著有《南征》一诗为纪。整理早期所作诗词，计 300 多首。

1950 年

秋季，考取南昌大学文史系。

1953 年

因全国院系调整，到武汉大学中文系就读，与郭锡良等为同班同学。师从武汉大学“五老八中”学习古典文学，与黄焯先生最为相善，此后一直与黄焯先生有诗词、书信往来。

读书之余，常与师友同登珞珈山，此后有多首诗作回忆此景。曾到长江边游玩，作有《望长江》一诗。

1954 年

武汉大学中文系毕业，分配到江西师范学院中文系任教古典文学。结识胡守仁先生，一生为师，留下了大量诗词唱和作品。

黄焯先生每月给陶今雁邮寄文学杂志一本，以促学习。

1957 年

秋天，任教于中央音乐学院的同学苏意俊来南昌，同游赣江，留有诗《赠苏黄二君》。

1959 年

母亲姜氏去世。

经赖淮靖等人介绍加入中国共产党。

1960 年

经江西师范学院中文系巴怡南（1916 年 2 月 21 日——1971 年 2 月 13 日）介绍，与其妹巴怡元（1928 年 1 月出生）结婚，巴怡元时在江西省精神病院工作。

1961 年

8 月，长子陶友青出生。

1962 年

作诗《答中文系诸同志三首》，此诗是陶诗早期代表作之一，广为传诵。

1963 年

6 月，次子陶也青出生。

1964 年

被评为江西师范学院“先进工作者”。

著有《晴光》《咏群英》等诗。

1968 年

身体遭受伤害，经常头晕目眩，影响正常工作和生活，作有《偶书》一诗为纪。

1969 年

江西师范学院迁往井冈山拿山，成立井冈山大学，随校同迁，后有诸多诗词回忆沟边往事。

年底，其妻携二子随江西省精神病院下放至上高徐家渡。

1970 年

在井冈山大学中文系中讲授《毛主席诗词》，讲义手稿保存至今。

作有《咏史二首》等诗词。

1971 年

在井冈山拿山教学，有《黄洋界》《三湾》等诗词为纪。

1972 年

对中草药感兴趣，经常向医师请教识别草药，学习中医针灸。秋天，井冈山大学解散，随学校迁回南昌江西师范学院原址。

1973 年

夏季，其妻携子从上高返昌，调入江西师范学院校医院工作，二子转入刚成立的江西师范学院附小就读。

1976 年

作有《哀悼周总理》《怀邓庆佑》《哀悼毛主席五首》等诗作。

1978 年

长子陶友青考入西北工业大学，去大学报到前，全家在八一广场合影留念。作有《咏科学大会二首》《怀耀先师》等。

1979 年

应江西人民出版社约稿，开始编写《唐诗三百首详注》一书，与责任编辑李春林商量，在“详”字下上功夫。

9 月，协助胡守仁先生为首届古代文学研究生授课，学生有曾子鲁、张玉奇、王春庭、谢苍霖、祝宗武。

1980 年

《唐诗三百首详注》完稿，交江西人民出版社出版，引起轰动。后由百花洲文艺出版社多次重印和再版。

11 月，与刘方元、邓志瑗等先生同去人民公园赏菊，有诗作唱和。

1981 年

2 月，经省人民政府同意晋升副教授。

作有《〈唐诗三百首详注〉问世有感》等诗。

1982 年

3 月，胡国瑞先生从武汉大学来南昌，众师友相聚甚欢，有诗作《呈国瑞师》为纪。

9 月，与胡守仁先生招收第二批研究生，录取学生：卢盛江、王德保、段晓华。

秋天，和曾子鲁等一同前往人民公园赏菊，有诗作相唱和。与黄焯先生通信，二人鸿雁往还，留有手札。

1983 年

读邓广铭先生《稼辛词编年笺注》一书后发现值得商榷的相关问题，一直在记录、研究。

8 月，接到旅美华人方民希读《唐诗三百首详注》一书后的来信，二人往后一直有书信和诗词往还，有诗《赠旅美侨胞方民希先生四首》为纪。

研究杜甫诗文，文章《不能低估杜甫爱国爱民诗的进步意义》和《忧国忧民——读杜甫岳州后诗》陆续发表。

1984 年

对邓广铭先生《稼辛词编年笺注》一书的问题，整理成系列文章《读〈稼轩词编年笺注〉》《稼轩词脱化前人诗词补遗——邓广铭〈稼轩词编年笺注〉读后》《对〈稼轩词编年笺注〉的几点补充》，陆续发表在省内外期刊。其观点一直被研究学者所关注，邓广铭先生在《稼辛词编年笺注（修订版）》一书中部分采纳引用。

6 月，黄焯先生逝世，作有《哀悼燿先师》为纪。

1985 年

胡国瑞先生从武汉大学来南昌主持研究生答辩，师友相聚，作有若干诗为纪。

参与发起的江西诗社成立，以《望海潮》《鹧鸪天》等诗相贺，并发表于《江西诗词》。

9 月，招收第三批研究生，录取学生有：叶树发、梅俊道、胡迎建、谭耀炬、刘友林、钟东、戴训超、杜华平。

1986 年

9 月，招收第四批研究生，录取学生有：吴晟。

1987 年

3 月，经省职改领导小组的同意，晋升为教授。

招收第五批研究生，录取学生有：姜钦云、卢和、万伟成。

胡守仁先生八旬生辰，作有对联和词《寿明星》二阕相贺。

1988 年

书法家好友程维道先生逝世，有悼诗为纪。

4 月，退休，退休工资定为每月 168.98 元。

作为江西诗词学会发起人，作有《江西诗词学会成立》一诗相贺。

1990 年

《唐诗三百首详注》一书获第四届全国图书“金钥匙”奖。

应江西教育出版社之约，主编《中国历代咏物诗辞典》。

胡守仁先生诗集《劫后集》出版。

作有《奉呈国瑞师》《庚午教师节五首》等诗作。

1991 年

与程千帆先生通信，并附上诗作《呈千帆师二首》，程千帆先生回复信札二封。

《唐诗三百首详注》第三版出版，胡守仁先生有诗作相贺，亦有诗作唱和。

1992 年

《中国历代咏物诗辞典》出版发行。

胡守仁先生诗集《拜山集》出版，作有诗作《读〈拜山〉〈劫后〉二集赋感呈修人师》相贺。

1994 年

《唐诗三百首详注》被评为“全国优秀畅销书”，印数已逾百万册。

秋天，武汉大学同窗、好友、文字学家郭锡良徐寒玉夫妇来昌，在昌武汉大学诸同窗高蹈等相聚，并作有诗《喜郭锡良徐寒玉同窗见过》为纪。

10月，兄长陶棠逝世，作有《挽家兄二首》。

1995 年

11 月 20 日，姚名达遗骸从泰和北葬于江西师范大学显微亭前，遂有诗《姚显微烈士骨灰北葬感赋二首》为纪。

1996 年

第一本诗集《雪鸿集》由百花洲文艺出版社出版。

收到程千帆先生《闲堂诗文合钞》一书，作有《读千帆师〈闲堂诗文合钞〉三首》为纪。

1997 年

胡守仁先生九旬生辰，作有对联和词《风入松》等相贺。

整理长兄陶棠诗作，集为《陶棠诗草》，并作有《读家兄遗作〈陶棠诗草〉五首》为纪。

1998 年

《秋雁集》由北京教育出版社出版，长兄陶棠《陶棠诗草》附于其后。

胡国瑞先生逝世。

2000 年

程千帆先生逝世。

2001 年

10 月 30 日，听闻姚名达传记出版在即，有诗词《闻姚显微烈士传记在撰述中二首》为纪。

2002 年

《中国历代咏物诗辞典》修订再版。

2003 年

2 月 28 日（阴历正月二十八），逝世。

刘方元、邓志瑗、李春林等生前好友有诗词文章悼念。

2004 年

《寒梅集》由大众文艺出版社出版。

2005 年

胡守仁先生逝世。

2008 年

1 月，妻子巴怡元逝世。

2009 年

《唐诗三百首详注》（第六版）由百花洲文艺出版社出版。

2016 年

《唐诗三百首详注》（第七版）由百花洲文艺出版社出版。

2020 年

《唐诗三百首详注》（第八版）由江西人民出版社和知识出版社共同出版发行。

2021 年

江西人民出版社和知识出版社在南昌工学院召开“《唐诗三百首详注》缘何畅销四十年专家研讨会”，新华社、央广网、人民网均予报道。

2022 年

江西师范大学师范教育博物馆开馆，为陶今雁开辟专室永久陈列展览。

2023 年

百年诞辰活动。

图书在版编目（CIP）数据

木铎之心 ：陶今雁师友手札集 / 陶也青主编． --
北京 ：中国大百科全书出版社，2023．11
ISBN 978-7-5202-1445-2

Ⅰ．①木… Ⅱ．①陶… Ⅲ．①书信集—中国—当代
Ⅳ．①I267.5

中国国家版本馆 CIP 数据核字（2023）第 205570 号

木铎之心：陶今雁师友手札集
陶也青 主编

出 版 人 姜钦云
责任编辑 朱金叶
特邀编辑 曾庆万 蔡 丽
装帧设计 侯童童
责任印制 李宝丰
出版发行 中国大百科全书出版社 知识出版社
地 址 北京市西城区阜成门北大街 17 号
邮 编 100037
网 址 http://www.ecph.com.cn
电 话 010-88390725
印 刷 湖南天闻新华印务有限公司
开 本 710 毫米 ×1000 毫米 1/16
字 数 200 千字
印 张 17.25
版 次 2023 年 11 月第 1 版
印 次 2023 年 11 月第 1 次印刷
书 号 ISBN 978-7-5202-1445-2
定 价 98.00 元